미스티

misty

대본집 2

대본집

2

미스티
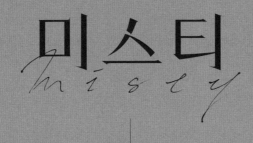

크리에이터 글Line & 강은경

극본 제인

알에이치코리아

〈미스티〉 대본집을 출간하며

벚꽃이 꽃망울을 머금던 2016년 3월.
저에게 처음으로 드라마를 가르쳐주신 강은경 선생님께서
이런 질문을 하셨습니다.

부부란 어떤 관계일까,
사랑이란 또 어떤 걸까.
이 쉽고도 어려운 화두가 〈미스티〉의 시작이었습니다.

하지만 어떤 부부도, 어떤 사랑도
한두 마디의 단어로 쉽게 정의내릴 수 없는 것처럼
답을 찾는 일은 생각보다 어려웠습니다.
그리고 때때로 안개에 갇힌 듯 더디고 헤매는 날들도 많았습니다.

그럴 때마다 기꺼이 길잡이 되어주셨던 강은경 선생님,
함께 머리를 맞대고 고민해주었던 동료작가 주현, 선영.
사랑이라는 단어 하나에도 수많은 행간과 감정의 결들이 있듯
때로는 길을 열어주는 선생님으로,
때로는 같은 길을 가는 선배로, 동료로

글Line과 함께 치열하게 고민했던 숱한 시간들이 있었기에
사랑이라는 허울 뒤에 숨어있는 질투, 자존심, 이기심, 희생, 자기애와 같은
수많은 감정의 편린들이 오롯이 드러나는
진짜 어른들의, 진짜 사랑을 이야기하는 〈미스티〉가
세상 밖으로 나올 수 있었습니다.

그리고 지금, 다시 벚꽃이 터지는 4월입니다.
누군가를 사랑하기 좋은 날,
〈미스티〉에 담아낸 사랑의 의미가 작은 울림이 되길 바라며
드라마 〈미스티〉를 사랑해주신 모든 분들께 머리 숙여 감사드립니다.

일하는 엄마의 부재를 묵묵히 견뎌준 소중한 딸 내영이와
언제나 의지가 되어준 남편 성민 씨에게 깊은 사랑을 전하며,

— 작가 제인

용어 정리

S	Scene. 장면이라는 의미로, 동일 시간 동일 장소에서 이뤄지는 행동, 대사가 하나의 씬으로 구성된다.
INSERT	인서트. 화면 삽입. 무언가에 집중시키거나, 자세히 설명하기 위한 장면을 삽입하는 것으로, 특정 부분을 확대하는 클로즈업을 통해 이뤄지는 경우가 많다.
E	Effect. 효과음. 주로 화면 밖에서의 소리를 장면에 넣을 때 사용한다.
F	Filter. 전화 수화기를 통해서 들려오는 소리.
OL	Overlap. 오버랩. 현재 화면이 흐릿하게 사라지면서 다음 화면이 서서히 등장해 겹치게 하는 기법. 소리나 장면이 맞물린다.
플래시백	Flash Back. 과거에 나왔던 씬을 불러오는 것. 주로 회상하는 장면이나 인과를 설명하기 위해 넣는다.
플래시컷	Flash Cut. 화면과 화면 사이에 인서트로 삽입한 빠르게 움직이는 화면. 화면의 속도를 증대시키거나 시각적인 충격 효과를 창출하기 위해 사용된다.
프레임인	Frame In. 피사체가 카메라 화각 안으로 들어오는 것.
프레임아웃	Frame Out. 피사체가 카메라 화각 바깥으로 벗어나는 것.
페이드아웃	Fade Out. 화면이 서서히 어두워지는 기법.
페이드인	Fade In. 어두웠던 화면이 서서히 밝아지는 기법.
몽타주	각기 다른 시간과 장소의 컷들을 이어붙인 장면.
CUT BACK	각기 다른 화면을 번갈아 대조시키는 기법으로, 주로 같은 시각 두 장소에서 일어나는 사건이나, 각기 다른 시점을 설명하기 위해 사용한다.
DIS	디졸브. 하나의 화면이 다음 화면과 겹치면서 장면이 전환되는 것을 말한다.

차
례
⟡

일러두기

- 이 책은 제인 작가의 대본 집필 형식을 최대한 살려 편집했습니다.

- 대사는 어감을 살리는 데 비중을 두어, 한글 맞춤법 규정과 맞지 않는 부분이라도
  유지히였습니다.

- 대사의 강약과 호흡을 표현하기 위한 의도로 대사 및 지문의 줄 바꾸기를 유지하였습니다.

- 대사 중간에 말이 끊기는 것을 표현하기 위해 마침표를 생략한 부분이 있습니다.

- 대사 중간의 말줄임표는 대사 사이 호흡의 길이를 표현하기 위한 것으로,
  온점 두 개, 세 개, 네 개 등으로 다양하게 표기되어 있습니다.

- 씬 넘버 뒤의 N은 저녁, D는 낮을 의미합니다.

- 본 책에는 최종 대본을 담았습니다. 따라서 방송되지 않은 부분이 포함되어 있거나
  방송과 다를 수 있습니다.

제 9 부

고립

孤立

S#1. 보도국 안. N (8부 67씬의 상황)

철컥. 혜란의 손에 채워지는 수갑.

강기준　　고혜란 씨 당신은 묵비권을 행사할 권리가 있고,
　　　　　지금부터 하는 모든 발언은 법정에서 불리하게 적용될 수 있으며
　　　　　변호사를 선임할 권리도 있습니다.
혜 란　　 (뭐? 쿵...! 하는 눈빛으로 본다)

　　　　　살인? 충격과 패닉에 빠진 장 국장 이하 웅 팀장.
　　　　　지원, 곽 기자 등 보도국 사람들.
　　　　　순식간에 공기는 충격으로 쎄하게 가라앉고

혜 란　　 (손에 채워진 수갑 본다. 보다가 시선 들어 장 국장 보면)
장 국장　 (굳은 얼굴로 본다. 눈빛에 당혹감이 어린다)
강기준　　(혜란에게) 가시죠.

　　　　　혜란, 살짝 멍한 눈빛으로 강기준을 따라나선다. 그러다 순간
　　　　　탁 돌아서 장 국장 앞으로 훅! 다가서더니

혜 란　　 (이를 꽉 물며) 나 아니에요. 나 안 죽였어요.
장 국장　 (그녀의 눈빛을 본다)
혜 란　　 (그 시선 피하지 않는다. 장 국장의 시선을 똑바로 쏘아보는데)

강기준	(가자고. 뒤에서 혜란의 팔꿈치께를 잡으면)
혜 란	(끝까지 장 국장의 눈빛을 쏘아본다. 보다가 탁 뒤돌아
	강기준의 손길 탁, 쳐내고 또각또각 가면)

앞만 처다보며 걸어가는 혜란, 그 양옆으로 강기준과 박성재.
그렇게 보도국 사무실을 빠져나간 뒤로 정적...
보도국 직원들, 그 누구도 입을 뗄 수 없는 충격과 침묵.

장 국장	(혜란이 사라진 그 공간을 본다. 잠시 생각에 잠겼다가 굳은 채)
	속보 띄워. 고혜란 케빈 리 살해 혐의로 긴급체포.
일 동	(네?!!! 장 국장 보면)
장 국장	(그대로 탁 돌아 국장실로)

쿵. 닫히는 국장실 문.
지원과 곽 기자, 이거 뭐냐? 잽싸게 시선 주고받으면서.

S#2. 보도국 엘리베이터 안. N

내려가는 숫자판. 엘리베이터 안 팽팽한 침묵.
강기준과 박성재 묵묵히 서 있고. 그 뒤에 혜란 꼿꼿하게.

강기준	(긴급체포 된 상황에서도 이 여자는 당당하다. 그 이유가 뭘까..)
박성재	(혜란의 서슬에 공기가 살벌하다. 힐끗, 강기준 눈치 보면)
강기준	(혜란에게) 변호사와 통화하시겠습니까?
혜 란	(강기준 보는 위로)

E. 전화벨 소리

S#3. 방송국 앞 태욱의 차 안. N

E. 전화벨 이어지고
태욱, 참담한 얼굴로 울리는 전화기를 본다. 〈혜란이〉
조수석엔 꽃다발 놓여져 있고
태욱, 액정에 뜬 혜란의 이름을 그저 먹먹한 눈으로 바라본다.

S#4. INSERT〉 강기준의 차 안. N

혜 란　　(가만히 귀에 댄 채 울리는 벨소리 듣다가)

E. 지금은 전화를 받을 수 없으니.....

혜 란　　(전화를 안 받는다고? 핸드폰 보면)

S#5. 방송국 앞 & 태욱의 차 & 강기준의 차. N

정차되어 있는 태욱의 차. 태욱 먹먹한 눈으로 멍하니...
방송국 앞에서 나오는 강기준의 차.
순간, 정차한 태욱의 차 앞을 지나가는 강기준의 차.
혜란과 태욱, 서로를 보지 못한 채 차창으로 스쳐 지나간다.
태욱, 잠시 그렇게 있다가 시동 걸고 반대편으로 출발하는 데서.
그렇게 서로 반대 방향으로 멀어지는 두 차량에서.

S#6. 몽타주.

1. 어느 부조. N

주르륵 떠 있는 모니터. 채널1. 드라마 방송 중이고
채널2 오락프로 방송 중이다. 동시에 일제히 박히는 붉은 띠 자막.
〈고혜란, 케빈 리 살해 혐의로 긴급체포〉

2. 방송국 로비. N
헉.... 놀란 사람들. 그대로 멈춰 서서 보면
E. 까르르 터지는 예능 채널 웃음소리.
그 아래로 〈고혜란 긴급체포 자막〉

3. 국장실 N
장 국장. TV 본다. 황망한 눈빛으로 나직한 한숨.. 몰아쉬면

4. 어느 카페. N
기가 막힌 표정으로 핸드폰 화면을 보고 있는 윤송이까지,

5. 홍보수석실. N
화면 들여다보고 있던 홍보수석.. 전화기를 집어 든다.

홍보수석 아무래도 고혜란은 날아간 거 같은데. 어, 3안으로 가야겠어.
내일 그렇게 발표하는 걸로 하지. (탁! 끊으면)

6. 은주의 집 거실
은주. 쎄하게 굳어 TV 보는 데서

S#7. 중앙지검 압수물과. N

탁탁, 테이블 위에 올려지는 혜란의 핸드백. 휴대폰, 차키 등.
여자수사관1, 핸드백 열어 안의 내용물 점검하고

여자수사관2 지금부터 간단한 몸수색 시작하겠습니다. 똑바로 서세요.
혜 란 (굳은 표정으로 여자수사관2를 똑바로 본다)
여자수사관2 팔 올리시구요.
혜 란 (본다. 보다가 두 팔 올리면)

여자수사관2, 흉기 소지 등을 체크하는 간단한 몸 수색 진행되고.
(INSERT〉 고급 멤버십 바〉 술잔에 따르는 술, 마시는 태욱)
(E. 전화 신호음 계속해서 이어지는 가운데)
무미건조하고 기계적인 여자수사관2의 손동작.
(INSERT〉 계속해서 따르고 마시고, 따르고 마시는 태욱)
여자수사관의 손길이 스칠 때마다 굴욕적인 기분을 느끼는 혜란,
그러나 차가운 표정 위로 어떤 감정도 드러내지 않는다, 그 위로
(E. 전화 신호음 끊질기게 이어지다 "전원이 꺼져 있어.."로 연결)
혜란, 끝까지 내색하지 않은 채 이 모욕을 견디는 데서.

S#8. 지검 조사실. N

달칵, 문이 열리고. 여자수사관의 안내로 들어오는 혜란.
여자수사관, 나가면서 쿵, 닫히는 문.

혜 란   (군은 얼굴로 정물처럼 그대로 선 채) ......

그 위로 자막, 〈긴급체포 1시간 20분 경과〉

S#9. 지검 변우현의 사무실. N

변우현   (정기찬과 통화하는) 강태욱 변호인. 아직 연락 안 됐습니까?
정기찬   (INSERT〉 태욱 사무실. 미쳐버리겠네!!!!)
            지금 변호사님께서 엄청나게 급한 일이 생기셔가지구요,
변우현   (말 자르고) 저희는 예정대로 구속영장 실질심사 진행하겠습니다.
            그때까지 연락 안 되면 변호사 입회 없이 진행합니다.
            (탁 끊어버리는데)
정기찬   (INSERT〉 태욱 사무실) 아닙니다! 금방 연락될 겁니다!

(하는데 끊어졌다. 이런 젠장!!! 미친 듯이 태욱에게 전화하는)

책상 아래. 깜박깜박 도청장치. 초록 불빛이 깜박깜박

S#10. 어둡고 밀폐된 곳. (이하 명우의 거주지) N

하명우, 귀에는 이어폰 꽂은 채 팔굽혀펴기 한다. 그 위로,

정기찬E   (음성 남기는) 변호사님!!! 어디십니까아...!!
           큰일 났습니다아!! 사모님이 잡혀가십니다!!
하명우   (혜란이가 잡혀가? 그대로 운동 멈추고. TV 켜면)

TV. 예능 채널 아래로 〈고혜란, 살해 혐의로 긴급체포〉 자막.
명우, 채널 돌리면 같은 자막이 채널마다 뜬다.
하명우, 그대로 굳는데

S#11. 보도국 국장실. N

장 국장. 양미간에 주름 가득. 눈 감고 있고
이하 웅 팀장 지원 곽 기자, 다들 얼빠진 얼굴로 무거운 침묵만..

웅 팀장   (아무리 생각해도 어이가 없다) 살인...?
            그러니까 진짜루 고혜란이 케빈 리를 죽였다. 뭐 이런 거냐?
            (허...) 고혜란 그거 맘만 먹으면 못할 게 없는 애라는 건
            진즉에 알아봤지만 와.. 거기까진 줄은 몰랐네.
            이건 뭐 서스펜스 스릴러도 아니고. 걔는 장르가 뭐냐?
곽 기자   (조심스럽게 장 국장에게) 어떻게 된 건지 제가 좀 알아보겠습니다.
웅 팀장   알아보긴 뭘 알아봐! 경찰이 와서 은팔찌 채워갔음 답 나온 거지!

곽 기자	그래도 구체적인 혐의가 뭔진 저희라도 알아봐야죠,
웅 팀장	알아보면. 뭐? 사식이라도 넣어주게?
곽 기자	팀장님..! (하는데)
장 국장	(버럭!) 다들 입 다물어!
일 동	(찔끔. 보면)
장 국장	조용해. 아무 말도 하지 말고! 아무것도 하지 마. (딱 굳으면)
지 원	(쓱.... 장 국장 심기 살핀다. 상황이 만만치 않아 보이는데)

S#12. 지검 조사실 & 고급 멤버십 바. (7씬과 같은 장소) N

지검 조사실. 째깍째깍 시계 초침 소리.
그 위로 자막, 〈긴급체포 3시간 경과〉

혜 란	(여전히 꼿꼿한 그 자세 그대로 시계 보는 위로)
강기준E	고혜란 변호사는 아직인가?

S#13. 지검 조사실 앞 복도. N

박성재	네, 핸드폰 전원이 아예 꺼져 있답니다.
강기준	(그래? 하는 눈빛으로 조사실 쪽 돌아보면)
박성재	뭐, 이런 말까지 하는 건 그렇지만,
	이젠 남편도 그녀를 버렸다..
	뭐 그런 뜻으로 봐야 하는 거 아니겠습니까?
강기준	(닫힌 문 바라본다. 뭔가 진행은 되는데 석연치 않다.... 뭐지..?)
박성재	모든 게 선배님 원하신 대로 착착 돼가고 있습니다.
	이제 영장 받아서 닥치는 대로 까버리시죠? 예?
강기준	(흐음..! 생각.. 그리고는 돌아서서 간다)
박성재	(쌩나서 따라가면)

S#14. 고급 멤버십 바 안.

빈 술병 두어 개. 그 옆엔 꺼진 전화기.
태욱, 계속해서 술을 마시고, 또 마시는 가운데

혜란E	필요해.
태 욱	(치밀어 오르는 분노... 술잔을 꽉 쥔다)
혜란E	필요해..!!

기어이 버석 깨지는 술잔. 태욱의 손에서 떨어지는 핏방울.
톡톡톡.... 방울방울 떨어지면서

S#15. 지검 조사실 안. N

째깍째깍....시계 초침 소리만 가득한 조사실 안.
굳은 얼굴로 혼자 텅 빈 조사실 안에 있는 혜란.
오롯이 혼자, 그 모든 침묵을 견디고 있는 혜란의 모습 위로

쿵!!!! 블랙 화면 위로
자막, 〈제9부 고립(孤立)〉

S#16. 혜란의 집 거실. (다음 날 아침)

인적 없는 거실. 냉기가 감돈다.
바닥엔 아무렇게나 벗어놓은 태욱의 코트. 가방....을 따라가면
소파 위. 구겨진 채 자고 있는 태욱. 오른손엔 붕대 감겨져 있다.
그 위로 초인종 소리와 함께 쿵쿵쿵!! 문 두드리는 소리

태 욱   (그 소리에 설핏 잠에서 깨어나서 집안 둘러보면
          어디에도 혜란의 기척은 없다. 순간 뭐지...? 하는데)

다시 초인종 소리와 함께 쿵쿵쿵 !!

태 욱   (일어나 현관으로 가면서) 누구세요? (문 여는데)
수사관1   (밀고 들어오면서. 신분증 꺼내 보여주면서) 서울중앙지검에서
          나왔습니다. 케빈 리 씨 살인 혐의로 긴급체포된 피의자 고혜란 씨에
          대해 압수수색을 시작하겠습니다. (뒤의 수사관들에게) 시작해.
수사관들   (박스 들고 밀고 들어오면)
태 욱   압수수색이라뇨? 집사람이 체포됐단 말입니까?
수사관1   (대답 대신 페이퍼에 적힌 대로 촬촬촬 읊는) 압수수색 물품은
          피의자 고혜란 씨의 차량과 사건 당일 착용했던 옷, 가방,
          신발 등입니다.
태 욱   (눈으로 압수수색 현장 보면서. 급하게 정기찬에게 전화)
          사무장님. 갑자기 어떻게 된 겁니까?
정기찬   (INSERT) 사무실 안. 밤 꼴딱 샌 얼굴이다)
          참 빨리도 물어보십니다..! 앓느니 죽고 말지, 어디 명 짧은 사람은
          변호사님 선임하겠습니까? 제가 사모님이면요, 변호사님은
          바로 해곱니다!
태 욱   이유가 뭐랍니까?
정기찬   (INSERT) 사무실 안) 서은주 씁니다. 그 분이 뒤통수를
          제대로 치셨다구요! 엄청나게 결정적인 증언을 했답니다!
태 욱   (서은주가 증언을 해? 굳은 얼굴로 수사관들 보면)

일사분란하게 압수수색하는 수사관들. 어지럽혀지는 혜란의 침실.
그걸 보는 태욱의 얼굴. 무섭게 굳는데

S#17. 지검 변우현의 사무실.

막 출근하던 변우현, 멈칫 보면,
태욱, 굳은 얼굴로 앉지도 않은 채 변우현 기다리고 있다.

변우현   (예상했다. 태연하게 코트 벗어 옷걸이에)
        어젯밤에 뭐하느라고 그렇게 전활 안 받아요?

태 욱   서은주가 무슨 말을 한 거야?

변우현   (붕대 감긴 손 보고) 다치셨어요? 조심 좀 하시지..

태 욱   서은주가 무슨 말을 했건 유족의 일방적인 주장이야.
        객관적 증거가 될 수 없어. 너 알잖아?

변우현   (커피 따르면서) 커피 드릴까요?

태 욱   증거인멸의 우려. 도주의 위험 없어.
        검찰에서 언론에 공개한 긴급체포 사유도 없어. 적법하지 않아.

변우현   적법...? 형이 지금 저한테 법을 얘기하는 거예요?
        (피식) 그럼 애초에 법대로 하시지 뭐하러
        형수님까지 대동하고 골드문에 오셨습니까?
        형 원래 그런 사람 아니었잖아요? 굽히고 숙이고 비위 맞추고.
        그거 싫어서 검사 때려치고 나간 사람이 갑자기 바뀌니까
        솔직히 좀 당황스럽던데요?

태 욱   (보면)

변우현   아시잖아요? 용의자를 찾는 건 생각보다 쉽다는 거.
        (쓱, 눈빛 매워지며) 제 발 저린 놈이 범인입니다.

태 욱   기소는 감으로 하는 게 아니야. 너 이거 문제되면 감당할 수 있겠어?

변우현   (피식) 제 걱정을 하실 때가 아닐 텐데요?
        제 일은 제가 알아서 합니다.
        강태욱 변호사님은 강태욱 변호사님 일 하세요.

태 욱   야. 변우현!

변우현   (OL) 강태욱 변호사!!! 당신도 해봐서 알잖아?
        검사 한 명의 의지로 여태 잠잠하던 수사가 이렇게

급물살을 탈 수 있을까...? 게다가 빽도 뭣도 없는 나 같은 일개 검사가?
왜 이래? 알 만한 사람들끼리..(피식, 보면)

태 욱   (뭐? 딱 굳어 보는데)

S#18. 지검 조사실.

혜란, 팔짱 딱 끼고... 꼿꼿하게 전혀 흐트러짐 없이
눈 감고 있다가 딱..... 눈 뜨면서
자막, 〈긴급체포 10시간 경과〉

지원E   도대체 뭐가 나온 거예요?

S#19. 다음 날 보도국 회의실.

웅 팀장. 지원. 곽 기자, 긴급회의 소집된 분위기다.

지 원   뭐 결정적인 거라도 나온 거예요? 팀장님은 아는 거 없어요? 뭔데요?
웅 팀장   모르지!

그때 벌컥 문 열리고 들어오는 장 국장.

일 동   국장님 (일어나려는데)
장 국장   (인사 안 받고 바로 앉으며) 본론만 얘기하자. 한지원.
지 원   네, 국장님
장 국장   워밍업할 시간 없어. 오늘 저녁부터 뉴스나인 데스크 니가 맡아.
             웅 팀장.
웅 팀장   하명하십쇼.
장 국장   원고는 다 내가 최종 검수한다.

웅 팀장	고혜란은 순서를 어디다 달까요?
장 국장	헤드로 깔아. 단 1분 안에 끝내.
	고혜란 긴급체포, 혐의점 알 수 없음. 자세한 상황 들어오는 대로
	추후 보도하겠음. 내용은 이 정도로 정리하고.
웅 팀장	그걸 왜 1분으로 끝내요? 다른 데는 5분 10분 통으로 갈 텐데.
	다른 데서 김 다 빼놓기 전에 우리가 먼저 선방 쳐야 하는 거 아닙니까?
	케빈 리 소스도 다 우리한테 있고. 고혜란이 체포된 곳도 여긴데요
곽 기자	혐의가 밝혀진 것도 아닌데 우리가 나서서 소설 쓸 건 없잖아요.
웅 팀장	그럼 눈 뜨고 앉아서 특종을 날려?
장 국장	팩트가 아닌 어떤 무엇도 내보내지 마.
	지금 팩트는 고혜란 체포된 거 하나야.
	살인죄가 입증됐을 때 보도해도 늦지 않아.
	그때까지 뉴스나인에서 카더라는 절대 안 돼.
곽 기자	(웅 팀장에게. 눈으로. 들었죠?)
웅 팀장	(에이씨...)
장 국장	다들 나가봐.

일동 일어나 우르르 나가는데.

지 원	(나가지 않고. 일어선 채 장 국장 보면)
장 국장	(보지 않고) 왜?
지 원	오늘 강해건설 입찰인데 어떡할까요? (장 국장 보면)
장 국장	(시선 들어 보면)

지원과 장 국장, 속을 알 수 없는 눈길로 서로를 바라보는데

S#20. 보도국 복도 일각.

곽 기자, 섭섭하기도 하고 속상하기도 하고.

캔 음료 하나 뽑는데 그 옆으로 다가오는 지원,

곽 기자	웅 팀장님, 너무 하시는 거 아니냐?
	믿든 곱든 7년 넘게 한솥밥 먹던 동료야.
	나서서 막아주는 거까진 기대도 안하지만 부채질은 아니지 않냐?
지 원	됐고. 카메라나 챙겨
곽 기자	뭔 카메라?
지 원	강해건설 입찰 안 가? 한 시간밖에 안 남았어.
곽 기자	하자고?
지 원	그럼 안 해? (먼저 탁 가버리면)
곽 기자	야, 카메라! 5분. 5분만!!! (후다닥 안으로 튀어 들어가면)

S#21. 지검 조사실 복도 & 조사실 안.

혜란 앞에 앉아 있는 변우현. 앞에는 파일 등 놓여 있고

변우현	성명.
혜 란	고혜란입니다.
변우현	그럼 시작하겠습니다.

자막, 〈긴급체포 12시간 20분 경과〉

변우현	고혜란 씨는 케빈 리 씨 살해사건의 피의자로
	이 자리에 계십니다. 본인에게 불리하거나 대답하기 곤란한
	질문엔 묵비권을 행사하셔도 됩니다.
혜 란	(보면)
변우현	케빈 리는 고혜란 씨 뉴스에 출연한 게스트였죠?
혜 란	네.
변우현	당시 케빈 리 씨에 대해서 알려진 건 한국계 골프선수라는 거밖에

없었는데 고혜란 씨는 어떻게 그렇게 쉽게 섭외하셨습니까?

혜 란   은주 남편이라길래 부탁했습니다.

변우현   서은주 씨와는 어떻게 아는 사이죠?

혜 란   여고 동창이었습니다.

변우현   친구의 남편이었군요.
        그런데 사고 당일엔 무슨 일로 단둘이 만나신 겁니까?

짧은 플래시백〉 4부 48씬, 지하주차장
혜란, 와이퍼에 끼워져 있던 봉투에서 사진 꺼내 본다.
쿵...! 충격으로 얼어붙은 듯 안에 들어 있는 사진에 시선 고정된다.
클락에서 재영과 뒤엉킨 채 키스하는 혜란의 모습이 찍혀 있다.

혜 란   (입을 꾹 다무는데...)

변우현   (서류 툭툭 넘기면서 툭 던지는) 외로웠어요?

혜 란   (뭐? 변우현을 본다)

변우현   강태욱이랑 별거 중이라는 소문이 있던데..
        (쓱 보면서) 부부생활에 문제가 많았나봐요?
        그러다 케빈 리 같은 남자 만나니까 좋았습니까?
        젠체하지도 않고 쓸데없이 머리 굴리지도 않고.
        (쓱 보면서) 피지컬 보나마나 장난 아닐 거고..
        게다가 세계가 주목하는 챔피언이랑 불장난 하니 스릴도 있고..

혜 란   (이런 개자식이...! 눈에서 불꽃이 확!)

변우현   역시.. 강태욱 변호사가 안 나타나는 이유가 있었네.
        안 그럼 이 꼴 다 봐야 되잖아?

혜 란   이거 보세요, 변우현 검사! 당신 지금 뭐하자는 겁니까?!

변우현   (차갑게 딱 굳어 정색) 심문하는 건데요?
        그러니까 대답하세요. 잤어요?

혜 란   야! 변우현!! (책상 탁 치면)

변우현   (동시에 서류 파일로 책상 팍!!! 내리치면서) 잤잖아, 늬들!!!

혜 란   (파르르... 모멸감으로 굳는데)

S#22. 강율로펌 대표실 앞 복도.

태욱, 초조한 얼굴로 손목시계 보는데

여비서　　(안에서 나오면)
태　욱　　대표님 언제 뵐 수 있습니까? 기다린 지 한 시간 지났습니다.
여비서　　죄송합니다. 오늘 스케줄이 꽉 차 있어서요, (안 되겠는데요..)
태　욱　　기다리겠습니다. 얼마가 되든 기다릴 테니까, (하는데)

툭, 문 열리면서 나오는 강율 대표

강율 대표　(손가락으로 까딱. 들어와)

S#23. 강율로펌 대표실.

강율 대표　5분 줄게, 딱 5분밖에 시간을 못 빼서.. (손목시계 보면)
태　욱　　혜란이 때문이 왔습니다.
강율 대표　알아.
태　욱　　제가 어떻게 하면 되겠습니까?
　　　　　어떻게 하면 혜란이 빼낼 수 있습니까?
강율 대표　뭘 그렇게 애가 닳아서 그래?
　　　　　안 그래도 너 연락 안 된다길래 우리 쪽에서 사람 하나 보내놨어.
태　욱　　(사람을 보내?)
강율 대표　기다려봐. 때 되면 어련히 알아서 나올까.
태　욱　　(뭐지, 이 여유는...? 보는 시선에서)

S#24. 지검 조사실 안.

강율 변호인. (60대 초중반. 남) 어딘가 어수룩하고 산만하게
서류 뒤적이는 그 앞으로 마주 앉은 혜란,

혜 란   강율에서 오셨다구요?
강율변호인 (어눌. 어수룩) 네, 지금부턴 저랑 얘기하시면 되겠습니다.
           (서류 뒤적뒤적) 가만 있자.. 이게 어딨나...
혜 란   (뭐하는 거지? 쳐다보면)
강율변호인 (혜란 보고 멋쩍은 웃음) 실은 맡은 지 30분도 안 돼서 사건 개요도
           잘 모릅니다. 잠깐 나가서 찬찬히 읽어보고 들어와도 되겠습니까?
혜 란   네?
강율변호인 걱정 마세요. 아직 시간은 많다 아입니까? (씩 미소에서)
혜 란   (이것들 뭐야? 딱 굳어 보는데)

자막, 〈긴급체포 15시간 경과〉

S#25. 보도국 사무실.

수사관1   (보도국 전체를 향해 외치는) 서울중앙지검에서
           피의자 고혜란 씨에 관한 압수수색 나왔습니다! 협조 부탁드립니다!

검은 구둣발들 일제히 척척척척 걸어 들어가면
웅 팀장 이하 보도국 직원들. 망연자실 손 놓고 있는데

수사관1   고혜란 씨와 관련된 파일과 영상자료들은 모두 압수품목입니다.

턱턱, 검찰 마크가 찍힌 박스 안에 담기는 혜란의 물건들.
혜란 책상. 쓸어 담기 시작한다.

장 국장	(한쪽에 서서 본다. 보도국을 수색한다...? 표정 굳으면)
수사관1	(혜란의 책상 위에서 '강해건설' '환일철강' 네임택 붙은 파일,
	쓱 보고 그대로 박스에 담으면)
지원E	(상황이 이상하게 돌아간다. 쓱, 뒤로 빠지면서 문자 보내는)
	고 선배 압색 들어옴. 보도국 탈탈 털리는 중.
	강해 입찰 촬영 원본 잘 갖구 있지?

INSERT〉 보도국 편집실
모니터엔 강해건설 입찰 화면 떠 있고
곽 기자, 열나게 편집하다가 뭐? 굳어 핸드폰 문자 보고
급하게 USB 꽂고 백업 시작하는데
다시 보도국〉

수사관1	(웅 팀장에게) 편집실은 어딥니까?
지 원	(기어이 편집실까지? 허...)
웅 팀장	자알 돌아간다, 자알 돌아가. 고혜란 하나 때문에 방송국이
	편집실까지 털리고. 언론 탄압의 현장이 눈앞에서 아주 그냥
	생생하게 펼쳐지는구나?
수사관1	(언론 탄압?) 살인사건입니다. 피의자가 바로 여기서 체포됐구요.
웅 팀장	(허리 딱 곧추세우고) 그건 아는데. 여긴 언론사고 검찰이
	이렇게 막 들이댈 곳은 아니죠!
수사관1	(말 딱 자르고) 수사엔 성역 없습니다. 언론사가 아니라 어디라도.
웅 팀장	(그건 그렇지..허리춤에 있던 양손이 가지런히 앞으로)
	네.. 뭐, 그렇죠...
수사관1	편집실. 어딥니까?
지 원	(나서며) 제가 안내할게요. 따라오세요. (앞장서면)
수사관들	(우르르 따라간다)
웅 팀장	(빤히 쳐다보다가, 황당) 근데 쟤 어디 가냐?
장 국장	(한쪽에서 가는 지원을 지그시.. 바라보면)

S#26. 엘리베이터 안.

문 열리면 지원, 올라타고 수사관들 쪼르르르 따라 올라탄다.
지원, 15층 버튼 누르면 쭉 올라가는 숫자판들.
(INSERT〉편집실) 백업 진행 중인 곽 기자, 68프로 남았다)
15층 도착. 땡 열리면. 지원 내리고 그 뒤를 우르르 따라 내리는데
썰렁한 공간

지 원   아참! 맞다! 편집실 얼마 전에 7층으로 옮겼는데 제가 깜박했네요.
          죄송합니다. 다시 엘리베이터로 내려가시죠, (내려감 버튼 누르면)
수사관들   (뭐야 이거? 쎄하게 지원을 쳐다보면)

S#27. 보도국 편집실.

초조한 곽 기자 모니터 보면, 백업 진행 중. 21프로 남았다.

S#28. 7층 복도 다른 편집실.

주르륵 칸칸이 편집실들 보이고 그 앞으로 걸어오는 지원과
그 뒤를 따라오는 수사관들.

지 원   아.. 어느 방에서 편집한다 그랬지? (다른 편집실만 기웃거리는데)
수사관1   (이 여자 뭐하자는 거야?) 아시는 거 맞습니까?
지 원   아, 제가 지방에 내려갔다가 얼마 전에 올라왔거든요.
          그 사이에 편집실 구조가 너무 바뀌어서 좀 헷갈리네요?
수사관1   (아 놔... 보면)

지원, 앞장서고 수사관들 우르르...엉뚱한 복도 코너를 도는데

지원 앞에 딱 막아서는 발. 장 국장이다.

장 국장   한지원. 너 뭐하는 거야?

지 원   (멈칫.. 보면) 국장님..

장 국장   (수사관들에게) 따라오시죠. 제가 안내하겠습니다. (앞장선다)

수사관들   (쪼르르르 따라가면)

지 원   (아, 진짜! 재빨리 따라붙는 데서)

S#29. 보도국 편집실 안 & 편집실 앞.

모니터. 강해건설 입찰 화면 떠 있는데 벌컥! 열리는 문.

곽 기자   (놀라. 급하게 모니터를 몸으로 가리면서) 무슨 일입니까?

수사관1   뒤로 물러나세요.

곽 기자   (그 서슬에 주춤, 물러나면)

수사관1   시작하세요.

수사관들, 강해건설 입찰 영상 탁 빼고.
책상 위에서 턱턱턱, 자료들 담고
(** 그중의 하나, 네임택 없는 SD카드 하나, 툭 딸려 들어가면서)

지 원   (곽 기자 옆으로 쓱 다가서서 눈빛 쏘면)

곽 기자   (눈은 수사관들에게. 뒷짐 진 손은 쓱....지원에게)

뒷짐 진 곽 기자의 손에서. 지원의 손으로 건네지는 USB
지원, 곽 기자와 눈으로 시선 주고받으며 편집실 빠져나와
탁, 몸 트는데 누군가 지원의 팔을 턱 낚아챈다.

지 원   (흠칫 보면)

장 국장	내놔.
지 원	국장님..
장 국장	군소리 하지 말고 내놔.
지 원	(주먹을 꼭 쥔 손에서 힘이 풀리는데)
장 국장	(그 주먹 탁, 낚아채면. USB 하나 그 위로)

자막, 〈긴급체포 18시간 경과〉

S#30. 카페 안.

윤송이	완전히 엮인 거예요.
태 욱	무슨 말입니까? 엮이다뇨?
윤송이	설마 혜란이가 진짜로 케빈 리를 죽였겠어요 강 변호사님?
태 욱	알아듣게 설명해주세요.
윤송이	어제 뉴스요 (하... 개새끼들) 어제 혜란이가
	강해건설 입찰비리랑 환일철강 납품비리 보도했거든요.
	그 보도 나가자마자 한 시간 뒤에 긴급체포해서 데려가고,
	오늘 검찰은 압색 때려서 해당 파일이랑 영상들 다 털어갔구요.
	타이밍 기가 막히지 않아요?
태 욱	설마.. 뉴스 하나 내보냈다고 그 사람을 데려갔단 말입니까?
윤송이	이젠 하다하다 살인죄로 엮을 줄은 몰랐네요 진짜.
태 욱	아무리 그래도.. 지금 시대가 어느 시댄데.. 어떻게 그런 일이,
윤송이	(딱 손들고) 산증인 여기 있잖아요.
	2013년도에 아주 비슷한 케이스로 보도국에서 쫓겨난 사람, 여기!
태 욱	(뭐...? 보는데)

S#31. 지검 조사실. N

째깍째깍. 시계 초침소리만 가득한 조사실 안.
혜란, 굳은 얼굴로 미동 없이 앉아 있는 데서.

S#32. 지검 복도 & 다른 조사실 앞. N

또각또각 걸어오는 한 여자. 보면, 은주다.

변우현   몇 가지 더 확인할 게 있어서 모셨습니다. 들어가시죠?

은주, 변우현이 안내하는 조사실로 들어간다. 쿵! 문 닫히면

S#33. 태욱의 사무실. N

TV에선 재연프로그램 방영 중이고,
정기찬 완전 몰입해서 보고 있는데 들어오는 태욱

정기찬   (벌떡 일어나면서) 사모님은 어쩌구 계십니까?
　　　　많이 놀라셨죠? 좀 주무셨대요? 하긴 이 와중에 잠이 와도 이상하죠.
　　　　(태욱 툭 보면서) 변호사님하군 다르잖습니까?
태 욱   (리모컨 들어 채널 바꾼다)
지원E   (TV) 시청자 여러분 안녕하십니까?
　　　　한지원의 뉴스나인. 오늘의 첫 소식입니다.
태 욱   (굳은 얼굴로 TV 보면)
정기찬   (한참 보구 있었구만... 궁시렁) 거, 평소에나 좀 열심히 보시지.
　　　　오늘은 사모님도 안 나오시는구만....
지원E   (INSERT〉 뉴스나인 스튜디오) 환경오염이 심각합니다.

(DIS) 다음 소식입니다. 취약계층의 부담을 덜어주고
신속한 경제 활동 복귀를 돕기 위해 정부는...
(DIS) 다음은 한 주간 날씨 소식 알아보겠습니다.

기상캐스터E   (TV) 연일 동장군의 기세가 매섭습니다.
다음 주에도 한파는 계속될 걸로 보이는데요.....
(DIS)

지 원   (INSERT〉 뉴스나인 스튜디오)... 저희는 내일도 빠른 뉴스,
정확한 뉴스로 다시 찾아뵙겠습니다.

태 욱   (표정 없이 빤히 쳐다보는 위로)

윤송이   (플래시백) 카페 안. 30씬) 내가 예언하나 할까요?
어제 고혜란이 분명히 후속 보도 하겠다고 한 강해건설이랑 환일철강,
오늘 뉴스에 한마디도 안 나올 겁니다.

태 욱   (살짝 충격 먹은 듯한 눈빛... 지금 무슨 현실과 부딪혀 있는 건가..
살짝 감당 안 되는 듯 눈빛 흔들리다가.. 핸드폰 꺼내든다)
강태욱입니다.

하명우   (INSERT〉 명우의 거주지) 말씀하십시오.

태 욱   (통화) 변우현 검사한테 좀 붙어주시겠습니까?
언제 어디서 누굴 만나는지 뭘 하는지 실시간으로 보고해주세요.

하명우   (INSERT〉 명우의 거주지. 외투 탁 들고 나오면서) 알겠습니다.

태 욱   (끊는다. 굳는 얼굴 위로)

변우현E   자, 다시 시작해볼까요?

S#34. 지검 조사실. N

변우현과 혜란.

변우현   고혜란 씨는 케빈 리 씨를 언제 처음 만났습니까?

혜 란   (이를 꽉. 또박또박) 공항에서 우연히 만났습니다.

변우현   서은주 씨는 그렇게 말씀하지 않던데요?

혜 란	(서은주? 탁 보는데)
은 주	(플래시백) 다른 조사실. 32씬에 이어)
	두 사람은 이미 오래된 연인관계였어요. 전 그걸 나중에 알았죠,
혜 란	서은주의 오햅니다.
은 주	(플래시백) 다른 조사실) 처음부터 계획적이었던 거 같아요.
	공항에서 그이를 기다린 것도, 어머니 장례식 때 저한테 부탁해서
	그이를 다시 만날 구실을 만든 것도..
혜 란	아뇨, 친구로서 부탁한 겁니다.
	캐빈 리 독점 인터뷰를 따내는 게 그땐 중요했거든요.
은 주	(플래시백) 다른 조사실)
	아무리 그래도, 내가 지 친군데,, 그러면 안 되는 거잖아요.
	게다가 두 사람은 뻔뻔하게도 일을 핑계로 태국까지 같이 갔어요.
혜 란	휴먼 파일럿 예고 촬영 때문이었습니다.
은 주	(플래시백) 다른 조사실) 다시 만나니 애틋했겠죠.
	두 사람만의 시간을 갖고 싶었을 거예요.
	눈치도 없이 저는 거기까지 따라갔었구요. (생각만 해도 울컥!)
혜 란	서은주 혼자만의 상상이고 억측입니다.
변우현	(플래시백) 다른 조사실)
	혹시 직접 보셨습니까? 두 사람이 밀회를 즐기는 현장을...?
은 주	(플래시백) 배신감으로 떨리는 손끝. 치맛자락을 꽉... 움켜쥔다)

INSERT〉 5부 52씬, 카페 안.
테이블 위에 놓인 혜란과 재영의 키스 사진을 보는 은주.

은주E	네. 봤어요.

S#35. 혜란의 회상〉 방송국 화장실. (7부 46씬)

툭. 변기 안으로 떨어지는 칩.

혜란, 물기 어린 눈빛으로 잠시 본다. 보다가 물 내린다.
물과 함께 사라지는 칩.

S#36. 다시 조사실. N

혜 란　봤다는 증거.. 있습니까?
은 주　(플래시백) 다른 조사실) 내 눈이 증거예요,
혜 란　그렇게라도 누군가를 원망하고 탓하고 싶은 건 아니구요?
은 주　(플래시백) 다른 조사실)
　　　　우리 남편이 자기를 협박하고 있다고.. 했습니다.
　　　　10년 전 과거를 가지고 계속 괴롭히고 있다구요.
　　　　그러면서 저한테 계속 미국으로 떠나달라구 사정했습니다.
혜 란　나는 혼자가 된 은주한테 도움을 주고 싶었을 뿐입니다.
은 주　(플래시백) 다른 조사실)
　　　　마지막에 전화해서 그이를 불러낸 것도 고혜란이었어요.
혜 란　나는 전화한 적이 없습니다! (완전 쎄해진 눈빛에서)

S#37. 지검 청취룸. N

묵묵히 조사실 안의 혜란을 보는 두 남자. 강기준과 박성재다.

강기준　(시선은 혜란에게. 질문은 성재에게) 통화기록 확실해?
박성재　네. 고혜란 핸드폰에는 전화한 흔적이 없구요,
　　　　케빈 리 핸드폰으로 걸려온 마지막 전화가
　　　　JBC 보도국 내선 전화였습니다. 빼박입니다, 빼박.

S#38. 플래시백〉 방송국 로비. (사건 당일 밤) N

인적 없는 조용한 로비
출입증을 찍고 안으로 들어가는 누군가의 발.
한 명, 잠시 후 두 명, 잠시 후 세 명...점점 늘어나다가 (모두 남자)

박성재E   사건 당일 그 시각에 보도국에 있었던 사람은
총 7명으로 확인됐습니다.

마지막, 출입문 바리게이트 앞에 와서 멈춰서는 하이힐 하나.
출입증 찍고, 바리게이트 열리자 또각, 한걸음 안으로 들어서면서

혜 란   (INSERT〉 조사실) 그 시간에 난 방송국에 없었다구요.

S#39. 다시 지검 청취룸. N

강기준   그 명단에 고혜란이 있었는지부터 빨리 확인해. 28시간 남았어.
박성재   넵! (나가면)
강기준   (시선 돌려 조사실 안의 혜란 보면)
변우현E   그럼 그 시각에 뭘 하고 계셨습니까?
혜란E   집에서 자고 있었습니다.

S#40. INSERT〉 혜란의 집 앞 경비초소. N

강기준, 경비와 대화 중

경 비   그날 눈이 많이 와가지구 난리도 아니었거든요.
길 미끄러울까봐 눈 쓸러 나갔었죠 우리는.

	그렇게 쏟아질 때는 한 시간에 한 번씩 쓸어줘야 하거든..
강기준	그럼 그날 밤 씨씨티비는요? 확인이 안 됩니까?
경 비	그게 오래돼서 그른가 눈이 녹아 들어가서 그른가..
	완전히 먹통이 됐어요,
강기준	(답답한 한숨에서)

S#41. 플래시백〉 다른 조사실. (36씬에 이어)

변우현	고혜란 씨가 남편분을 살해했다고 확신하시는 이유가 뭡니까?
은 주	(본다. 보며) 혜란이는 그런 애니까요,
	고등학교 때부터 그랬어요. 마음만 먹은 건 뭐든지 다 해야 했죠,
	걸리적거리는 건 무슨 수를 써서라도 치워버려야 직성이 풀렸구요
	내 남편이랑 즐긴다고 자신의 삶까지 깨뜨리는 바보는 아니에요.
	그것도 모르고 우리 남편은.. (울컥..!)
	혜란이한테 빠져 어쩔 줄 몰라 했구요..
변우현	많이 괴로우셨겠군요..
은 주	(눈물이 툭..! 떨어지면서) 처음엔 많이 부끄럽고.. 죽은 남편이
	원망스럽기도 했지만... 그래서 다 덮고 떠나고도 싶었지만,
	그런데 그러면 안 되는 거잖아요. 나쁜 짓을 했으면 벌을 받아야죠.
	(그러더니 시선 탁 틀어 변우현 보면서. 다짐하듯)
	혜란이에요, 마지막으로 내 남편을 불러낸 것도 고혜란이었구..
	내 남편을 죽인 것도 고혜란이 틀림없습니다! (시선에서)

자막, 〈긴급체포 22시간 경과〉

S#42. 지검 조사실.

혜란 앞에 와서 앉는 강율 변호인.

강율변호인 어떻게.. 잠은 좀 주무셨습니까?

혜 란 긴급체포 사유 알아오셨습니까?

강율변호인 그거야 조사 끝나면 나오겠죠?

혜 란 (뭐라구? 기가 막히는데)

강율변호인 참 오전에 청와대 대변인 발표가 났대요? 오정환인가..?
       변호사 출신인데, 서글서글하고 품행도 아주 좋은 사람이죠

혜 란 지금 뭐하자는 겁니까?

강율변호인 어차피 다 끝났어요, 청와대 대변인도 앵커 자리도..
       이제 그만 다 내려놓으세요 고혜란 씨.

혜 란 (뭐?)

강율변호인 이만큼 살아보니까 인생 별거 없습니다.
       나도 한때는 미국 월가의 변호사 부럽지 않은 시절이 있었습니다.
       근데 보세요. 지금은 이런 지저분한 사건이나 맡고 있지 않습니까?

혜 란 (뭐라구? 지저분한 사건? 점점 빈정 상하는 눈빛 위로)

강율변호인 다아.. 부질없습니다. 그래도 여자는 얼마나 편합니까?
       남편 비위만 곰살 맞게 잘 맞춰주면 따박따박 월급 갖다 주지,
       편하게 살림이나 하면서 시간 보내니 몸두 편하고,
       마음도 편하고... 안 그렇습니까?

혜 란 (불쾌해지며) 지금 그 말, 무슨 뜻입니까?

강율변호인 (쎄해지면서, 정색하고) 당신 분수껏 사세요.
       그 말을 하는 겁니다.

혜 란 (허...! 이 새끼 뭐라는 거야? 딱 굳는데)

       자막, 〈긴급체포 35시간 경과〉

S#43. 조사실 앞 복도 & 일각.

       강율 변호인, 뚜벅뚜벅 걸어가는 그 한쪽에서,

박성재E (속닥) 변호사를 바꾼 모양이죠?

강기준 (자판기 커피 마시면서 강율 변호인을 묘한 시선으로 보며)
       이상하지 않냐? 아무리 그래도 와이프가 잡혀 있는데
       남편이라는 사람이 이틀째 코빼기도 안 비춘다는 게?

박성재 오만정이 다 떨어졌겠죠.
       사람을 죽였대도 식겁할 일인데 치정이잖아요, 치정.
       심지어 살인! 어후 (고개 절레절레) 저라도 안 옵니다!

강기준 (그래도 이렇게까지 외면한다는 건 좀 이상하다....)

S#44. 다시 지검 조사실.

혜 란 (쎄한 느낌으로 앉아 있다. 이 새끼들 이거 지금 뭐하자는 거지..?
       뭔가 판이 묘하게 돌아가고 있다는 느낌을 받는데)

변우현 (문 열고 들어와 혜란 앞에 앉아 지그시 보다가)
       오늘은 좀 쉽게 가죠? 어차피 다 나올 텐데.

혜 란 (변우현을 쳐다보는 눈빛.. 묘하게 차분해지는 가운데)

변우현 자, 다시 묻겠습니다.
       케빈 리랑 그날 밤 무슨 일로 다시 만났습니까?

혜 란 (변우현을 조용히 들여다보는)

변우현 처음부터 죽일 의도로 만난 겁니까?
       아니면 케빈 리랑 다른 일로 만났다가 몸싸움까지 간 겁니까?

혜 란 목격자 있어요?

변우현 (? 혜란을 본다)

혜 란 내가 케빈 리랑 다시 만나는 걸 본 사람 있습니까?
       몸싸움 하는 거 본 사람 있어요?
       아니면 사고 현장에서 씨씨티비라도 확보했나요?

변우현 (보면)

혜 란 (딱 굳어) 늬들.. 없지?

변우현 (찰나의 순간, 말리는 표정)

혜 란	(딱 봤다!) 증거도 목격자도 없이 지금.. 이거 뭐하자는 겁니까?
	긴급체포 사유도 없이 대체 뭘루, 날 감금해놓은건데?
	늬들 이거 인권침해 건 알구 이러는 겁니까?
	그 문제로 한번 내가 늬들 걸어볼까?
변우현	(본다. 보다가 쓰윽 등받이에 몸 기대며) 와! 역시 고혜란이네.
	지금 누리고 있는 그 자리가 거저 얻어진 건 아니었어요. 그죠?
혜 란	이쯤에서 긴급체포 풀어! 그러는 게 좋을 겁니다.
변우현	그런데 이걸 또 어쩌나?
	세상 일이라는 게 고혜란 씨 말처럼 논리적으로, 객관적으로,
	그렇게 투명하게 돌아가진 않아요.
	(쓰윽 보며) 지금 이 상황은 우리 손 밖의 일이라구요. 예?
혜 란	(손 밖의 일? 하다가 순간 표정 쎄해지는 눈빛에서)

S#45. 지검 면회실.

정기찬, 너무나 가슴 아픈 얼굴로 혜란 본다.

정기찬	식사는 하셨어요? 일단 잘 드셔야 됩니다아..
혜 란	그이는요?
정기찬	사모님께 오고 싶은 맘은 굴뚝같으시지만
	당최 이게 무슨 상황인지 알아보시느라 사방으로 뛰어다니느라구요
	우선은 시간이 없으니까 변호사님께서 전해주라는
	말씀부터 드리겠습니다.
혜 란	(전해주라는 말? 보면)
태 욱	(플래시백) 사무실. 35씬에 이어. TV에선 뉴스 끝나가고)
	집사람한테 가서 전해주세요.
	오늘 강해건설 입찰 관련 뉴스가 안 나왔다구요.
정기찬	이렇게 말씀드리면 아실 거라고 하시던데요?
혜 란	(강해건설? 뭔가 땅!!! 뒤통수를 친다)

강율변호인 (플래시백) 42씬) 이제 그만 다 내려놓으세요 고혜란 씨,
변우현   (플래시백) 44씬) 지금 이 상황은 우리 손 밖의 일이라구요?
강율변호인 당신 분수껏 사세요!
혜 란   (순간) 하..! 이런 개새끼들..
정기찬   (흠짓) 예..? (설마 나한테 그러는 건 아니겠지? 괜히 쓱 돌아보면)
혜 란   (머릿속이 한순간에 정리된다, 한결 맑아진 눈빛으로)
        사무장님. JBC 한지원 기자 좀 불러주시겠어요?

        자막, 〈긴급체포 39시간 경과〉

S#46. 지검 앞. N

        변우현, 코트 걸치면서 걸어 나오고
        일각. 하명우, 그런 변우현을 보고 있다. 그 시선에서

하명우   (전화 건다) 변우현이 움직입니다.
태 욱   (INSERT) 사무실. 듣는 데서)

S#47. 태욱의 사무실 주차장.

        한쪽에 주차하는 강기준, 막 차에서 내리려는데
        뛰어나오는 태욱이 보인다. 차에 급히 올라타고 출발하는 모습.
        강기준, 다시 차문을 닫으며 쓱 쳐다본다.
        그 위로 은은한 클래식이 흐르기 시작하고

S#48. 로얄 스테이 호텔 프라이빗룸 복도 - 룸 안. N

음악 이어지고 기다란 통로를 걸어가는 변우현의 뒷모습.

하명우F   로얄 스테이 호텔입니다. 들어가고 있습니다.

그 통로의 끝에 마련된 문. 그 문을 열면 고급스런 룸 펼쳐지고
변우현, 정중하게 걸어가 일일이 악수 나눈다.
강율 대표. 강해건설, 환일철강 대표. 정대한 의원이다.

정대한   강율 대표님한테 말씀 많이 들었습니다.
         이번에 애 많이 쓰시고 계시다구요?
변우현   선배님 말씀 놓으시죠? 저 한국대 87깁니다.
강해건설   덕분에 무사히 입찰받고 몇 년 농사는 잘 될 거 같습니다.
변우현   맡은 바 소임을 다하는 것 뿐입니다.
강율 대표   그래 그래. 경제도 어려운데 서로서로 돕고 살아야지.
         (강해건설에게) 노조에 기자에. 사방에서 흔들어대니
         사업하기 힘드시죠?
강해건설   아랫목에 불을 지펴야 윗목도 뜨뜻해지는 것처럼
         기업이 잘돼야 국민 경제가 살아나는 건데 헛똑똑이들이 자꾸
         나서니까 일은 더뎌지고 경기는 점점 어려워지고. 악순환이죠.
정대한   쓸데없이 여론 선동하고 불신만 조장하는 일부 언론인들이 문젭니다.
         이번 기회에 깨달은 바가 있을 겁니다.
         대표님께서는 차질 없이 복합몰 완공하셔서 국가 경제에
         큰 보탬이 돼주시기 바랍니다.
강해건설   여부가 있겠습니까? (하하하)
강율 대표   자 자, 좋은 날인데 건배부터 하시죠?
일 동   (쨍! 잔 부딪치고)
강율 대표   (변우현에게. 눈빛으로. 수고했어)
변우현   (감사합니다. 두 손 받들어 술 마시면)

강해건설	(정대한에게 은밀하게 귓속말) 따님은 잘 만나고 계시죠?
정대한	(허허허) 덕분에 아주 좋은 시간 보내고 있습니다.
일 동	(기분 좋게 술잔 기울이는데)
지배인	(다가와. 강율 대표에게 깍듯) 밖에 손님이 찾아오셨습니다.
강율 대표	(손님? 보는 시선에서)

S#49. 로얄 스테이 호텔 프라이빗룸 앞. N

태욱 기다리고 섰는데 안에서 나오는 지배인, 정중하게

지배인	예약 명단에 계시지 않기 때문에 들어가실 수 없습니다.
태 욱	(뭐? 내 입장을 막아? 허....굳어 닫힌 문 보는데)

일각. 복도 끝. 강기준, 입장이 막힌 태욱을 보는데
문 열리면서, 화기애애한 얼굴로 왁자하게 나오는 일행들.
태욱을 보고 멈칫, 보면

강율 대표	어? 태욱이 자네였나? 이런... 누군지 이름을 말하지 그랬어?
	(하다가) 오늘은 자리가 좀 그래서 긴 얘긴 좀 그렇고,
	나중에 보자구? (어깨 툭툭 하고 가면)

일동, 고혜란 남편이구만? 묘한 미소로 우르르 태욱을 지나쳐 가고.
맨 마지막으로 태욱 앞을 지나가는 변우현

변우현	(쓱...태욱 보면서. 쌔끼야 이런 거야. ... 피식. 가면)
태 욱	(딱 굳어 보는데)
강기준	(일각. 이게 다 뭐냐? 묘한 시선으로 보는데 울리는 전화 받으며)
	어, 성재야.

S#50. 방송국 안전관리팀. N

안전관리 요원의 안내하에 CCTV 확인하면서 통화하는 박성재.
손에는 출입명단 들려 있다.

박성재 (통화. 출입명단 보면서) 사건 당일 그 시간에 보도국에 들어온
사람들 확인됐는데요, 스포츠국 직원이 둘, 미술팀 당직 근무자 하나,
안전관리실 직원이 하나, 그리고 보도국 직원 셋입니다.
그 사람들 중에서 케빈 리의 통화내역과 일치하는 시간에
내선전화를 사용한 사람은 네 명이구요,

CCTV 화면〉 각각의 장소에서 전화를 사용하는 사람들 모습들 보여지
면서

박성재 케빈 리한테 걸려온 내선전화 3042번을 사용한 사람은,
강기준 (INSERT〉 호텔 앞. 급하게 나오면서 통화) 고혜란이야?

CCTV 화면〉 전화를 하는 한 여자의 모습으로 줌인...!!

박성재 (속닥) 놀라지 마세요. 그게요,

짧은 플래시백〉 방송국 로비 (38씬에 이어)
하이힐 하나, 달칵, 출입증 카드를 찍고 안으로 들어서다가
탁, 뒤돌아보면... 한지원이다. 그 위로,

박성재 (손에 들고 있는 출입명단의 이름 보면서) 한지원입니다.
강기준 (INSERT〉 호텔 앞. 우뚝 멈춰 서서. 통화) 한지원...?

S#51. 지검 면회실. N

한지원, 혜란 앞에 마주 앉아 있다.

지 원   지낼 만해요?

혜 란   강해건설 입찰. 어떻게 됐어?

지 원   예상대로 무사히 성공했어요. 물론 방송에는 못 내보냈지만.

혜 란   자료는?

지 원   국장님한테 토스했어요.

혜 란   잘 들어, 얘들 지금 빈 깡통이야.
         긴급체포 사유도 없고 혐의를 밝힐 증거도 없이
         그냥 잡아두고 있는 거야. 아무래도 2013년도 케이스 같다구..

지 원   2013년도 케이스요?

혜 란   국장님한테 그렇게 전해. 그럼 아실 거야. (시선에서)

자막, 〈긴급체포 44시간 경과〉

S#52. 보도국 국장실. N

장 국장   2013년도 케이스?

지 원   네. 그렇게 전하면 아실 거라던데요?

장 국장   (그래? 역시 그거였나..? 생각에 잠기는 눈빛 위로)

지 원   근데 뭐예요? 2013년도 케이스라는 게?

장 국장   (대답 대신) 회의 소집해.

S#53. 보도국 회의실. N

장 국장 이하 웅 팀장, 지원, 곽 기자 등 앉아 있고

장 국장   오늘 헤드는 고혜란이야. 사건 개요부터 긴급체포 사유까지
          꽂아논 인력들 총동원해서 뭐든 풀어내.

웅 팀장   (시계보고) 방송 두 시간 남았는데요?

장 국장   (손목시계 딱 보고) 검찰 측. 변호인측 양측 의견 다 담고
          가감 없이 그대로 내보내.

웅 팀장   긴급체포 끝나면 검찰이 어련히 알아서 브리핑할 텐데
          세 시간 남겨두고 뭐하러 그걸 합니까?

장 국장   특종 잡고 싶다며? 한 시간 58분 남았어. 뭐해? 다들 안 움직이고.

지 원   (곽 기자에게) 가자. (나가면)

곽 기자   어? 어! (후다닥 따라 나가고)

S#54. 혜란의 집 드레스룸. N

          탁, 옷걸이에서 셔츠 빼내 입는 태욱의 단호하고 거친 손길.
          커프스단추를 채우고. 넥타이를 매고. 양복 재킷을 걸치는
          태욱의 굳은 얼굴.

S#55. 뉴스나인 스튜디오. N

          스탭들, 분주하게 뛰어다니고 FD. 착착 카메라에 큐시트 꽂고
          팟!!! 조명 불 들어오면서

지 원   (오프닝) 시청자 여러분 안녕하십니까?
          발로 뛰는 뉴스, 빠른 뉴스! 한지원의 뉴스나인입니다!

S#56. 지검 조사실. N

혜란, 팔짱을 낀 채 또각또각 조사실 안을 왔다 갔다 한다.
굳은 얼굴로 시계를 들여다보기도 하는 모습 위로,

지원E   프로골퍼 고 케빈 리 씨 사망사건의 유력한
    피의자로 긴급체포된 고혜란 전 앵커의 구금시간이 두 시간 남짓
    남았는데요, 검찰은 아직 체포 사유와 혐의점이 무엇인지,
    또 수사 과정에서 새롭게 밝혀진 혐의는 무엇인지,
    아무것도 밝히지 않고 있는 상탭니다.

S#57. 뉴스나인 스튜디오. N

지 원   그런 점에서 여러 가지 의문이 생기는데
    담당 변호사이신 강태욱 변호사로부터 얘길 들어봤습니다.

S#58. INSERT〉 태욱부의 집.

과일을 깎던 태욱모, 멈칫.. TV 화면을 본다.
옆에 앉아 있던 태욱부 역시 살짝 뜻밖이라는 눈빛으로 보면.

S#59. 뉴스나인 부조. N

주르륵 떠 있는 모니터 안으로 보이는 태욱의 얼굴.
장 국장, 조용히 바라보는 위로,

태 욱   (모니터) 케빈 리 살해 혐의로 긴급체포된 고혜란 씨는

공권력 남용에 따른 불법체포의 대표적인 사롈니다.

장 국장 (본다. 시선 위로)

S#60. 플래시백〉 보도국 국장실.

장 국장 보면, 눈앞에 서 있는 한 남자, 태욱이다.

장 국장 고혜란 말이 맞다면, 권력이 언론을 유린한 사건입니다.
태 욱 (보면)
장 국장 지금 고혜란이 어떤 상황에 처해 있는지,
　　　　 있는 그대로만 말씀해주시면 됩니다.
태 욱 검찰 쪽도 응하기로 했습니까?
장 국장 아뇨,
태 욱 그렇다면 한쪽의 일방적인 주장이라고 할 겁니다.
장 국장 뉴스는 어차피 보여주는 겁니다.
　　　　 저희는 팩트를 보여주고 판단은 시청자가 할 겁니다.
태 욱 (본다. 시선에서)

S#61. 플래시백〉 태욱의 사무실. N

태 욱 고혜란 씨의 경우에는 유족의 주장 외에는 이를 인정할
　　　　 객관적 자료도 없는 상태였으며
　　　　 무엇보다 도주 우려나 증거인멸의 가능성도 없었습니다.

　　　　 한쪽으로 곽 기자의 카메라 불 들어와 있고
　　　　 그 옆으로 긴장한 정기찬 보인다.

지 원 (소파에 앉아 인터뷰 중) 그 말씀은..

이번 고혜란 씨의 긴급체포는 기본 요건에 충족되지 않는다,
이렇게 해석되는데 그렇다면 검찰은 왜 긴급체포를 감행한 겁니까?

S#62. 방송국 로비. N

직원들 모여서 보고 있고
대형 모니터에 정면 바스트샷으로 태욱의 얼굴 화면 가득.

태 욱   (카메라 정면으로 응시하면서) 그 질문이 이 사건의 본질입니다.
(INSERT〉 조용히 시선을 드는 혜란의 얼굴 위로)
법 집행은 명확해야 하며, 어떤 의문도. 설명도 필요해선 안 됩니다.
(INSERT〉 조용히 지켜보는 태욱부의 시선 위로)
또 하나. 공권력을 행사할 때는 법률적 해석 외에,
그 어떤 이유도, 명분도 개입돼선 안 되는 겁니다.
(INSERT〉 수사관들과 함께 TV를 보고 있는 변우현의 모습 위로)
(태욱, 똑바로 카메라 속의 누군가를 응시하며)
그 부분에 대해서 검찰 측에서 책임지고 답변하셔야 될 겁니다.

두둥! 강렬한 태욱의 눈빛에서.

S#63. 뉴스나인 스튜디오. N

지 원   고혜란 씨의 변호인인 강태욱 변호사의 입장을 들어봤습니다.
이번 고혜란 앵커의 긴급체포를 놓고 명확한 사실관계 전달을 위해
검찰 측에도 인터뷰를 요청했으나
현재까지 답변을 받지 못하고 있는 상탭니다.

S#64. 은주의 집 거실 & 서재. N

벌컥! 서재 문을 열고 안으로 들어오는 은주,
(그 너머로 거실에서는 계속 뉴스나인이 흘러나오고 있고)

지 원 (TV 화면) 추후에라도 검찰 측에서
강태욱 변호사의 말씀에 대해 반론을 제기하신다면
저희는 언제든지 전해드리도록 하겠습니다.
(뉴스나인의 지원의 모습과 목소리 계속 흐르는 위로)

은주, 책상 서랍 안을 열고 블랙박스 칩을 꺼내 든다.

은 주 늬들.. 이렇게 끝내줄 줄 알아? 천만에..!
(살벌한 눈빛으로 노트북에 꽂으면서, 핸드폰을 전화한다)
여보세요? 거기 방송국이죠...? 제가 고혜란에 대해 제보할 게..
(그러다 멈칫..! 믿어지지 않는 듯 노트북 화면을 빤히 쳐다보면)

자막, 〈긴급체포 47시간 10분 경과〉

S#65. 거리. N

은주, 옷도 채 갖춰 입지 못한 상태로 무서울 만치 차갑게 굳어
성큼성큼 걸어간다.
지나는 사람들, 뭐야...? 힐끔대지만 은주, 보이는 것도
들리는 것도 없다. 그렇게 걸어가는 은주.

S#66. 플래시백〉 컴퓨터 수리센터. N

은주, 황망하고 초조한 얼굴로 보면

수리기사   (컴퓨터에 블랙박스 칩 꽂아 이리저리 부팅해보다가)
누가 일부러 지운 거 같은데요?
파일 포맷하면서 다섯 번 이상 덮어쓰면 복구 못 하거든요.

은 주   (일부러 지워? 얼굴에서 핏기가 싹 가시는데)

S#67. 플래시백〉 은주의 집 서재. (8부 35씬에 이어)

(** 태욱의 기억에 떠오르는 장면. 시간 순서 섞여 있다.
두서없이 떠오르는 생각처럼)
노트북 앞에 우뚝... 굳어버린 채 서 있는 태욱.
참담함과 슬픔. 참을 수 없는 분노. 배신감.
그 모든 것들이 뒤섞인 얼굴.. 속에서 뜨거운 울분이 올라온다.
그 위로 두서없이 잔인하게 날아와 박히는 혜란의 말들

혜란E   나한테 너 사랑이야. 십 년 전에도 십 년 후에도.
사랑으로 기억하게 해줘.

태욱. 삭제 버튼 누른다. 한 번 두 번 세 번 ....!
머릿속에서 그 단어들을 지우듯 점점 빨라지는 손가락
태욱. 〈포맷하시겠습니까?〉 오케이 버튼 누른다.
이미 포맷이 시작된 모니터.
오케이를 클릭하고 클릭하고 또 클릭하는 태욱.
이 비참함을 떨쳐내려는 듯. 완벽하게 지우고 싶다는 듯
연속해서 클릭하는 태욱. 도저히 견딜 수 없다.
확!! 전선 코드를 뽑아버린다. 픽! 블랙 화면으로 바뀌는 모니터.

| 태 욱 | (울컥울컥 뜨거운 게 올라온다. 두 손으로 책상을 집는다. |
| | 도저히 버티고 설 수가 없다. 태욱의 눈가가 벌게지는데) |

S#68. 태욱의 사무실 안. N

적막 속에 혼자 앉아 있는 태욱..
나직한 한숨을 내쉬며 자리에서 일어서는데 그때
벌컥! 문이 열리며 들어서는 은주..

태 욱	? (보는데)
은 주	(그대로 다가와 있는 힘껏 태욱의 빰을 쫙!!! 날려버린다)
태 욱	! (멈칫.. 보면)
은 주	니가 뭔데 누구 맘대로 그걸 지워.
	(죽일 듯이 태욱 노려보면서 광기어린) 니가 뭔데! 니가 뭔데에!!!
태 욱	(보며) 나는.. 아무것도 본 게 없습니다.
은 주	아니라고 하면! 정말 아무것도 없었던 일이 될 거 같아?!
	혜란이하고 이재영이고 그날 밤, 두 년놈들!!! (하는데)
태 욱	그날 밤!!! (똑바로 쳐다보며) 두 사람은 만나지 않았습니다.
	이재영 씨는 혜란이 차에 타지 않았구
	서은주 씨 남편과 제 아내는..!
	(스스로에게 하는 다짐인 듯 단호하게)
	두 사람은 아무 일도 없었습니다. 이게 진실입니다.
은 주	이봐요, 강태욱 씨이이!!!!!! (외치는데)
태 욱	나는.. 혜란이를 사랑합니다.
은 주	(쿵..!!! 본다)
태 욱	(스스로에게 꾹꾹 눌러 담아 다짐하 듯 먹먹하게)
	내가.. 그 여잘 사랑합니다.
은 주	(툭... 손에서 맥이 빠진다. 보면)
태 욱	죄송합니다. 이만 가주세요.

은 주   (허! 너 진짜 대단하다.. 기막히고 돌겠는 눈빛으로 보더니)
        강태욱 씨가 아무리 모른 척 해도, 설령 내가 입을 다문다고 해도!
        있었던 일이 없던 일이 되진 않아요. 그게 진실이에요!
        (그러더니 돌아서서 쿵!!! 닫히는 문)

        태욱, 먹먹한 얼굴로 그대로 선 채.
        일각) 책상 아래. 반짝이는 도청장치의 불빛

S#69. 태욱의 사무실 앞. N

        하명우, 귀에는 이어폰 낀 채 안의 소리를 모두 듣고 있다.
        그때 안에서 새하얗게 굳은 얼굴로 나오는 은주.
        하명우, 그런 은주를 바라보는 시선에서

S#70. 지검 면회실. N

        혜란 앞에 앉아 있는 강기준.

강기준   뉴스 잘 봤습니다. 강태욱 변호사가 그렇게 한 방을 날리네요?
혜 란   (뉴스..? 강태욱..? 뭐지?)
강기준   뉴스를 이용해서 이 상황에서 빠져나올 그림을 그리고 계신 겁니까?
혜 란   순서가 바뀌었네요, 뉴스로 살인죄를 덮으려는 게 아니라
        뉴스 때문에 살인죄를 뒤집어쓴 겁니다. 그게 팩트예요.

강기준   케빈 리는 살해됐습니다. 그것도 팩트죠.
혜 란   강 형사님은 내가 살인자라는 근거를 절대로 찾지 못하실 겁니다.
        30분 뒤에 나는 내 발로 걸어 나갈 거구,
        그리고 나는 무고하게 갇혀 있던 48시간에 대해
        절대로 그냥 넘어가지 않을 생각이에요.

강기준   제 생각은 이렇습니다.
               고혜란 씨와 케빈 리 씨는 남들이 알아선 안 되는 관계였을 거고
               그 사이에 케빈 리의 매니저가 결정적인 역할을 했겠죠.
               그래서 고혜란 씨를 협박했을 거구요. 48시간 동안 밝혀내진 못했지만
               저는 여전히 고혜란 씨가 가장 유력한 용의자라고 생각합니다.
혜 란   심증 말고 이젠 증거를 가져오세요, (본다)
강기준   (본다, 시선에서)

S#70-1. 경찰서 강기준의 자리.

강기준, 피곤한 표정으로 들어와 책상 앞에 앉는다.
있다가 한쪽 책상 서랍을 열고
서랍 안 쪽 깊숙이 들어 있는 오래된 낡은 수첩 하나 꺼낸다.
그 수첩을 휘리릭... 넘기다 어느 장에서 딱 멈추면
'고혜란'이라고 휘갈겨 쓴 이름 하나에서.

(플래시백) 19년 전 낙원동 금은방 안
금은방 안은 핏자국으로 어지럽고
강기준, 이필성의 장부 보는 중이다.
장부〉 일수 명단들 쭉 적혀 있고
맨 마지막 이름/ 고혜란. 12월 7일. 밤 9시. 백만 원.
강기준, 쓱 시선 돌리면 한쪽에 흩뿌려져 있는 현찰들...)

강기준, 수첩 속 '고혜란'의 이름을 본다. 그 시선에서

S#71. 지검 복도 – 로비까지. N

자막, 〈긴급체포 48시간 경과〉

혜란, 텅 빈 복도를 뚜벅뚜벅 걸어간다.
꾹 다문 입술. 명료한 눈빛의 그녀. 당당하게 걸어 나가는데

변우현   (일각에서 쎄한 눈빛으로 노려본다. 그 앞으로)
혜 란   (여유 있게 쓱 지나가는데 울리는 전화. 받는다)
윤송이   (INSERT〉 사무실. 노트북 보면서) 강태욱 진짜 대박이다.
          댓글. 실검. 장난 아니야. 고혜란이 얼마나 억울하게 잡혀갔는지,
          아주 그냥 확실하게 조져주셨어.
혜 란   (그랬구나....)
윤송이   (INSERT〉 사무실) 그나저나 검찰한테 대놓고 선전포고했는데
          괜찮을까 몰라? 지검 때려칠 때부터 워낙 적이 많긴 했지만..
          그래도 감동이다. 마누라 억울하다고 대한민국 검찰을
          저렇게 뒤집어놓을 줄은 진짜 몰랐다.
혜 란   (윤송이 목소리 들으며, 조용한 감동으로 걸어 나오는데)

저 앞으로 로비에 혼자 서 있는 한 남자 태욱이 보인다.
말끔한 차림새. 손엔 붕대 감겨 있다.

태 욱   (깊은 눈빛으로 혜란을 본다)
혜 란   (핸드폰 조용히 내리며 또각또각 그를 향해 간다)
태 욱   (혜란만 본다)
혜 란   (태욱만 바라보며 다가간다. 태욱 앞에 딱 멈춘다, 그 위로)
혜란E   서른일곱 해를 살아오면서 나는 항상 혼자였어.
          여기 갇혀 있는 마흔여덟 시간 동안도 나는 혼자라고 생각했어.
          그런데 강태욱.. 니가, 당신이 내 옆에 있었구나...
태 욱   (가만히 혜란 보면)

S#72. INSERT〉 거리. N

성긴 눈발이 흩날린다.
그 아래, 휘적휘적 걸어가는 한 여자. 은주다.
은주의 눈빛, 공허함과 허탈함으로 텅 비어 있다가
어느 쇼윈도 앞에서 걸음을 멈추고 돌아본다. 시선에서.

S#73. 다시 지검 로비. N

태 욱 (혜란의 옷깃을 여며준다. 그리고 가볍게 에스코트하며)
　　　　그만 가자.
혜 란 (미소로 태욱의 손길을 느낀다. 짐짓 미소로 보고 걸음 떼면)

S#74. 지검 현관 앞.

파파팍!!! 사방에서 터지는 사진 플래시와 함께
혜란을 에스코트해서 나오는 태욱의 모습..
(기자들 포토라인을 지키는 가운데)

(INSERT〉 거리 일각. N
쇼윈도 커다란 TV 화면으로
태욱의 에스코트를 받으며 나오는 혜란의 얼굴이 보인다.
은주의 몸이 분노로 덜덜덜 떨려온다...
모든 것을 잃어버린 참담함으로 눈시울 붉어지고)

혜란의 어깨를 그 어느 때보다 강하게 꼭 안아주는 태욱,
혜란, 조용히 안심이 되는 눈빛으로 세상을 향해 고개를 든다.
그리고 별처럼 터지는 사진 플래시 속으로

두 사람 나란히 뚜벅뚜벅 걸어 나가는 뒷모습.
그들 위로 쏟아지듯 떨어지는 눈송이들에서..

제 10 부

위협

威脅

S#1. 거리 일각. N (9부 엔딩에 이어)

성긴 눈발이 쏟아진다.
일각. 그 눈을 맞으며 서 있는 한 여자. 은주다.
서늘하게 굳은 그녀의 시선으로 보이는 TV 화면,
태욱의 에스코트를 받으며 걸어 나오는 혜란.
그들에게 몰려드는 기자들. 마이크와 핸드폰 들이밀며 쏟아지는
질문 세례들

기자들   고혜란 씨 지금 소감이 어떠십니까?
방송 나가고 난 후 검찰 측에선 따로 해명을 하셨습니까?
긴급체포에 다른 이유가 있다는 말씀입니까?

S#2. 지검 앞. N

태욱, 끝까지 침묵으로 일관한 채 혜란을 차에 태운다. 탁! 닫는데

기자1   피해자 유가족의 증언 때문에 긴급체포가 진행됐는데
법적인 대응도 고려하고 계십니까?
유족 측에 따로 하고 싶은 말씀은 없습니까?

태욱, 그 말에 멈춰 선다. 돌아보는 얼굴 위로 터지는 플래시.

태 욱	(정중하게) 케빈 리 씨 사고에 대해선 안타깝게 생각합니다.
혜 란	(INSERT〉 차 안, 조용히 듣는 위로 계속)
태 욱	그리고 이 사고 관련한 의문들이
	빠른 시일 내에 밝혀지길 바랍니다. 하지만 거기까집니다.
	더 이상 고혜란 씨에 대한 오해나 억측은 없었으면 합니다.
	(그리고 운전석에 올라탄다)

지검을 떠나는 태욱의 차량..
터지는 카메라 셔터. 눈송이가 굵어진다.

S#3. 거리 일각. N

기막힐 힘도 남아 있지 않은 은주, 다시 걸음을 옮긴다.
눈발이 굵어진다. 마주 오는 사람들과 툭툭 부딪치며 걸어온다.
(사람들, 뭐야 저 여자? 하는 느낌으로 힐끔대는 가운데)
은주, 완전히 넋 나간 사람처럼 휘적휘적 걸어오는 모습 위로,

S#4. 플래시백〉 지검 다른 조사실. N (9부 41씬에 이어)

은 주	이제 혜란이는 구속되는 건가요?
변우현	(탁탁 서류 파일들 챙기면서) 증언만으로 구속할 순 없죠.
은 주	그게 무슨 소리예요? 제가 다 말했잖아요.
변우현	말보단 그걸 입증할 사실적인 증거가 필요하죠.
	(서류 챙겨 일어나려는데)
은 주	(뭐야? 그럼 안 된단 말이야? 다급하게 따라 일어서며)
	내 말이.. 아무 소용이 없단 말이에요?
변우현	그것만으로는 부족하다는 말씀입니다 그럼. (나가려는데)
은 주	(옷자락 잡으며. 절박하다) 검사님. 잠깐만요.

정말이에요. 혜란이가 그날 그이를 불러냈다니까요,

그리고 내 남편이 죽었어요!

변우현   알겠습니다. 알았으니까 일단 집에 가 계세요,

은 주   (일단 가 있어? 이거 뭐야? 확 표정 굳으며. 옷자락을 꽈악...)

검사님..! 혜란이를 잡아넣을 생각이 있긴 한 거예요?

변우현   그러니까 긴급체포했죠,

(이 여자 좀 성가시네. 잡고 있는 은주 손 조용히 떼어내며)

서은주 씨 증언은 잘 참고해서 수사할 거니까

그만 돌아가 계세요, (나간다, 쿵! 닫히는 문)

은 주   (뭔가 느낌이 안 좋다.. 쎄해져 오는 눈빛에서)

S#5. 다시 거리. N

우산을 썼거나 점퍼 후드를 쓰고 눈 속을 바쁘게 오가는 사람들.

은주만 혼자 눈을 맞으며 젖어간다.

그렇게 휘청이며 머리며 어깨까지 젖어가는 은주.

눈이 녹은 건지, 눈물이 흐른 건지 그녀의 얼굴도 젖어간다. 그 위로

툭툭 지나가는 은주와 태욱의 말들 (9부 68씬)

태 욱   (플래시백〉 태욱의 사무실. 9부 68씬)

두 사람은 아무 일도 없었습니다.

은 주   (플래시백〉 태욱의 사무실. 9부 68씬) 강태욱 씨!!!

태 욱   (플래시백〉 태욱의 사무실. 9부 68씬) 나는... 혜란이를 사랑합니다.

내가.. 그 여잘 사랑합니다.

은 주   (마지막 기대마저 사라져버렸다. 모든 것을 잃어버린 듯한 허망함이

밀려온다. 폭, 무릎이 꺾인다 주저앉으면)

S#6. 달리는 태욱의 차 안. N

운전 중인 태욱과 그 옆에 타고 있는 혜란,
혜란, 조용히 고개 돌려 보면 뒷좌석에 꽃다발 하나.
생기를 잃은 채 시들어 있는.

혜 란　　(다시 태욱을 보면) 무슨 꽃이야?

태 욱　　청와대 대변인 내정된 날.. 당신 축하해주려구 샀다가..

혜 란　　(붕대가 감겨 있는 태욱 손 본다) 손은 왜 그래..?

태 욱　　별거 아냐.

혜 란　　태욱 씨,

태 욱　　괜찮아. 시간이 가면 아물겠지.

혜 란　　(본다. 보며) 당신.. 정말 괜찮은 거야?

태 욱　　(짐짓 미소로) 피곤할 텐데 잠깐 눈 좀 붙이고 있어. 음?

혜 란　　(그런 태욱을 보면)

태 욱　　(조용히 앞만 보며 운전하는 눈빛에서)

S#7. 거리. N

E. "어머!" 여자들의 단말마의 비명소리
"괜찮아요?" "119 불렀어요?" 웅성웅성대는 사람들.
그 사람들 사이에 웅크린 채 주저앉아 있는 은주.
간신히 고통을 참는 그녀, 숨을 몰아쉰다.
이마엔 핏줄이 도드라지고 두 손은 감싸듯 배를 쥐다가
그대로 털썩.. 쓰러진다. 쓰러지면서도 끝까지 배를 감싸면서

은 주　　(안 돼... 안 돼... 절망적인 눈빛에서 점점 정신을 잃어가다가)

쿵!! 블랙 화면 위로

자막, 〈제10부 위협(威脅)〉

S#8. 태욱부의 서재. (아침)

김이 모락모락 오르는 찻잔.. 놓여진 채
휠체어를 탄 태욱부, 등 돌린 채 창가만 바라보고
태욱, 굳은 얼굴로 그런 태욱부의 뒷모습을 보고 있다.

태 욱   그 사람, 아버지가 인정하셨든 인정하지 않으셨든,
          공식적으로 아버님 며느리고, 이 집안사람입니다.
          그 사람을 살인죄로 엮었습니다.
          아버님을 염두에 뒀다면 감히 거기까진 가지 못했을 겁니다.
태욱부   나까지 능멸한 거다? 넌 그리 생각했다는 거냐?
          그래서 뉴스까지 나와 그렇게 검찰을 개꼴로 만들었어?
태 욱   부당함에 대한 항변이었습니다.
태욱부   (조용히 보며) 언제까지 계속 시끄럽게 굴 생각이냐?
태 욱   필요할 때까지요, (보며) 저는 멈출 생각이 없습니다.
          어떻게든 혜란이.. 제가 지킵니다 아버지.
태욱부   (태욱을 본다)
태 욱   (보면)

S#9. 혜란의 집 침실. (아침)

짐짓.. 눈을 뜨는 혜란 깊은 잠을 잔 듯 숨을 내쉰다.
이미 머릿속은 맑게 정리된 상태, 가뿐하게 몸을 일으키는 데서.

S#10. 혜란의 집 부엌.

　　　　물 마시러 나오던 혜란 멈칫.. 보면,
　　　　식탁 위에 신선한 샌드위치와 우유 한 병이 놓여져 있다.
　　　　붙어 있는 포스트잇. 〈볼일 있어 먼저 나가〉
　　　　혜란, 그 메모를 따뜻한 눈빛으로 본다. 보다가
　　　　조용한 한숨으로 고개를 든다. 돌아보는 데서,

S#11. 혜란의 집 드레스룸.

　　　　문 열고 안으로 들어오는 혜란, 쭉 한 번 훑어보더니
　　　　하나씩 옷들을 꺼내기 시작한다. 블라우스,, 재킷.. 바지..
　　　　그리고 가방 상자를 열어 가장 화려한 백을 꺼내든다.
　　　　전투의지를 가장 잘 드러낼 수 있는 옷과 핸드백, 액세서리들에서.

S#12. 방송국 로비.

　　　　문을 밀고 안으로 들어서는 혜란, 또각또각 힘찬 발걸음,
　　　　똑 떨어지게 잘 차려입은 옷과 모양새..
　　　　지나던 사람들 그런 고혜란을 흘끔거리며 쳐다본다.
　　　　혜란, 전혀 개의치 않는다. 그 어느 때보다 전투의지 완전 상승 중.

S#13. 보도국까지 연결.

　　　　일하던 사람들 하나둘 돌아보기 시작하는 가운데
　　　　그 안으로 전진하듯 걸어 들어가는 혜란,

웅 팀장   어..? (본다)
지원/곽 기자(둘 다 혜란을 보면)

S#14. 보도국 국장실.

혜 란   (본다)
장 국장   (그런 혜란을 보더니) 며칠 집에서 쉴 줄 알았는데..
혜 란   그러고 있을 시간이 없어서요.
          (뽑아온 자료들 장 국장 책상 위로 올려놓으며)
          2013년이랑 지금이랑 서울시 재개발이 밸리시티로 바뀐 거만 빼고
          강해건설에 환일철강. 그리고 정대한까지, 그림이 똑같습니다.
장 국장   일단 숨부터 좀 돌리자. 차분히 생각이라는 것도 좀 하면서,
혜 란   지금 제 머리는 그 어느 때보다 차분하고 명쾌합니다, 국장님.
          그 안에 있는 48시간 동안 충분히 생각했구요,
장 국장   검찰, 기업. 언론. 거기에 법조계까지 얽혀 있어.
          어느 한 곳도 무른 상대가 아니야.
          그땐 긴급체포 정도로 안 끝날지도 모른다구.
혜 란   지들 배 불리자고 언론을 가지고 놀았습니다.
          국장님도 아시잖아요, 그러면 안 된다는 거!
장 국장   (본다. 이미 결심이 섰구나.. 무거운 한숨. 시선 들어)
          그래서. 어쩌겠다는 건데?
혜 란   죽여버려야죠, 그런 새끼들.
장 국장   막연한 적대감으론 니가 먼저 먹혀. 구체적인 플랜 있어?
혜 란   일단 정대한부터 치겠습니다.
장 국장   (보면)

S#15. 방송국 로비 커피숍.

윤송이   (커피잔 탁, 소리 나게 내려놓더니) 미쳤어? 안 돼. 하지 마. 위험해.

혜 란   이미 2013년에 윤 기자가 할라 그랬잖아. 위험한 거 알면서.

윤송이   그래서 책상 빼고 버티다가 방송국에서 운영하는
수영장으로 발령 나서 물 빼고 바닥 닦았어.
결국 못 참고 퇴직금 받는 선에서 사표 냈고,
그나마 모가지라도 건지고 잡지사로 옮겨 탄 건 뉴스가 안 나가서야.
그거 나갔음, 당신 지금 내 얼굴 보고 있지도 못해!

혜 란   그때도 정대한이 뒤에 있었지?

윤송이   니 목을 걸 만큼 가치 없는 자식이야.
그냥 눈 한 번 딱 감고 똥 밟았다, 모른 척 해! 안 그럼 너,

혜 란   이미 살인죄까지 갔다 왔어. 나는 더 떨어질 데가 없어.

윤송이   야! 고혜란!

혜 란   윤 기자. 잃을 게 없는 사람은 무서울 게 없어. 못 할 것도 없어.
나는 지켜야 될 게 없거든.

윤송이   (아, 얘가 진짜! 쳐다보면)

혜 란   너한테 미안하더라. 그때 나는 앵커 단 지 얼마 안됐을 때여서..
그 자리 지키겠다고 니 편 더 못 들어줬어. 그 빚 갚게 해줘.

윤송이   (울컥..! 본다)

혜 란   정대한 소스 토스해, 윤 기자한텐 피해 안 가게 할게.

윤송이   (본다. 보다가) 미치겠네, 이 또라이....

혜 란   (미소로 보면)

S#16. 지검 변우현의 사무실.

부장검사   야, 이 개새끼야!!!!

각종 파일들, 서류들 확 패대기쳐지면서 공중에 흩날리고

그 서류들에 맞으며 서 있는 변우현, 흐트러짐 없는 표정 위로

부장검사 일개 국선 변호사가! 뉴스에서! 전 국민을 상대로 검찰을 깠어!!
　　　　　너 하나 때문에 대한민국 검찰이 뭐가 됐는 줄 알아?!!
변우현 죄송합니다. 조금만 시간을 주시면,
부장검사 시간? 48시간을 공으로 날려버린 새끼한테 시간?!!
변우현 (면목 없다. 고개 숙이면)
부장검사 됐고, 땅바닥에 떨어진 검찰 위신 세우려면 범인부터 잡아!
　　　　　없으면 빚어서라두 갖구 와!!! (쾅!!! 나가버리고)
변우현 (돌겠다! 후우! 한숨 내쉬다가 그대로 쾅! 책상을 발로 차버리면)

S#17. 경찰서 서장실.

서 장 애초에 사건을 송치한 게 실수였던 거 같습니다.
강기준 (눈짓으로 전화기 가리키며) 지검 쪽에선 뭐래?
서 장 (후... 한숨) 언론인을 건드렸습니다.
　　　　　일이 커지면 검찰이든 경찰이든 누군가 책임질 사람은 필요하겠죠.
　　　　　(기준 본다. 답답하다..) 선배님.. 명예퇴직 못 하실 수도 있습니다.
강기준 (별로 그런 거에 개의치 않는 듯 덤덤한 표정에서)

S#18. 경찰서 형사과.

강기준 (책상 쪽으로 걸어오면)
박성재 (옆으로 따라붙으며 괜히 미안하고) 죄송합니다.
　　　　　한지원이 전화했단 걸 제가 미리 확인했어야 하는 건데...
최 과장 (부러 큰소리로) 아주 만만한 게 경찰이야?
　　　　　수사권은 다 지들이 갖고 있고 우리야 하라는 거 열심히 한 죄밖에
　　　　　더 있어? 긴급체포도 지들이 시켜놓구선!

팀장님! 명예퇴직 그거 됐다 그러세요!

퇴직금만 있음 됐지 명예는 쥐뿔,

됐구요, 이따가 쏘주나 한 잔하고 텁시다. 예?

강기준 한지원 당일 행적 조사 어떻게 됐어?

박성재 예? 그거 해요?

강기준 (이 자식이! 뒤통수 탁) 사건 종료됐어? 범인 잡아야 될 거 아니야!

박성재 아니이 그게요.. 검찰 쪽에서 다 홀드시킨 거 같던데

우리가 막 움직이는 게..

강기준 안 움직이지?

박성재 아닙니다, 갑니다 (궁시렁 돌아서는데)

최 과장 정말 계속 하시게요?

강기준 머릴 비우고 처음부터 다시 짚어볼라고.. 내가 뭘 놓쳤는지..

분명히.. 뭘 놓친 게 있는 게 그게 뭔지 모르겠단 말이야.

최 과장 (? 본다)

강기준 (흐음.. 시선에서)

S#19. 산부인과 은주의 병실 안.

똑, 똑... 수액이 떨어지고 멍한 눈빛으로 앉아 있는 은주,

TV 뉴스에서는 검찰청에서

태욱이 에스코트해서 데려나오는 혜란의 모습 무한반복 중.

태욱E (TV) 더 이상 고혜란 씨에 대한 오해나 억측은 없었으면 합니다.

기자E (TV) 고혜란 씨가 무사히 풀려남으로써 향후 고 케빈 리 씨

사망사고에 관한 수사 방향도 달라질 것으로 예상되는데요

짧은 플래시백으로〉

은 주 애기요..? (마취 때문에 의식 몽롱한 가운데) 우리 애기는..

의사1 안타깝지만.. 유산됐습니다..

은 주   (흑..! 눈물이 터진다, 절망, 후회.. 아픔으로 흐느끼면)

          은주, 껍데기만 남은 공허한 얼굴로 TV 속 혜란을 보는 위로,

은주E   혜란아, 이번에도 너는 또 무사한 거야..?
          나는 이제 다 잃었는데.. 이건 너무 불공평하지 않니?
          (슬픔이 아닌 공허와 쎄한 분노에서)

S#20. 보도국 휴게실.

          이연정과 웅 팀장, 허 선배, 고 선배 등 완전 씬나서 수다

고 선배   (웅 팀장에게) 그래서, 고혜란은 이제 어떻게 되는 거야?
          혐의가 나온 것두 없으니까 다시 뉴스나인 앵커로 복귀하는 거야?

웅 팀장   뉴스나인이 애들 장난이야?
          청와대 간다고 지가 먼저 관뒀는데 다시 한다고 하겠어?
          적당히 찌그러져 있다가 나가겠지 뭐.

허 선배   (연정에게) 그나저나 변검은 괜찮아?
          강태욱이 방송에서 그렇게 까댔는데?

          하는데 들어서는 혜란,
          일동, 큼... 말 멈추고 엉거주춤 일어나는데

이연정   (혜란 들으라고 일부러 웅 팀장에게) 긴급체포가 끝난 거지,
          케빈 리 살인사건은 아직 ING 중이잖아요?
          끝까지 가보면 알겠죠. (혜란 탁 보고 나가버리면)

일 동   (각자, 일이 있다는 듯 얼버무리며 나가면)

혜 란   (무시. 쪼르르르.. 커피 한 잔 따르는데)

장 국장   (그 옆으로 프레임인 되면서)

당분간은 저럴 거야, 그걸 견디는 것도 자네 몫이니까..
근신 핑계 삼아서 너는 니 할 일 하면 돼.

혜 란   책상 빼주신 거, 국장님 배려라는 거 알아요.
           (장 국장 보며) 감사해요.

장 국장   (보다가 혜란 커피 탁 채서 마시면서) 감사는.
           너 임마, 징계 받은 거야. (탁 나가면)

혜 란   (본다. 짐짓 미소에서)

S#21. 보도국 자료실 일각.

       지저분하게 정돈되지 않은 자료실 안.
       그 한쪽 구석에 덩그라니 놓여진 혜란의 책상 위로
       대충 소지품 박스며 이런저런 짐들이 아무렇게나 올려져 있고,
       혜란, 소매 걷어붙인 채 잠시 자신의 책상을 바라본다, 그 옆에서

곽 기자   아무리 그래두 이게 말이 됩니까?
           이번 일은 누가 봐도 선배가 당한 건데..
           이건 좀 심한 조처 같습니다. 전 그렇게 생각합니다.

혜 란   (픽 웃으며) 고맙다. 그렇게 생각해줘서.

곽 기자   제 책상도 여기로 가져올까요?

혜 란   책상은 됐고, 지원이랑 잠깐 보자.

곽 기자   (? 보는 데서)

       짧은 시간 경과〉

혜 란   (책상 위에 USB 탁 올려놓는다)

곽 기자   (힐! 본다) 어? 이걸 어떻게 선배가 갖고 있어요?

지 원   (같이 혜란을 보면)

혜 란   어떡할래? 이거 늬들하고 해? 말어?

지 원   (본다) 국장님은 뭐라세요?

혜 란   (보면)

S#22. 플래시백〉보도국 국장실. (14씬에 이어)

장 국장   안 돼! 채널이 몇 개고 기자가 몇인데
　　　　　정대한 소스가 없어서 여태 무사한 거 같애?
　　　　　어디에나 있고, 어디에도 없는 게 정대한 사람들이야.
　　　　　이 기사 나가기도 전에 막혀.
　　　　　절대로 니가 이길 수 있는 상대가 아니야.
혜 란   아뇨. 저는 이길 겁니다.
장 국장   정말 고집부릴 거야?
혜 란   그때 우리가 할 일을 안 하고 접어서!
　　　　　정대한 같은 자식이 민정수석 달고 국회의원까지 된 겁니다.
　　　　　사실 보도만 했어도 정대한한테 절대로 표 안줬을 거라구요,
장 국장   (하... 이 자식 진짜...!)

S#23. 다시 자료실.

곽 기자   앗싸! 결국 국장님이 우리 손 들어주신 거네요?
혜 란   아니, 뉴스 편을 들어준 거지,
　　　　　장 국장이 유일하게 목숨 거는 게 쌈빡한 뉴스냐 아니냐니까.
　　　　　(보며) 그러니까 무슨 일이 있어도 쌈빡해야 해, 알겠지?
지 원   그래서, 어떻게 치겠다는 건데요?
혜 란   여자.
곽 기자   (에?)

S#24. 주차장 차 안.

혜 란   여자?

윤송이   어, 정대한이 좋아하는 게 돈, 그리고 여자거든.
아무래도 돈보다는 여자 쪽이 좀 더 쌈빡하지 않겠어?

혜 란   시기는?

윤송이   강해건설 입찰이 성공적으로 끝났으니까 본격적으로 수금할 거야.
(자료 넘기며) 요즘 그 호텔 스위트룸을 자주 이용한다더라.

혜 란   (본다. 쭉 자료 꺼내 보는 데서)

S#25. 몽타주.

1. 호텔 앞. N
   와서 스륵 멎는 검은 세단.
   호텔 지배인, 급하게 뛰어와 얼른 뒷좌석 열면
   내리는 남자. 정대한이다.
2. 호텔 로비 – 엘리베이터 앞. N
   정대한 앞서 걷고 지배인 따라붙으면
   그 뒤로 호텔 직원1, 영전하면서 뒤따르고
   엘리베이터 문 열리고. 정대한 올라타면

혜란E   상납을 받는 곳은 로얄 스테이 호텔 15층 스위트룸.

닫히는 엘리베이터. 사라지는 정대한과 지배인

3. 호텔 로비 – 안내데스크.

직원1   (급하게 걸어오면서 무전기로) VIP, 올라가셨습니다.
15층 전실 솔드아웃 거세요,

안내여직원 (INSERT〉 데스크에서 손님 응대하며)
죄송합니다, 고객님. 현재 15층 전실이 만실이라..
다른 룸으로 안내해드려도 되겠습니까?

뭔가 조직적이고 일사분란한 느낌에서

혜란E 정대한이 뜨면 15층은 비상체제야.
완벽하게 출입 통제되고 오로지 정대한의 구역이 되지.

4. 스위트룸 앞 - 안. N
문 열리면, 들어가는 정대한

지배인 좋은 시간 보내십시오. (꾸벅 인사 올리고 문 닫으면)

정대한의 시선으로 보면 테이블 위에 럭셔리한 가방 두 개.
정대한, 얼핏 열어서 보면 그 안에 가득한 5만 원권 현찰.

혜란E 거기에 상납받는 돈과 여자가 같이 있을 가능성이 제일 커.

그 뒤로 샤워실 문이 열리면서 나오는 슬리퍼 신은 맨발..
정대한, 쓱 돌아본다. 미소 위로

S#26. 다시 자료실 안. (23씬에서 연결)

곽 기자 디데이는 언제예요?
혜 란 지금, 30분 안으로 출발해야 해,
정대한이 호텔에 도착했다는 첩보가 있어.
곽 기자 어우씨! (시계 보며) 알았어요, 장비부터 챙길게요,
지 원 저도 같이 갑니다.

혜 란	다시 말하지만,
지원/곽 기자	(나가려던 두 사람, ? 돌아보면)
혜 란	상대는 정대한이야, 우리가 성공한다 해도 분명히 후폭풍 있을 거구
	두 사람 다 힘든 상황이 될 수도 있어.
	그러니까 내키지 않으면 안 가도 돼. 괜찮아. (진심으로 보면)
지 원	선배. 처음에 이 기사 물고 온 거 나였어요.
	처음 맡은 기획기사였고 뺏기지 않고 지킨 것도 나예요.
	선배를 돕는 게 아니라 나는 내 할 일 하는 거예요.
곽 기자	일단 저부터 현장에 가 있겠습니다. 늦지 않게 오십쇼. (나가면)
지 원	(나가려고 돌아서는데)
혜 란	지원아.
지 원	(? 돌아본다)
혜 란	(지원을 보면)

S#27. 자료실 앞.

웅 팀장	(지나가다가 안에서 뛰어나오는 곽 기자를 본다)
	아 깜짝이야, 뭐야?
곽 기자	아닙니다, 제가 좀 바빠서.. (후다닥 달려가면)
웅 팀장	(? 돌아본다. 자료실 저 안 쪽으로 혜란과 지원이 보인다.)
	뭔 수작질들이야? (하면서 슬쩍 엿들으려고 하는데 뒤에서)
장 국장	어이 오대웅!
웅 팀장	(화들짝! 돌아보며) 네, 국장님!
장 국장	오프닝 원고 왜 안 갖구 와?
웅 팀장	아, 안 그래도 가는 중이었습니다. (원고 주면)
장 국장	(원고 휙 넘겨보는 가운데)
웅 팀장	(힐끗, 자료실 보고) 고혜란 저거 어떡하실 겁니까?
장 국장	(넘기며) 징계 받고 있잖아. 뭘 더 어떻게 해?
웅 팀장	아니, 저 하나 땜에 회사 분위기 엉망 만들어놓구,

아직 물정 모르는 애들까지 물들일까봐 걱정돼서 그러죠,

장 국장 (말 자르고) 이거 누가 썼어?

웅 팀장 예? 아, 예... 제가...

장 국장 남 신경 끄고, 오프닝이나 제대로 써 와, 다시!
(턱, 웅 팀장 품에 원고 던져주고 가버리는데)

웅 팀장 (아우 진짜, 꿍얼꿍얼거리는 데서)

S#28. 보도국 사무실.

지원, 가방 챙기는 그 옆으로 웅 팀장 다가서며

웅 팀장 니들 도대체 저 방에서 무슨 꿍꿍이냐? 어?
(하면서 아무거나 대충 집어 들어 휘리릭 보다가 멈칫)
강해건설...? 야. 한지원. 너 아직도 강해건설 파냐?

지 원 아닌데요,

웅 팀장 야. 한지원, 너 내 말 허투루 듣지 말고 잘 새겨들어.
고혜란은 이미 끝났어. 막말루 더 잃을 게 없다구.
근데 너는? 마, 너 앵커 단 지 사흘됐어.
너 그 자리, 얼마나 가고 싶어 했어? 근데 3일 천하로 끝낼래?

지 원 (그 말에 웅 팀장을 보면)

웅 팀장 기자로서의 양심? 기자로서의 본분? 누군 그걸 몰라서 못했겠냐?
모가지가 하나여서 못한 거야. (툭 보고 나가면)

지 원 (본다. 나직한 한숨 내쉰 뒤 시계 한 번 본 뒤 후다닥 달려 나간다)

웅 팀장 (쎄한 눈빛으로 쳐다보면)

혜란E 10분 뒤에 112로 신고 들어갈 거야.

S#29. 112 상황센터.

112   네, 112 범죄신고센텁니다. 네? 호텔 성매매요?
아.. 어느 호텔인지 말씀해주시겠습니까?
(타타타타... 컴퓨터에 입력하는 데서)

S#30. 로얄 스테이 호텔 현관.

도착하는 경찰차, 거기서 내려서는 경찰1, 2.
그 앞으로 다가서는 곽 기자, 신분증 보여주는 위로

혜란E   그쪽 관할 파출소 소장이랑은 이미 얘기 끝내났어.
너희는 동행만 하면 돼

일각〉 보도국 차량 뒤쪽에 앉아서 지켜보고 있는 혜란,
경찰 두 명과 곽 기자 동행해서 안으로 들어가는 게 보인다.

S#31. 로얄 스테이 호텔 로비 일각.

지배인   예에? 성매매라뇨.. 그럴 리가요, 저희 호텔은 그런 거 없습니다.
경찰1   일단 112로 신고가 접수된 사항이기 때문에 확인이 필요합니다.
협조 부탁드립니다.
지배인   (곤란한 표정으로) 잠시만 기다려주십쇼.. (안내데스크로 간다)

조금 떨어진 곳에서 곽 기자 가방으로 쭉 훑는다.
(가방의 몰카 시선으로 잡히는 지배인,
내선전화로 누군가한테 전화 거는 모습에서)

S#32. 로얄 스테이 호텔 스위트룸 안. N

정대한, 셔츠 단추 두어 개 풀어져 있고 소파엔 풀어놓은 넥타이.
그 옆에 앳된 여자 하나, 팔짱 끼고 앉아 있고
두 사람, 챙... 건배하면서

정대한   (눈으론 여자를. 느긋하게 통화)
        뭐? 경찰? 어느 서에서 나왔는데? 거기 서장 연결해.
지배인   (INSERT〉 로비 안내데스크) 저 근데.. (더 나직이)
        아무래도 방송국 쪽에서도 같이 움직이는 거 같아서 말입니다.

S#33. 플래시백〉 로얄 스테이 호텔 주차장 일각.

직원1, 구석 한쪽에 세워진 방송국 차량을 보고 있다.
한쪽에 보면 표 안 나게 붙여진 JBC 로고 스티커.

직원1   (핸드폰으로) 지배인님.. 지금 주차장에 방송국 차량이
        들어와 있는데요, 어떡할까요? (시선에서)

S#34. 방송국 부사장실.

부사장   (전화를 받는 중) 그런 일이 있었습니까? 알겠습니다.
        바로 조처하겠습니다. (탁! 끊고 책상 너머를 쳐다보면)
웅 팀장   (앞에 서서 어쩔 줄 몰라 하는)
부사장   한지원이한테 전화 넣어.
웅 팀장   아, 예.. (핸드폰에서 번호 찾는 모습에서)

S#35. 로얄 스테이 호텔 주차장. N

끽 와서 멎는 차. 지원의 차다.
지원, 막 내리려는데 울리는 전화벨. 웅 팀장이다..

웅 팀장	(INSERT〉 초조한 눈빛으로 부사장을 흘끔 본다)
지 원	(망설이며 핸드폰 보다가 일단 받는다) 네, 웅 팀장님. (하는데)
부사장	(INSERT〉 부사장실) 한지원 자네 지금 어디야? 거기서 뭐하는 거야!
지 원	(멈칫…! 굳는 표정에서)
부사장	(INSERT〉 부사장실)
	이유 여하를 막론하고 하던 일 당장 멈추고 들어와,
지 원	부사장님, 저희는 제보를 받았고, 그래서.. (하는데)
부사장	(INSERT〉 부사장실) 이대로 방송생활 그만하고 싶냐 한지원!!!
	케빈 리하고 찍힌 사진 막아준 게 누군지 기억 안 나?
지 원	(쿵..! 움찔하는 눈빛)
부사장	(INSERT〉 부사장실) 니가 자꾸 고혜란 될라 그러지 마!
	무모하게 고집부리지 말고 너답게, 한지원답게 조용히 돌아와.
	당장!!! (하더니 탁! 끊어버린다)
지 원	(끊긴 전화기를 본다. 아 씨.. 미치겠네... 표정에서 순간)
혜란E	지원아..

S#36. 플래시백〉 자료실. (26씬 연결)

지 원	(돌아보면)
혜 란	앞으로 너한테 들어오는 압력이 가장 셀 거야.
	영향력이 커질수록 위협도 커지게 돼 있지.
	그게.. 뉴스나인 앵커로서 니가 앉아 있는 자리의 무게야.
지 원	지금 제 걱정하시는 거예요?
혜 란	나는.. 그때 그 자릴 뺏길까봐 동기를 지켜주지 못했어.

근데 그렇게 한 번 밟혀주니까.. 결국 다시 밟더라.
한 번 밟아봤으니까 두 번째는 더 쉬웠겠지.
그러니까 지원아, 무슨 일이 있어도 밟혀주지 마라. 알았지?

지 원　　(본다. 시선에서)

S#37. 다시 로얄 스테이 호텔 주차장 지원의 차 안.

지원, 아..! 미치겠다!! 어떡하지? 돌아보는 데서.

S#38. 로얄 스테이 호텔. 15층 복도.

엘리베이터 문 열리면서 나오는 지배인과 경찰1, 2.
스위트룸 쪽으로 쭉 걸어가는 그 뒤로
비상구에서 쓱 나타나는 곽 기자 최대한 표시 안 나게
그들을 따라간다.

S#39. INSERT〉로얄 스테이 호텔 주차장 보도국 차량 안.

손목시계를 들여다보는 혜란, 운전대를 손가락으로 탁탁 치면,

S#40. 15층 스위트룸 안.

달칵! 문이 열리면서 안으로 들어오는 지배인,
옆으로 비켜서면 안으로 들어오는 경찰1, 2
빈방을 확인한다. 어? 아무도 없나..? 시선 주고받으며
스위트룸의 방들을 뒤진다.

그 뒤로 쓰윽.. 나타나는 곽 기자 빈방이라는 사실에 멈칫..
어떻게 된 거지? 싶은 표정으로...

S#41. INSERT〉 로얄 스테이 호텔 주차장 보도국 차량 안.

진동으로 울리는 핸드폰, 혜란 멈칫.. 쳐다보면

S#42. 로얄 스테이 호텔 15층 복도.

곽 기자　(재빨리 한쪽으로 와서) 선배, 나예요.. 방이 비었어요.

지배인　(쓰윽.. 스위트룸 밖으로 나와서 곽 기자를 본다)

곽 기자　(나직이) 정대한도 없고 여자도 없구요.. (하는데 뒤에서)

지배인　저기요, 지금 거기 뭐하시는 겁니까?

곽 기자　(멈칫.. 돌아본다. 보더니 젠장.. 신분증 보이며)
　　　　JBC 보도국에서 나왔습니다.

혜 란　(INSERT〉 듣고 있다. 있다가 그대로 차문 열고 나서면)

곽 기자　(지배인을 향해) 경찰분들과 현장 동행취재차 나왔습니다.
　　　　협조 부탁드립니다.

지배인　(방송국? 스위트룸 안에 있는 경찰들을 돌아보며)
　　　　그런 얘기 없으셨잖습니까!
　　　　(곽 기자에게) 돌아가시죠. 취재를 하실 거면 정식으로
　　　　공문 보내시고 취재 요청을 하시든가요!

곽 기자　(경찰들 보며) 방 안에 아무도 없는 거 확실합니까?

경찰1,2　(살짝 난감한 눈빛으로 고개를 가로저으면)

곽 기자　다른 방은요? 다른 방도 조사해봐야 하는 거 아닙니까?

지배인　15층 스위트룸 열어 달래서 열어드렸고,
　　　　더 이상은 도와드릴 수 없습니다.
　　　　다른 방까지 정 조사를 하셔야겠거든 영장 보여주세요.

경찰1/2	(서로 시선 마주치며 곽 기자를 본다)
곽 기자	(핸드폰에 대고) 선배 들으셨죠? 어떡하죠?

S#43. 로얄 스테이 호텔 로비.

혜 란	(또각또각 걸어 들어오며) 한지원은?
곽 기자	(INSERT〉15층 복도) 아직입니다.
혜 란	(탁! 엘리베이터 버튼 누르며) 알았어, 지금 내가 올라가,
	나라도 올라가서 리포팅할 테니까.. (하는데)
지 원	(옆으로 쓱 프레임인 되며) 제가 갑니다.
혜 란	(멈칫.. 돌아보면)
지 원	(보며) 제가 누구한테 밟히는 건 아주 딱 질색이라서요, 선배.
	(엘리베이터 문 열리면 올라탄다, 혜란을 본다)
혜 란	(본다. 그제야 처음으로 제법이다? 하는 눈빛으로 봐주면)

S#44. 로얄 스테이 호텔 15층 복도.

대치 중인 지배인과 경찰 두 명, 그리고 곽 기자,

지배인	(경찰들에게) 이제 그만 돌아가주시죠, 영업 방해로 민원 넣기 전에.
	(곽 기자 보며) JBC 보도국엔 정식으로 항의하겠습니다.
곽 기자	(젠장 어떡하지? 경찰들과 눈빛 교환하면)

S#45. INSERT〉로얄 스테이 호텔 로비.

혜 란	(핸드폰 귀에 댄 채 상황 계속 들으면서 무언가를 찾기 시작한다)
	그래 곽 기자? 그 자식들 기어코 안 나오겠대?

(거침없이 계속 발걸음을 옮기면서)

그럼 알아서 기어나오게 해줘야지. 있어봐! (탁! 끊더니)

거침없이 한쪽 앞으로 다가서서 주먹으로 있는 힘껏 쾅!!!

화재비상벨을 내리침과 동시에,

(E. 요란하게 울리기 시작하는 화재비상벨)

S#46. 로얄 스테이 호텔 15층.

1. 스위트룸 앞.

   대치 중이던 지배인과 경찰1, 2, 그리고 곽 기자까지 멈칫!

   갑작스런 화재비상벨 소리에 돌아본다.

2. 엘리베이터 앞, 복도.

   땡! 마침 도착한 한지원, 복도로 나오는데 울리는 화재비상벨.

(INSERT〉 호텔 직원들, 다들 멈칫.. 놀라서 돌아보는 가운데)

(INSERT〉 다른층 투숙객들 대충 옷을 꿰 입으며 달려 나오고)

(INSERT〉 호텔 직원들, 화재 현장을 찾는 듯 아수라장 되는 가운데)

3. 15층 복도 일각.

   그때 한무리의 검은양복 수행원들이 갑자기 어디선가 나타나

   한쪽으로 우르르르르 몰려간다.

   한지원 그들을 본다. 뭐지? 돌아본다.

   경찰1, 2와 곽 기자가 있는 스위트룸 정반대편으로

   달려가는 검은 양복 수행원들.

   한지원, 촉이 발동한 듯 재빨리 어깨에 메고 있는 가방 전원을 켜고,

   그들이 달려가는 쪽으로 재빨리 따라간다. 그러다 멈칫..

   저쪽 맨 끝 방문이 열리면서 허겁지겁 나오는

   정대한과 다소 어려 보이는 젊은 여자를 본다.

(한지원이 메고 있는 가방 안 몰카 시선으로 보이는 장면,
바지는 대충 걸쳐 입은 채 맨살에 셔츠를 꿰어 입으며 나오는
정대한과 대충 걸쳐 입은 여자.. 머리를 풀어헤친 채 뛰어나온다.
한눈에 봐도 부적절한 상황에서 뛰쳐나오는 모양새..
정확히 카메라 시야로 잡히면서)
검은 양복 사내들에게 에스코트 받으며 달려 나오던 정대한 멈칫..
걸음을 멈추고 앞에 버티고 서 있는 한지원을 본다.

지　원　　어머.. 안녕하세요? 이런 데서 뵙네요?

정대한　　(멈칫.. 보더니) 뭐하구 있어? 당장 저거 치워!

검은양복들　(우르르 한지원 쪽으로 다가서는데)

곽 기자　　뭐하시는 겁니까! 거기!!!

일제히　　(돌아보면)

곽 기자와 경찰1, 2, 다가서고 있다.
지배인, 멈칫.. 그 뒤편에서 정대한을 발견하고는,
재빨리 후다닥 그들 앞으로 다가서서,

지배인　　의원님, 일단 방으로 돌아가 기다려주시겠습니까?
　　　　　상황 정리되는 대로.. (하는데)

정대한　　이봐 지배인, 화재 경보 안들려?

지배인　　네, 들립니다만, 그래도 일단 상황 파악될 때까지는 방에서..

정대한　　야! 됐어! 내가 저런 피라미들 땜에 왜 방에 숨어 있어야 해?
　　　　　(경찰들 보며) 야! 늬들 어디 서 소속이야? 당장 안 비켜?

경찰1,2　　(정대한의 행동에 살짝 불쾌한 듯.. 쳐다보면)

정대한　　(한지원 곽 기자 보며) 야! 늬들두 괜히 헛물켜지 말고 비켜!!!
　　　　　이것들이 내가 누군줄 알구.. 늬들 이런 거 백날 찍어봤자
　　　　　절대 방송 못 나가! 썩 비키지 못해!!!

지　원　　(정대한 쳐다보며) 곽 기자! 갈까?

정대한　　(당연히 그렇게 나와야지, 하는데)

곽 기자	(가방 안에 있던 카메라 꺼내들고 본격적으로 찍으며)
	오케이! 갑시다! 큐!
지 원	(돌아보며) 안녕하십니까, 네티즌 여러분, 한지원입니다.
	JBC 뉴스나인의 〈비하인드 라이브. 앵커의 눈〉
	오늘은 서울 시내 모 호텔에서 비밀리에 이뤄진다는
	불법 성매매 현장을 찾았습니다.
정대한	(카메라 손으로 밀치면서) 야 이 개새끼들아!!! 카메라 안 치워!!!
지 원	(정대한을 보며) 저희 인터넷 뉴스를 잘 모르시나본데요 의원님,
	이거 지금 실시간으로 인터넷에 중계 중입니다.
정대한	(뭐야..?)
지 원	그러니까.. 폭력적인 언어는 자제해주시죠,
	그래도 사회적 위치와 체면이라는 게 있으실 텐데..

곽 기자, 옷매무새 엉망인 정대한과 대충 걸쳐 입은 젊은 여자
한 프레임에 담아내는 가운데,

| 정대한 | 야! 이 미친 년아!! 늬들이 내가 누군지 알고 이러는 거야!!! |
| | 야!! 저 카메라 뺏어!!!!! (소리와 함께) |

곽 기자의 카메라 시선으로 달려드는 검은 양복들과 함께,

S#47. INSERT〉 반응 몽타주.

1. 지하철 안.
   퇴근 인파로 빼꼭한 사람들. 너나없이 핸드폰으로 동영상 보고 있다
   사람들, 헉!!! 하는 표정 위로
2. 거리.
   버스정류장 같은 데서 삼삼오오 핸드폰으로 들여다보고 있는 시민들
   "대박""정대한 미친 거 아냐?" 등등의 반응들 가운데,

3. 태욱의 사무실.

정기찬 변호사님! 변호사니임!!! (인터넷 들여다보며)
       이것 좀 보십쇼.. 정대한이 미성년자 성매매를 했답니다.
태 욱   (멈칫.. 생각에 잠겨 있다가 돌아본다. 재빨리 다가가 들여다본다)

4. 부사장실.
   부사장, 완전 쎄해진 눈빛으로 모니터 들여다보고 있는 데서.

S#48. 보도국 국장실.

       장 국장. 컴퓨터 모니터 보고 있다.
       그 옆에서 웅 팀장, 헐!! 하는 표정으로 들여다보는 가운데
       모니터 화면〉 어지럽게 흔들리고. 카메라를 뺏고.
       뺏기지 않으려 잡고 비명과 욕설이 오간다. 그 위로

지원E   오늘 현장에서 적발된 불법 성매수자는 놀랍게도 전직 판사시자
       민정수석을 거쳐 현재 혁신당 최고의원으로 계신
       정대한 의원이신데요.

       모니터 가득 일그러진 정대한의 얼굴이 적나라하게 걸리면

웅 팀장 (옆에서 좌불안석) 이것들이 미쳤습니다.
       고혜란 짓이에요 이거, 그게 지 복수하겠다고 아무 것도 모르는
       한지원이 앞세워서 사고친 거라구요! 당장 고혜란부터
       해고하셔야 합니다. 이러다 보도국이 통째로 위험해진다구요.
장 국장 (씩 미소로) 역시 각본 없는 드라마가 제일 재밌어. 그치 웅아?
웅 팀장 예?
장 국장 오대웅. 이거 뉴스나인으로 나가면 어떨 거 같냐?

역대 최고 찍겠지? 아닐까?

웅 팀장   국장님...!!

장 국장   (여유 있는 눈빛으로 모니터 안의 한지원을 바라보면)

지 원   (모니터) 더 충격적인 소식은
현장에서 확인된 성매매 여성의 나이가 만 18세의 여고생으로,
정대한 의원은 미성년자를 상대로 한 성매매 혐의를
피할 수 없을 것으로 보입니다.
자세한 소식은 오늘밤 9시, 뉴스나인에서 자세한 보도
이어지겠습니다. 이상 한지원이었습니다!

장 국장   깔끔하네. (씨익 웃는다)

S#49. 보도차량 안.

태블릿PC 화면으로 바라보고 있던 혜란, 씩 웃는 얼굴에서.

S#50. 경찰서 형사과 강기준의 자리.

최 과장   와, 한지원이 대박인데? 저런 여자 딱 내 스타일인데..

역시 박성재와 최 과장 두루 모여서 컴퓨터 화면을 보는 중.
강기준도 한쪽에서 같이 들여다보고 있다.

박성재   이거 한지원 그림 아닌 거 같은데요?

최 과장   뭔 소리냐? 한지원이 나오는데 한지원 그림이 아니면?

박성재   고혜란이요,

최 과장   야, 고혜란 48시간 구금됐다 풀려난 지 만 하루밖에 안 지났어,

박성재   제 말이요, 그러니까 역시 대단한 여자라는 거 아닙니까!

강기준   (조용한 눈빛 위로)

플래시백〉9부 70씬

혜 란   나는 무고하게 갇혀 있던 48시간에 대해 절대로 그냥
        넘어가지 않을 생각이에요,

강기준   뉴스를 이용해서 이 상황에서 빠져나올 그림을 그리고 계신 겁니까?

혜 란   순서가 바뀌었네요, 뉴스로 살인죄를 덮으려는 게 아니라
        뉴스 때문에 살인죄를 뒤집어쓴 겁니다. 그게 팩트예요.
        다시 현재〉

강기준   (눈빛이 복잡해진다. 시선에서)

S#51. 보도국 국장실.

부사장   당신 어쩔 겁니까? 정말로 저거 뉴스나인 내보낼 거예요?

장 국장   (보며) 일을 하다 보면 가끔 대세와 맞닥트릴 때가 있습니다.

부사장   (? 본다)

장 국장   그럴 때 절대 하지 말아야 할 게
        바로 그 대세를 막아볼라고 기를 쓰는 일이죠.

부사장   돌리지 말고 알아듣게 얘기하세요 장 국장.

장 국장   (보며) 제가.. 이 자리에 왜 이렇게 오래 붙어 있는 줄 아십니까?
        언제나 대세에 몸을 맡겼기 때문입니다.
        (보며) 정대한 의원은 이제 돌이킬 수 없습니다.
        한시간만에 조회수만 삼백만이 넘어가고 있어요.
        뉴스를 내보낼 수밖에 없는 게 지금의 대세라는 뜻입니다.

부사장   (본다. 시선에서)

S#52. 강율로펌 대표실.

강율 대표   네, 안 그래도 좀 전에 저도 봤습니다...
         네, 제가 보기에도 이번에는 좀 힘들게 된 것 같습니다.

(아.. 골치 아프다.. 하는 표정으로 미간을 지그시 누르더니)
일단 알겠습니다. 그러시죠.
(끊는다. 한숨.. 조용한 눈빛이지만 어딘가 서늘하고 무서운 데서)

S#53. 보도국 일각. N

안으로 들어오는 혜란, 보도국 안 사람들 흘끔흘끔 혜란을 본다.
혜란, 별로 개의치 않는 듯 쭉 걸어 들어오는데
장 국장, 퇴근 차림으로 나오다가 혜란을 본다.

혜 란	(멈춰 서서 장 국장을 보면)
장 국장	(본다. 보다가 아무 말 없이 그저 고개만 끄떡.. 해준다, 수고했어)
혜 란	(네.. 눈빛으로 대답하면)
장 국장	(툭.. 격려하듯 혜란의 어깨를 한번 쳐준 뒤 지나쳐 가면)
혜 란	(나직한 한숨으로 자료실로 들어간다)

S#54. 보도국 자료실. N

들어오면서 한숨 후우.. 내쉬다가 멈칫.. 걸음을 멈추는 혜란,
순간 눈빛.. 울컥해지는 느낌으로 책상 쪽을 빤히 쳐다보면
그 벽면에 붙어 있는 몇 개의 포스트 잇.
〈수고하셨어요〉
〈멋지게 한방 날리셨네요! 역시 선배님!〉
〈응원합니다!〉
〈때려주고 싶은 사람 있음 부르세요. 저 힘 셉니다 - 기술팀 막내〉
혜란, 본다. 보다가 잠시 고개를 숙인다..
아무도 모르게 혼자만 아는 감동으로 피식.. 멋쩍게 웃는데
울리는 전화기, 꺼내들어 발신자 보면 〈윤송이〉다.

혜 란   (흠..! 가라앉은 목소리 한 번 다듬고 받는다) 어, 윤 기자.

S#55. 어느 선술집 안. N

불판에 지글지글 익어가는 고기.
TV에선 뉴스 나오는 중이고
윤송이, 뉴스 보면서 혼자 소주 자작 중이다.

윤송이   어이, 고혜란 들리냐? (하더니 핸드폰을 바깥쪽으로 돌린다)

TV 화면에는 정대한 관련 뉴스가 쏟아지고 있는 중.

지원E   (TV 화면 안으로) 오늘 현직 국회의원인 정대한 혁신당 최고위원이
미성년자 불법 성매매 단속 현장에서 현행범으로 적발됐습니다.
알고 보니 이 호텔은 정대한 의원의 전용 성매매 장소로
사용되어왔고 정대한 의원은 정재계 인사로부터 꾸준히
성상납을 받아왔던 것으로 확인됐습니다.

동시에 와글와글하는 식당 내 민심들.
"아우 저 나쁜 놈! 지 나이가 몇인데 18살짜리를.."
"저런 놈들은 두 번 다시 고개 들고 다니지 못하게 해야 해!"
"준 놈들두 밝혀서 줄줄이 다 집어 쳐넣어야 해!" 등등등등

혜 란   (INSERT〉 자료실〉 조용히 듣는 모습 위로)
윤송이   (다시 귀에 대며) 야. 너 돌았냐?
저걸 이렇게 적나라하게 까는 미친 년이 어딨냐?
하여간에 넌 간이 배 밖에 있거나 아니면 돌았거나 둘 중에 하나야.
혜 란   (INSERT〉 자료실)
윤 기자. 2013년도에 너, 아무것도 못한 거 아니야.

오늘 나간 정대한 비리. 니가 만들어논 거 내가 내보내기만 한 거야.

윤송이 　지랄하네... (소주 한 잔 가득 채우면)

혜 란 　(INSERT〉 자료실) 이 뉴스. 내꺼 아니구 니꺼라구.

윤송이 　(뉴스 보면서. 찡해진다. 피식) 시끄럽구 몸이나 조심해.

　　　　 그 새끼들. 이번엔 널 어떻게 죽여줄지

　　　　 벌써 궁리들 들어가셨을 거야.

혜 란 　(INSERT〉 자료실) 말했잖아. 난 더 이상 잃을 게 없어

윤송이 　태욱 씨 있잖아.

혜 란 　(INSERT〉 자료실. 피식) 나중에 한 잔 하자.

　　　　 (그리고 끊는다, 후우우우 긴 한숨 내뱉으며 퇴근 준비하는 모습)

윤송이 　(끊는다, 피식 웃으며) 고혜란. 어우 이 독한 년, 어우 멋진 년.

　　　　 (그러면서 소주 한 잔 쫙! 넘기면)

S#56. 태욱의 사무실. N

정기찬 　역시, 고혜란 앵커님께선 한칼 있으십니다. 그죠 변호사님?

태 욱 　... (생각에 잠긴 얼굴)

정기찬 　(이내 혼잣말 궁시렁 모드)

　　　　 저렇게 시원하게 한방 먹였는데 또 왜 저러실까?

　　　　 참으로 복잡 미묘하신 우리 변호사님의 심중을

　　　　 이 미천한 사무장은 헤아릴 길이 없네, 참.. (하는데)

태 욱 　사무장님,

정기찬 　(얼른) 아, 예! 변호사님.

태 욱 　(돌아보며) 저번에 말씀드렸던 강율로펌 말입니다.

정기찬 　아, 예! 옮기기로 결정이 났습니까? 언젭니까? (화색이 도는데)

태 욱 　아뇨.. 아무래도 힘들 수도 있겠어요.

정기찬 　예? 무슨 말씀이신지..

태 욱 　어쩌면 앞으로 강율을 상대하게 될지도 모른다는 뜻이에요.

　　　　 마음의 준비 하고 계시라구요.

정기찬   (띵..! 한 표정으로 본다)

태 욱   그럼 먼저 퇴근합니다. (일어나 외투 들고 나가면)

정기찬   (???? 본다. 보다가 다시 돌아보는 데서)

S#57. 산부인과 은주의 병실 안. N

간호사   (안으로 들어오며)
         서은주 씨, 체온이랑 맥박 확인 좀 할게요.
         (하다가 멈칫) 서은주 씨?!!! (들여다보면 침대 비어 있다)

         옆에 놓여 있는 식판 위로 미역국, 흰밥, 반찬 등등...
         숟가락 하나만 보여지는 가운데.

S#58. 거리 일각. N

         환자복 위로 코트만 걸쳐 입고 휘적휘적 걸어오는 은주,
         그녀의 손에 들려 있는 포크.. 있는 힘껏 꾹 쥔 채로.

S#59. 방송국 로비. N

         엘리베이터에서 내려오는 혜란, 쭉 걸어 나오다가 멈칫..
         천천히 걸음을 멈추고 보면
         저 앞으로 기다리고 있는 태욱의 모습이 보인다.
         혜란, 본다. 천천히 또각또각 태욱 쪽으로 다가선다.

태 욱   (소리에 돌아본다)

혜 란   (태욱을 바라보며 또각또각 다가선다. 멈춘다)

어떻게 된 거야?

태 욱   인터넷 봤어. 제대로 거하게 사고 쳤던데?

혜 란   칭찬하는 거야, 빈정대는 거야?

태 욱   걱정하는 거야.

혜 란   (본다)

태 욱   벌집 제대로 쑤셔놨으니 마음 단단히 먹어야 할 거야, 알지?

혜 란   (그 걱정이 왠지 기분 나쁘지 않다) 저녁은?

태 욱   아직..

혜 란   나두 아직. (미소로) 배고프다.
       우리 근처에서 따끈한 우동이나 먹고 들어갈까?

태 욱   (본다. 보더니) 그래, 그러자..

혜 란   (짐짓 미소로 또각또각 앞장서다가 멈칫.. 다시 멈춰 선다, 본다)

태 욱   (? 그런 혜란을 보다가 그녀가 쳐다보는 쪽으로 시선 주면)

저 앞으로 창백한 표정으로 서 있는 은주가 보인다.
태욱, 뭔가 심상치 않은 느낌으로 은주를 본다.

혜 란   당신 잠깐만 여있어줄래? 내가 얘기할게.

태 욱   혜란아.. (기분이 안 좋은데)

혜 란   (태욱을 보며) 괜찮아. 내가 얘기하는 게 맞아. 응?

태 욱   (보면)

혜 란   (은주를 본다. 또각또각 은주 앞으로 걸어간다, 눈빛 매서워진다)

은 주   (그런 혜란을 표정 없이 쳐다본다, 꾹 쥐는 손...)

혜 란   (은주 앞에 서더니) 그래, 우리도 얘기 좀 해야겠지?

은 주   (쎄한 눈빛으로 혜란을 본다)

혜 란   덕분에 긴급체포에 구금까지.. 아주 제대로 당했어 나.
       왜 그랬는지 어디 얘기나 좀 들어보자.
       대체 너 무슨 생각인 거니?

은 주   (쎄한 눈빛)

혜 란   어째서 왜, 내가 하지도 않은 짓을 했다고 거짓말을 한 건데?

태 욱	(뒤에서 뭔가 불안한 눈빛으로 본다. 보다가 멈칫..)

은주의 코트 밑으로 나온 병원 환자복 바지를 본다.
태욱, 뭐지..? 싶다가 순간

은 주	죽어..
혜 란	(잘 못 들었다) 뭐? (동시에)
태 욱	혜란아..! (하면서 다급히 혜란 쪽으로 달려간다, 순간)
은 주	죽어어어어어어어!!!!! (하면서 포크 든 손을 추켜올린다)
혜 란	? (은주 쪽을 돌아보는 순간)
은 주	(광기처럼 혜란을 향해 포크를 내리찍는다)
태 욱	혜란아아아!!!!! (외침과 동시에)

은주의 손을 잡아채는 검은 가죽장갑의 손.

은 주	...! (본다)
혜 란	...! (본다)

부들부들 떨고 있는 은주의 팔을 잡고 있는 그는, 하명우다.

은 주	(쿵..! 순간 하명우를 빤히 쳐다본다, 너무나 놀라는 눈빛으로)
하명우	(쎄한 눈빛으로 은주를 보고 있다)
혜 란	(은주를 막아선 하명우를 보며 완전히 굳어지는 표정)
태 욱	(얼른 혜란 앞으로 다가서서) 혜란아... 괜찮아?
혜 란	(하명우한테 시선 고정한 채 움직이지 않는)
태 욱	(? 같이 하명우를 본다. 순간 멈칫.. 이 사람이 왜? 쳐다본다)
하명우	(그럼에도 불구하고 은주를 막을 수밖에 없었다.. 조용히 보며)
	그만해..
은 주	(본다. 보다가 툭.. 포크를 떨어뜨리는, 믿을 수 없는 눈빛)
하명우	(깊은 시선으로 은주를 보는 데서)

S#60. 플래시백〉하명우의 몽타주.

1. 9부 69씬. 태욱의 사무실 앞. N
   귀에 이어폰 낀 채 모든 소리를 듣고 있던 하명우,
   태욱의 사무실에서 나오는 은주를 본다. 쭉 시선으로 따라가다가
2. 10부 7씬. N
   쓰러진 은주 옆으로 재빨리 다가가 상태를 살피는 하명우,

하명우   (주위에 몰려든 사람에게) 119 좀 불러주시겠습니까?
         (그러면서 쓰러진 은주를 안아 일으켜주는 데서)

3. 10부 19씬 플래시백 장면.

의사1   안타깝지만.. 유산됐습니다..
은 주   (흑..! 눈물이 터진다, 절망, 후회.. 아픔으로 흐느끼면)

화면, 쭉 문밖으로 빠져나오면
문 옆으로 조용히 듣고 있는 하명우, 나직한 한숨에서..

S#61. 다시 방송국 로비. N

은 주   (충격으로 하명우를 빤히 쳐다본다)
혜 란   (하명우를 본다)
태 욱   (하명우를 본다)
하명우   .... (시선에서)

그렇게 충격적인 재회를 하게 된 그들의 모습에서. 페이드아웃.

S#62. 혜란의 집 거실. N

태욱과 혜란 나란히 집으로 돌아온다.

혜 란   (멍한 눈빛으로 말없이 거실로 들어와 곧바로 침실 쪽으로)

태 욱   (뒤에서 보다가) 당신.. 괜찮아?

혜 란   (그대로 침대방으로 가는데)

태 욱   혜란아..

혜 란   (멈춘다. 돌아보더니) 저녁 같이 못 먹어 미안해..

태 욱   (본다. 보더니) 내일 당장 서은주 씨 앞으로

         접근금지가처분 신청부터 해놓을게,

혜 란   아냐, 그럴 것까지 없어.

태 욱   이건 명백히 너에 대한 위협이었어.

         중간에 막지 않았다면 니가 다치는 상황이었다구.

혜 란   (보며) 그냥 조용히 넘어가자 태욱 씨, 소란스럽게 하지 말구, 응?

태 욱   왜?

혜 란   (? 본다)

태 욱   뭐가 그렇게 무서워서?

         정대한 같은 놈들도 눈 하나 꿈쩍 안 하는 니가

         왜 서은주 케빈 리 사건만 얘기하면 피하고 꽁무니 빼는 건데?

혜 란   그 사건하고 엮일수록 점점 더 기분이 더러우니까!

         아무리 해명하고 아니라고 주장해도 아무도 안 믿어주니까!

         내 억울함, 내 기막힘 같은 건 아무한테도 관심 받지 못하니까..

         차라리 정면돌파보다 피하는 게 상책이라구,

         그렇게 결론 내렸다구 나는.

태 욱   (본다, 시선 위로 혜란 E. 필요해...! 하는 목소리 스친다, 보면)

혜 란   (이내..) 미안해. 내가 좀 날카로워졌나봐, 좀 쉬어야겠다.

         (안으로 들어가면)

태 욱   (닫히는 혜란의 침실 문을 본다. 잠시 보다가)

핸드폰을 꺼낸다. 누르며 귀에 대면

S#63. INSERT〉 거리 일각. N

진동을 울리는 핸드폰을 내려다보는 하명우,
(발신자 강태욱 변호사다)
하명우, 나직한 한숨으로 전화 받지 않는다.

S#64. 태욱의 서재. N

안으로 들어오는 태욱,
하명우가 받지 않자 핸드폰을 내려서 쳐다본다.
어떻게 된 거지? 무엇보다 왜 거기에 하명우가 나타난 거지...?
시선에서.

S#65. 혜란의 집 드레스룸. N

주르르... 드레스룸 한쪽에 주저앉는 혜란.

혜 란   어째서.. 왜 니가 거기에... (혼란스러운 눈빛에서)

S#66. 다시 거리 일각. N

하명우   ... (조용한 눈빛으로 긴 한숨 내쉰다. 시선 들어 먼 곳 보는 데서)

S#67. 방송국 지하주차장. N

뒤늦게 퇴근하는 지원, 가뿐한 발걸음으로 걸어 나와
차 쪽으로 가서 차문 여는데 순간 멈칫.. 한쪽을 쳐다보면
그 한쪽에 기다리고 있던 강기준, 한지원을 바라본다.
천천히 한지원 앞으로 다가서는 강기준.

지 원   무슨.. 일이시죠?

강기준   케빈 리 살인사건 때문에 몇 가지 물어볼 게 있어서요,

지 원   (살짝 긴장하는 눈빛..) 여기서요?

강기준   케빈 리 핸드폰으로 마지막 걸려온 전화가
           여기 보도국 번호 중 하나더군요,

지 원   그래서요?

강기준   그 시간에 무슨 일로 케빈 리한테 전화를 하신 겁니까?

지 원   (본다) 제가 그걸 왜 말씀드려야 하죠?

강기준   대답 내용에 따라 한지원 씨가 유력한 용의자가 될 수도 있으니까요.

지 원   (젠장..! 하는 눈빛으로 강기준을 본다)

강기준   (이 여자도 뭔가 있구나.. 하는 눈빛으로 쳐다보는 데서)

S#68. 정갈한 한식당 룸. (다음 날 아침)

강해건설, 강율 대표 정갈한 음식이 차려진, 조찬 회동 중이다.

강해건설   정대한이야 꼬리 자르기 하면 그만이지만
           다음은 제 차례가 아니라고 누가 장담하겠습니까?

강율 대표   (담담하게) 거기까진 안 갈 겁니다. 걱정 안하셔도 돼요.

강해건설   긴급체포 풀려나자마자 만 하루도 안됐는데
           정대한을 쳤습니다. 그런데 걱정하지 말라구요?

강율 대표   (조용히 손목시계 들여다보는데)

똑똑.. 노크소리와 함께 직원 문 열면,

그 뒤로 들어서는 변우현,

변우현	죄송합니다. 좀 늦었습니다.
강해건설	(? 보면)
강율 대표	앉게.
변우현	(상 앞이 아닌 한쪽에 자리 잡고 앉으면)
강율 대표	고혜란 말인데.. (보며) 기소 쪽으로 가닥 잡고 있는 거지?
변우현	예..? (멈칫.. 고개 들어 본다. 이건 또 무슨 뜻이지..? 보면)
강율 대표	(식사해가며) 이번 사건 잘 만들어봐.
	끝나는 대로 곧바로 강율로 모셔올 테니까. 음?
변우현	(순간 눈이 반짝! 강율 대표를 보더니)
	알겠습니다! 무슨 말씀이신지.
강해건설	(강율 대표를 본다)
강율 대표	(조용하게 식사 계속하는 모습이, 왠지 더 무서워 보이는 데서)

S#69. 은주의 병실.

환자복 차림의 은주, 서늘한 얼굴로 쳐다보면

그 앞으로 서 있는 태욱.

은 주	꺼져.
태 욱	(본다. 보더니 비행기 표 탁..! 꺼내 침상 위에 올려놓는다)
	이제 그만하고 미국으로 돌아가시죠.
은 주	꺼지라구 했어요 강태욱 씨.
태 욱	어제는 명백한 살인미수였어요,
	나 역시 참아주는 건 여기까집니다. 한 번만 더 혜란일 위협하면..
은 주	위협? 늬들한테 겨우 그런게 위협이 되긴 하는 거야?
태 욱	서은주 씨!

은 주   정말 뻔뻔하고 역겨워서 못 봐주겠네.

        대체 어떤 약을 먹으면 당신처럼 할 수 있는 거예요, 강태욱 씨?

        블랙박스 안에 있던 거 당신도 분명히 다 봤잖아.

        그 추잡한 걸 다 봐놓고도 어떻게 그렇게 아무렇지도 않게..

        (보며) 심지어 고상하고 품위 있게 혜란이 옆에 있을 수 있는 거지?

태 욱   혜란이는 서은주 씨 남편 사고와 아무 상관없습니다.

은 주   정말로 그렇게 믿어요?

        정말루 그렇게 믿는 겁니까 강태욱 변호사님?

태 욱   당신 남편에 대한 분풀이를 하고 싶다면 다른 데 가서 해요.

        더 이상 무고한 사람 괴롭히지 말고,

        이건 혜란이 변호사로서 드리는 경곱니다. (돌아서는데)

은 주   이번이 처음이 아니라면 어쩔 건데요?

태 욱   (멈칫.. 멈춰 선다. 돌아본다)

은 주   (보며) 고혜란이 사람 죽인 거.. 이번이 처음이 아니라면요?

태 욱   ...? (빤히 쳐다본다, 시선에서)

S#70. 어느 거리 일각.

        혜란, 조용히 발걸음을 옮긴다.

        누군가를 찾는 듯.. 두리번거리며 쭉 걸어오는 모습에서,

S#71. 은주의 병실.

은 주   19년 전.. 낙원동 금은방 살인사건이라고 한 번 찾아보세요.

        그때 살인범으로 지목된 아이가 있을 겁니다.

        이름은 하명우.

태 욱   (순간 멈칫..! 누구? 하고 쳐다보는 데서)

S#72. 어느 장소.

　　걸음을 옮기던 혜란, 누군가를 발견한 듯 천천히 걸음을 멈춘다.

　　INSERT〉 은주의 병실.

은 주　　고혜란을 짝사랑하던.. 어떤 바보 같은 자식.

　　다시 어느 장소〉
　　혜란의 시선이 멈춘 그곳에 서 있는 하명우,
　　야구모자 눌러쓴 채 조용히 시선 들어 혜란을 본다.

　　INSERT〉 은주의 병실.

은 주　　(살벌한 눈빛 들어 태욱을 보며)
　　바로 어젯밤에 나타나서 혜란이를 지켰던.. 그 남자 말이에요.

태 욱　　(순간 쿵...! 충격 받은 눈빛으로 본다, 뭐라구..?)

　　다시 어느 장소〉

혜 란　　(명우와 일 미터쯤 앞까지 다가선다. 멈추고 그를 본다)

하명우　　(혜란을 본다) 오랜만이다. 혜란아..

혜 란　　(본다. 보며) 안녕.. 명우야.

하명우　　(본다)

혜 란　　(본다)

태 욱　　(INSERT〉 믿어지지 않는 눈빛으로 돌아서는 데서)

　　쿵!

제 11 부

고백

告白

S#1. 은주의 병실. (10부 69씬)

은 주   이번이 처음이 아니라면 어쩔 건데요?

태 욱   (멈칫.. 멈춰 선다. 돌아본다)

플래시백〉 과거, 금은방 안 상황.
짧게 스쳐 지나가는 칼과 피와.. 겁에 질린 혜란의 얼굴 위로.

은 주   (보며) 고혜란이 사람 죽인 거.. 이번이 처음이 아니라면요?

태 욱   ...? (빤히 쳐다본다, 시선에서)

S#2. 어느 장소.

혜 란   (본다. 보며) 안녕.. 명우야.

하명우   (혜란을 본다) 오랜만이다. 혜란아..

혜 란   (본다, 시선에서)

S#3. 거리 & 태욱의 차.

굳은 얼굴로 운전하는 태욱, 모든 것이 혼란스럽다.
멍하니 전방을 주시한 채 점점 속력이 붙고 있다.

태욱의 차, 아슬아슬 위험하게 달리는 모습에서.

태욱E   (플래시백〉 태욱의 사무실. 6부 42씬) 살인이었다구요?
하명우   돈 좀 있다고.. 힘없는 사람들을 괴롭혔습니다.
         내 친구가 피해자였구요. 그냥 두고 볼 수가 없었습니다.

         태욱, 하명우 본다. 곧은 자세. 흔들림 없는 깊은 눈빛.
         자신의 전과에 주눅 들지도 않는다. 그런 명우의 모습 위로.

은주E   하명우에게 혜란이는 절대적인 존재예요.
         그리고 혜란이한테 하명우는 주홍글씨 같은 존재구요.
은 주   (플래시백〉 은주의 병실. 10부 71씬에 이어)
         절대로.. 혜란이한테서 하명우를 지울 수는 없어요..
         설사 그게 태욱 씨여두요.

         E. 요란하게 삐삐삐삐....! 차선 이탈 방지 경고음
         다시 차 안〉
         태욱의 차, 끼익...! 중앙선을 넘어 다시 제자리로 돌아오면서

S#4. 어느 장소.

         혜란과 명우, 마치 모르는 사람인 듯, 한 뼘 정도 떨어져
         나란히 벤치에 앉아 평화로운 오후의 풍경들을 바라보며

하명우   잘 지냈니?
혜 란   보다시피 엉망이야. 모든 게 엉망진창..
하명우   (짐짓 옅은 미소) 별로 그래 보이지 않는데.
         너는, 여전히 당당하고 멋있어 보여.
혜 란   듣기 좋으라고 하는 말인 거 알면서두.. 그래도 위로가 되네.

하명우	(그 말에 혜란을 보더니) 잠깐 돌아가는 거라고 생각해.
	잠시 속도 줄이고 숨 좀 고르라고...
혜 란	(그 위로가 먹먹하고 아프고 미안하다, 명우를 보며)
	뭐하러 왔어. 거기서 나왔으면 툭툭 털어버리고
	그냥 니 갈 길 가지,
하명우	(본다)
혜 란	이제부터라도 니 인생 살아.. 돌아보지 말구.
하명우	(본다. 보다가) 너.. 니 남편 사랑해?
혜 란	(순간 멈칫..! 명우를 빤히 본다)
하명우	그 사람.. 진심으로 사랑해?
혜 란	(무슨 뜻인지? 파악이 안 되는 눈빛으로 빤히 쳐다보는 데서)

S#5. 혜란의 집 거실 & 태욱의 서재. N

태욱, 싸늘하게 가라앉은 눈빛으로 앉아 있다.
(INSERT〉 현관〉 문을 열고 들어오는 혜란..)
태욱, 혜란이 들어오는 소리 다 듣고 있는.
(INSERT〉 거실〉 들어오다가 비스듬히 열린 태욱의 서재를 본다)

태 욱	(밖에서 멈춰 선 혜란을 느낀다...)
혜 란	(INSERT〉 거실〉 멈춰 선 채 잠시 어떡할까 망설이는..)
태 욱	(그 망설임까지 느끼고 있는)
혜 란	(INSERT〉 거실〉 고개 들어 서재 쪽으로 다가선다. 문을 마저 열면)
태 욱	(조용히 시선 들어 문 앞의 혜란을 본다)
하명우E	그 사람은..?
태 욱	왔어?
하명우E	니 남편도 널.. 사랑해?
혜 란	(조용히 태욱을 본다. 보더니) 어. (대답한다)
태 욱	(본다)

혜 란   (본다, 시선에서)

그들의 모습에서
쿵!! 블랙 화면 위로
자막, 〈제11부 고백(告白)〉

S#6. 혜란의 회상〉 19년 전 버스정류장.

이른 아침 등굣길.
교복 입은 아이들 우르르 버스에 올라타는데
E. 빵빵! 신경질적인 클랙슨 소리.

기사E   마, 탈라믄 후딱 타!

기사 보면, 버스 계단에 한발 턱 올려놓고
천천히 운동화끈 고쳐 매는 한 남학생. 어린 명우다.
어린 명우, 힐끗 사이드 미러 보면,
가방 멘 채 헐레벌떡 뛰어오는 여학생 하나. 어린 혜란이다.

S#7. 버스 안.

콩나물시루 버스 안.
어린 혜란, 손잡이 잡고 있는데 끽, 급정거하는 버스.
어린 혜란, 순간 휘청하는데 탁, 잡아주는 어린 명우.

혜란E   하명우. 힘들고 가난했던 시절 내가 유일하게 기댔던 친구였지..

DIS.

버스 안. 나란히 앉아 있는 어린 명우와 어린 혜란.

둘이 서로 문제 내주고 맞추고

어린 명우, 자신의 손때가 묻은, 직접 만든 단어 숙어장을

어린 혜란에게 건네면, 어린 혜란 미소로 받는데

혜란E   할머니 손에서 자란 명우는 할머니 소원대로 법관 되는 게 꿈이었고,

          엄마랑 단둘이 살던 나는, 그 고단한 삶에서 벗어나고 싶어

          이를 악물고 공부했어. 뭐가 됐든 벗어나기만 하면 좋겠다구...

S#8. 기사식당 앞.

혜란모   대학 좋아하네.

어린 혜란, 때가 꼬질꼬질한 앞치마를 두르고

손에는 고무장갑을 낀 혜란모와 말다툼 중이다.

혜란모   이 기집애야. 우리 처지에 대학은 무슨 얼어 죽을 대학이야?!

어린 혜란   엄마아....! (하는데)

혜란모   당장 먹고 죽을래도 돈이 없어 못 죽어.

          무슨 말라비틀어질 대학 등록금이야!

여주인E   (안에서) 혜란 엄마! 주방 밀렸는데 뭐해?

혜란모   금방 가요! (혜란에게) 분수에 맞게 살어! 엄마 힘들어!

          (들어가버리면)

어린 혜란   ! (탁 닫히는 문을 본다. 밀려오는 실망... 절망...)

혜란E   열여덟살짜리가 대학 입학금을 마련하기 위해 할 수 있는 건..

          별로 없었어.

S#9. 골목 금은방 앞 & 금은방 안.

어느 동네에나 하나씩 있음직한 오래된 금은방.
그 한쪽으로 살피며 고개를 내밀고 금은방 아저씨를 본다.
오긴 왔는데 들어가야 하나 말아야 하나... 망설이다
결국 손잡이 잡고 문을 열면.
금은방 안〉
벽면엔 각종 시계들이 째깍째깍..
금은방 주인(남. 40대 중반. 이필성), 어린 혜란 보고 있고.

어린 혜란 갚을게요. 대학만 가면, 알바도 하고 과외도 하고,
            이자까지 쳐서 어떻게든 다 갚아드릴게요, 네?
금은방주인 짜식.. (미소로) 이따 문 닫을 시간에 다시 와. 9시쯤이면 될 거다.
어린 혜란 (순간 안도의 미소가 번지는 위로)

(밥 딜런의) Knockin' On Heaven's Door 시작되면서.

라디오E 살다 보면 우리는, 인생의 갈림길에서 수많은 선택을 하게 되죠..

S#10. 버스정류장. N

야자도 끝난 늦은 시각. 버스를 기다리는 교복 입은 학생들.
어린 명우, 혜란이는 왜 안 오지? 학교 쪽 바라보면.
그 앞으로 버스가 도착한다. 우르르 타는 아이들
버스 떠나면, 그 자리에 혼자 남아 있는 어린 명우. 그 위로

라디오E (영화음악 소개 류의 심야 라디오 방송이다)
          우리가 하는 그 수많은 선택에 항상 결정적으로 작용하는 게
          바로 미래에 대한 두려움이라고 합니다.

S#11. 금은방 안. N

테이블 위에 거의 다 마셔가는 소주병 하나...
(그 옆으로 사과 한 알과 과도가 놓여져 있고...)
금은방 주인은 불콰하게 술이 오른 얼굴로 쳐다보더니
두툼한 돈 봉투를 올려놓는다.

어린 혜란 (돈을 본다. 선뜻 내키지 않은 듯 긴장된 얼굴로 보는 위로 계속)
라디오E 그래서 택한 인생은 우리를 안정된 삶으로 데려가줄지도
모르겠습니다. 하지만 가슴 뛰는 설렘과 기쁨까지 주진 않겠죠.
마음이 원해서가 아니라 두려움 때문에 선택한 인생이니까요...
밥 딜런이 부릅니다. Knockin' On Heaven's Door
(그리고 커지는 밥 딜런의 Knockin' On Heaven's Door 노래)

S#12. 거리 – 금은방으로 향하는 길. N

미친 듯이 달려오는 낡은 운동화 하나.. 어린 하명우다.
INSERT〉금은방 안〉
자리에서 일어나 비척비척 어린 혜란을 향해 다가오는 금은방 주인
불 꺼진 뒷골목 상가〉
어린 명우 죽을힘을 다해 심장이 터질 듯 달려가는 모습,
INSERT〉금은방 안〉
금은방을 가득 채운 음악소리..
금은방 주인, 문가에 서 있는 어린 혜란을 본다.
술기운으로 붉게 충혈된 그의 두 눈, 그 야릇한 시선으로 본다.
어린 혜란, 흘끗 테이블 위에 있는 돈뭉치를 한 번 본 뒤
다시 금은방 주인을 본다. 쎄하게 굳어지는 혜란의 표정...
그대로 홱! 돌아서서 나가려는데 그녀의 어깨를 홱! 낚아채 듯
잡아채는 금은방 주인의 손!

금은방 앞〉 그 앞까지 죽어라 달려오고 달려오는 하명우,
불 꺼진 금은방 앞에 도착한 하명우, 헉헉헉!! 거친 숨을 몰아쉰다.
그대로 있는 힘껏 문을 밀고 들어서는데 거의 동시에
탁! 문이 열리면서 뛰쳐나오는 여자 하나. 어린 혜란이다.

어린 혜란	(눈앞에 서 있는 명우 본다. 쿵...!) 명우야... (보면)
어린 명우	(어린 혜란 보면)

당황한 눈빛, 묘하게 흐트러진 머리칼.
목 아래, 단추 두어 개가 뜯겨져 나간 교복 블라우스.

어린 명우	(눈이 홱 도는데)
어린 혜란	(탁! 잡으며) 아냐, 명우야. 그런 거 아니야! 아무 일도 없었어!
어린 명우	나가 있어,
어린 혜란	내 말 믿어! 정말로 아무 일도 없었다구!! (똑바로 본다)

어린 명우, 혜란의 말 같은 건 들리지 않는다.
그대로 혜란을 뿌리친 채 금은방 안으로 들어가버린다.

어린 혜란	명우야! (놓친 손 허공에서 흔들린다. 놀라는 눈빛으로 말리려는데)

툭..! 그녀의 교복 위로 튀는 피..!

어린 혜란	(두둥..!!! 놀라서 멈춰 선다, 그리고...)

털썩.. 바닥에 쓰러지는 금은방 주인..
그리고 흘러내리는 핏물 그 옆에서 온통 피가 튄 채 내려다보는
하명우.. 그 위로
〈Knockin' On Heaven's Door〉.... 점점 잦아들면서

S#13. 버스정류장. D

쏴아아아아!!! 비가 내리는데 커다란 가방 하나를 옆에 둔 채
혼자 앉아 있는 어린 혜란, 돌아보면
명우가 기다리던 그곳은 이제 명우는 없다. 그 위로

혜란E   그 사건이 있고 얼마 뒤, 명우 할머니가 등록금을 들고 찾아오셨어
          명우의 부탁이었대. 그 돈으로 나는.. 대학에 갈 수 있었지.

S#14. INSERT〉 창문 밖에서 바라보이는 서재 전경.

조용히 마주 앉아 있는 혜란과 태욱..

S#15. 태욱의 서재 안. N

태 욱   (말이 없다. 혜란을 본다)
혜 란   (담담한 눈빛으로 시선 들어 태욱을 보며)
          가끔씩 그런 생각이 들어.
          왜 명우는 내 말을 안 믿었을까..
태 욱   (혜란을 본다, 표 안 나게 흔들리는 눈빛..)
혜 란   정말 아무 일도 없었는데.. 그냥 내 말 좀 믿지,
          그랬음 아무도 죽지 않았을 거구
          명우도 살인자가 되지 않았을 텐데..
태 욱   (순간 시선 피하듯 들고 있는 술을 한 모금 마시는)
혜 란   (보며) 그럼 나도 좀 편하게 살았을지도 모르는데...
태 욱   (시선 계속 술잔 끝에 머문 채 복잡 미묘한 표정. 그러더니)
          그게... 다야?
혜 란   (본다. 담담하게) 어. 그게 다야.

태 욱	(술잔을 응시한 채 고개를 두어 번 끄덕.. 이더니) 그래.. 알았어.
혜 란	(본다)
태 욱	(끝내 시선 마주치지 않은 채 술만 한 모금 들이킨다)
혜 란	(일어난다. 끝까지 자신을 쳐다보지 않는 태욱을 보더니,
	돌아서서 나간다)

그대로 밖으로 나가는 혜란을 그제서야 시선 들어 보는 태욱..
순간 훅...! 눈시울이 붉어져 온다.
태욱 혼자만 아는 후회가 맹렬히 태욱을 엄습하고 있다..

혜란E	왜 내 말을 안 믿었을까.. 정말 아무 일도 없었는데..
혜란E	(INSERT〉 5부 21씬) 왜 못 믿는데!
태 욱	(울컥..! 해오는 마음)
혜란E	그랬음 아무도 죽지 않았을 거구..
혜란E	(INSERT〉 5부 1씬, 경찰서 복도) 나.. 아니야 여보.
태 욱	(미칠 것 같은..)
혜란E	그럼 나도 좀 편하게 살았을지도 모르는데...

순간 태욱, 들고 있던 술잔을 있는 힘껏 던져버린다.
퍽!!!!! 깨지는 소리와 함께

S#16. 혜란의 집 거실. N

깨지는 소리에 멈칫.. 걸음을 멈추는 혜란, 서재를 돌아본다.
비스듬히 열린 문틈으로 새어나오는 서재의 불빛..
혜란, 눈빛이 흔들린다.
자기도 모르게 서재 쪽으로 되돌아가 막 손잡이 잡는데,
끅...!!! 하고 흐느끼는 태욱의 소리를 듣는다.
혜란, 멈칫.. 울어..?

INSERT〉 서재 안.

태욱.. 손등으로 입을 막은 채 올라오는 오열을 꾹 누른다..

간간히 새어나오는 흐느낌, 어쩔 줄 모른 채 고개 숙이는 그 남자..

방문 앞〉

순간 같이 울컥..! 하는 혜란, 눈시울이 같이 붉어져 온다.

저 남자.. 지금 울고 있는 거야?

어쩔 줄 모른 채 잠시 그 앞에 서서 그의 울음소리를 듣고 있는 혜란

절대 눈물 떨어뜨리지 않은 채, 그저 그렁그렁한 눈빛으로 본다.

나는 이제 어떡하면 좋지...? 전경.. 길게 주는 데서.

S#17. 경찰서 일각. N

엇춰! 하면서 들어오던 박성재, 멈칫.. 한쪽을 보면
강기준 자리에 앉아 생각에 잠겨 있다.

박성재	(자리로 오며) 아직 계셨습니까? 저녁식산 하셨어요?
강기준	...
박성재	(흘끗 보며) 뭐 라면이나 삼각김밥 같은 거라도 사 와요? 예?
강기준	...
박성재	(보다 못해) 왜요? 한지원 만나보니 영 아닌 것 같습니까?
강기준	(흐음.. 생각하는 표정에서)

플래시백〉 10부 67씬. 방송국 지하주차장씬 연결.

지 원	난 아니에요,
강기준	왜 아닌 건지.. 대답해주시겠습니까?
지 원	그 사람이랑 저.. 사고 나기 전에 같이 별장에 있었어요,
	아니다, 좀 더 정확히 말하자면 뉴스나인에서 환일철강과 캄 사건
	다룰 때까지 같이 있었다고 해야겠네요,
강기준	(보면)

지 원	뉴스를 보자마자 케빈은 문제를 해결하러 나갔고,
	나는.. 서은주 씨한테 전화를 받았죠. 잔뜩 독이 올라 있더라구요.
강기준	서은주 씨요?
지 원	사실 나는 계속 궁금했어요,
	왜 경찰은 계속 고혜란만 의심하는 걸까?
	사실 케빈 리를 죽여야 하는 이유를 가장 많이 가지고 있었던 건
	서은주였는데 말이죠,
강기준	(빤히 쳐다본다)
지 원	남편한테 다른 여자가 있대요, 그것도 둘이나..
	그럼 누가 제일 그 남자를 죽이고 싶겠어요?
강기준	서은주 씨는 그날 1시경 고혜란 씨가 집에 데려다준 이후로
	집 밖에 나가지 않았습니다.
지 원	(씩 웃으며) 어떻게 그렇게 확신하세요?
	씨씨티비에 안 찍히면 집에 있었던 게 되나요?
강기준	(이거 재밌는 애네? 한지원을 보면)
지 원	이번 사건으로 가장 많은 걸 잃은 사람은 고혜란 선배예요
	누구보다 똑똑한 사람이, 더구나 청와대 대변인으로 내정됐던
	사람이 뭐하러 자기 손에 피를 묻혀요?
	상식적으로 말이 안 되잖아요.
강기준	그렇게까지 고혜란 씨를 변호해주는 이유는요?
지 원	제가 나름 기자잖아요, 현재 뉴스나인의 앵커기도 하구요,
	(보며) 진실을 말씀드리는 거예요, 사명감을 가지고.
강기준	그런가요?
지 원	그러는 형사님은 왜 그렇게까지 고혜란 선배라고 의심하는 건데요?
	무슨 이유라도 있나요?
강기준	(그 말에.. 다시 한지원을 본다, 시선에서)

다시 현재〉 경찰서 안 일각. N
컵라면 후룩후룩 먹고 있는 강기준 맞은편에서,
삼각김밥 고이 뜯어 옆에 놔주는 박성재,

박성재	솔직히 저도 그 지점이 좀 궁금은 했습니다.
	촉을 중요하게는 생각하셨지만 그렇다고 집착하신 적은 없었잖아요
강기준	(삼각김밥 한입 뜯어먹고, 다시 국물 후루루룩 들이키는)
박성재	(흘끗 눈치 보며) 이제 그만 정리하시죠, 예? (보며) 예, 선배?
강기준	(먹기만... 하는데 그때)

따르르릉! 따르르르릉!! 울리는 내선 전화.
강기준도 박성재도 받을 생각 없이 먹는데 계속 울리는 전화,

강기준	뭐하냐? 안 받구.
박성재	아, 예.. (얼른 일어나 수화기 집어 든다) 네, 서초 강력반입니다.
	(듣다가 흘끗 강기준을 한번 보며) 강기준 형사님이요?
강기준	(흘끗 한번 쳐다본다, 나?)
박성재	실례지만 무슨 용건이십니까? (듣다가 순간 멈칫..)
	다시 한 번만 말씀해주시겠습니까? 뭘.. 목격하셨다구요?
강기준	(목격잔가...? 두둥! 쳐다보는 시선에서)

S#18. 방송국 로비. (아침 전경)

출근하는 사람들, 지원도 보이고 곽 기자도 보이고.

이연정E	(뉴스) 미성년자 성접대 사건으로 논란의 중심에 섰던
	혁신당 정대한 최고위원에 대한 검찰조사가 시작됐습니다.

S#19. 보도국 모닝뉴스 스튜디오.

카메라 워킹 중이고 이연정 뉴스 방송 중이다.

이연정   ... 경찰청 특수수사과는 성접대에 동원된 여성을 불러
　　　　　　사건 경위를 조사하고 있다는 소식인데요, 김수민 기잡니다.

S#20. 보도국 국장실.

장 국장, 책상에 반쯤 걸터앉아 이연정의 뉴스를 보고 있다.
흐음... 뭔가 골똘히 생각에 잠기는 눈빛에서.

S#21. 한정식집 룸 안.

정갈하고 조용한 한정식집.
강율 대표와 부사장의 은밀한 조찬 회동 중이다.

부사장   고혜란이한테 제대로 뒷통수 맞았습니다.
　　　　　　언론이 무슨 권력인 줄 알고 기고만장해서는..

강율 대표   오히려 선거철에 터진 것보단 나을 수도 있죠,

부사장   (그 말에 얼른) 하기사..., 우리 정 의원님 그동안 나랏일 하시느라
　　　　　　애 많이 쓰셨는데 이참에 좀 쉬었다 가시면 되겠네요.

강율 대표   그래도 집안 단속은 좀 하셔야 할 겁니다.

부사장   (다시 멈칫.. 보며) 예, 안 그래도 고혜란이 문제는..

강율 대표   (OL, 말 자르듯) 장규석이..

부사장   (? 본다)

강율 대표   (쓱 시선 들어 부사장 눈 보며) 같이 해결하세요.

부사장   장 국장을 말입니까?

강율 대표   그래야 고혜란이도 잡을 수 있습니다.

부사장   하지만 장 국장을 건드리는 건 좀..
　　　　　　전 정권 초기에 잠깐 한직으로 쫓겨났다 결국 그만한 인물이
　　　　　　없어서 다시 불러다 앉혀놓은 케이스 아닙니까,

강율 대표	자고로 물은 흘러야 하는 겁니다. 고이면 썩게 돼 있어요,
부사장	하지만 장 국장을 쫓아내고 그 자리에 앉힐 만한 인물이..
강율 대표	고혜란이면.. 보도국 내에서도 납득할 겁니다.
부사장	예에? 고혜란을요? 지금 우리 잡겠다고 눈 시뻘게진 애를
	보도국장에 앉혀놓으라구요?
강율 대표	이호경식지계라..
	자막, 〈二虎競食之計 두 마리의 호랑이를 먹이를 두고 다투게 하다〉
부사장	예? (이호경식지계...?)
강율 대표	(보며) 장규석이하고 고혜란이.. 둘을 붙여놓으면 누가 이길까요?
	재밌는 싸움이 되지 않겠습니까?
부사장	아아.. 예에, (겨우 이해한 듯, 살짝 진땀나는 눈빛으로 보면)
강율 대표	(피식 미소. 그러면서 아무 일 없다는 듯 식사 계속하는 데서)

S#22. 방송국 부사장실.

두둥! 앉아 있는 혜란의 얼굴, 살짝 굳은 표정으로 빤히 쳐다본다.
그 맞은편에 살짝 초조한 표정을 감춘 채 혜란을 보는 부사장,

혜 란	갑자기 그런 제안을 하신 이유가 궁금해지네요.
부사장	정대한 의원에서 끝내란 뜻이야.
	거기서 더 긁어 부스럼 만들어 세상 시끄럽게 하지 말고.
혜 란	강인한 대표가 그렇게 하라고 하셨나요?
부사장	장 국장이 너무 오래 해먹고 있는 것도 사실이고.
	보도국에 새바람이 필요하단 생각은 나도 오래전부터 해왔던 참이라
혜 란	(OL) 장 국장님은요? 뭐라시던가요?
부사장	아직 그 친구는 이 상황 몰라. 알아봐야 좋을 것도 없고,
혜 란	(빤히 보면)
부사장	(보며) 고혜란이 자네 야심을 내가 좀 아는데..
	국장, 그 다음 본부장까지는 내가 약속해주지.

혜 란	그 말씀은..
부사장	지금부터 당신하고 내가 한편 먹자는 얘기야.
혜 란	(멈칫.. 다시 시선 들어 부사장을 본다, 시선에서)

S#23. 보도국 국장실.

웅 팀장, 지원, 곽 기자 등등등 모여 있고

웅 팀장	정대한이, 3개월 정직에 집행유예로 깔끔하게 마무리될 거다.
곽 기자	에이 현장을 잡았는데 3개월 정직으로 퉁치는 건 말두 안 돼죠.
웅 팀장	통상. 의례. 관례. 이런 말들이 괜히 생겼겠냐?
	검찰이고 정치판이고 알고 보면 다 형님 아우 매제 사이라구.
	두구 봐라. 오늘 내일 시끄러웠다가
	언제 그랬냐는 듯 잠잠해질 거고,
	다음 보궐 때 고향에서 당선한다에 오만 원 건다.
지 원	어쨌든 어제 시청률은 역대급이었잖아요, 그럼 된 거죠,
웅 팀장	그것까지 안 나왔음 늬들 싹다 죽었어 진작에.
장 국장	(들어오면)
일 동	(합! 자세 바로 하며 예의 갖추는 제스처)
장 국장	(앉으며) 봄 개편 아이디어들 좀 갖구 왔어?
웅 팀장	화사한 봄은 교양 다큐 쪽에서 맡아줘야죠, 허허허허
장 국장	칙칙한 겨울엔 니가 뭐 한 거 있고?
웅 팀장	죄송합니다.. (찌그러지면)
장 국장	보도국에 70분짜리 탐사보도 하나 떨어졌어.
	지금까지 해왔던 거 말고 쌔끈한 걸로 뽑아들 와봐.
웅 팀장	(지원 이하 후배들에게) 들었지? 쌔끈한 거다, 어?
장 국장	웅 팀장 너두. (하면서 책상 쪽으로 간다)
웅 팀장	(저두요? 하고 봤다가) 아.. 예. (떨떠름한 데서)
장 국장	(멈칫.. 저 아래 불 꺼진 뉴스룸 한쪽에 서 있는 혜란이 보인다.

...? 그런 혜란을 잠시 바라보다가)

S#24. 뉴스나인 스튜디오 안.

혜란, 한쪽에 서서 자신이 보도하던 데스크를 물끄러미 보고 있다.
그 옆으로 뚜벅뚜벅 걸어와 나란히 서는 장 국장.

장 국장   저 자리가 그립냐?

혜 란   (물끄러미 데스크를 쳐다보며)
      글쎄요, 그런 것 같기도 하고 아닌 것 같기도 하고..

장 국장   부사장이 불렀었다며? 무슨 얘기 해?

혜 란   재밌는 제안을 하나 하더라구요.

장 국장   (재밌는 제안? 혜란을 보면)

혜 란   (쓱 장 국장을 보며) 국장님 자리 나한테 주겠다던데요.

장 국장   (그 말에 순간 멈칫.. 그랬다가 피식 웃어넘기듯)
      그래서. 받겠다 그랬어?

혜 란   생각해보겠다 그랬어요.

장 국장   어쩐 일로 부사장이 이번엔 제대로 뽑아들었네.
      고혜란이가 아주 혹할 만한 카드야.

혜 란   그러게요, 그래서 말인데..
      내가 정말 국장님 자리 갖겠다 그럼 어쩌실래요?

장 국장   별수 있나, 수단과 방법 가리지 않고 끝까지 잘 버텨봐야지.

혜 란   품위 있게 후배한테 물려주실 생각은 없으세요?

장 국장   아직은.

혜 란   (본다)

장 국장   (혜란을 보며) 좀 더 몇 년 저 자리에서 놀아볼 생각이야,
      그래서 말인데, 너도 욕심 부리지 말고 당분간은 더 내 뒤에 있어.
      지금은 니가 나설 때가 아니야, 무슨 말인지 알지?

혜 란   그런가요? (똑바로 보면)

장 국장	(분위기 바꾸려는 듯) 70분짜리 탐사보도 하나 우리 쪽에 떨어졌어.
	좋은 아이템 있음 갖구 와. (툭! 어깨 한 번 쳐준 뒤 돌아서서 간다)
혜 란	(장 국장을 본다)
장 국장	(전혀 타격 받지 않은 유유자적한 걸음으로 나가면)
혜 란	(바라보며) 그냥 70분짜리 탐사보도나 하나 먹고 떨어져라..?
	(피식 웃어버리는데 그때 지잉지잉 울리는 핸드폰 진동벨)

들어서 보는 순간 표정.. 굳는다. 〈성북동〉이다.

S#25. 카페 일각.

냉랭한 표정으로 앉아 있는 태욱모. 그 앞으로 다가서는 혜란,

태욱모	앉아라.
혜 란	(앉는다)
태욱모	그래, 니 남편 앞세워 방송까지 내보내고 나니 속 시원허디?
혜 란	... (짐짓.. 이 정도 각오한 바다) 죄송합니다.
태욱모	집안 망신두 이런 망신이 없구나..
	살인용의자에 긴급체포라니.., 세상 창피해서.. (보며)
	느이 시아버지, 평생 남부끄럽지 않게 법조계 어른으로 살아오신
	분이다! 느이 남편은 그 좋은 로펌 다 마다하고 국선하면서
	힘없는 사람들 위해 좋은 뜻 펼치고 사는 게 꿈이었구!
	헌데 어떻게 니가! (분에 차서) 며느리라는 게! 아내라는 게!
	어떻게 그 두 남자 얼굴을 하루아침에 시궁창에 처박아!
혜 란	죄송합니다..
태욱모	(노려본다. 분함을 누르려는 듯 물 한 모금 마신다. 탁! 내려놓더니)
	긴말 안 한다, 니가 태욱이를 떠나거라.
혜 란	(멈칫..! 고개 들어 태욱모를 보면)
태욱모	어쩌겠니, 태욱이가 못 그러겠다니 니가 떠나줘야지.

혜 란	어머니,
태욱모	멀쩡한 애 그 정도 등신 만들어놨으면 됐어.
	너두 염치라는 게 있으면 이제 그만 태욱이 내려놔.
혜 란	(본다)
태욱모	나아, 니 마음대로 하라고 내 아들 낳아 키워놓은 거 아니다!!!
	내가 우리 태욱이만 생각하면... (하는데 울컥..! 노려본다)
혜 란	(본다. 보다가 끝내 시선 떨구면)
태욱모	잔말 말고 니가 정리해, (나직이 일갈한 뒤 일어나 나가면)
혜 란	...! (움직이지 않은 채 앉아 있는 모습에서)

S#26. 태욱의 사무실.

멍하니 창밖만 내다보고 있는 태욱,
한쪽에 앉아 있는 정기찬, 눈치 보여 죽겠다.

정기찬	아이구.. 오늘 공기는 또 왜 이리 무겁나.. (서류 넘기는데 그때)
태 욱	(어딘가로 전화를 건다. 귀에 대고 잠시 신호 기다리더니)
	강태욱입니다. 좀 만납시다! (시선에서)

S#27. 바 안.

문 열고 뚜벅뚜벅 안으로 들어오는 태욱,
저쪽으로 바 앞에 앉아 있는 하명우의 뒷모습이 보인다.
태욱, 그의 뒷모습을 보며 뚜벅뚜벅 다가서더니
옆자리에 앉는다.

하명우	... (돌아보지 않은 채 술을 한 모금 마신다)
태 욱	... (그대로 앉아만 있는, 그러다)

	혜란이한테 두 사람 얘기 다 들었어요.
하명우	... (다시 술 한 모금...)
태 욱	그냥.. 한 가지만 물읍시다. (보며) 왜 나한테 온 겁니까.
하명우	(그 말에 조용히 태욱 쪽으로 시선 둔다)
태 욱	어째서, 왜, 출소하자마자 나한테 찾아온 건지.. 알아야겠습니다.
하명우	(잠시 간격.. 한 모금 마시더니)
	누군가를 좋아하게 되면..
	그 사랑 때문에 내가 견딜 수 없게 초라해질 때가 있어요,
태 욱	(? 본다)
하명우	나는 그게 사랑 때문이라고, 그래서 괴로운 거라고 생각했었죠.
	그런데 지난 19년 동안 그 안에 있으면서 깨달았어요.
	아.. 내가 괴로운 건 사랑 때문이 아니었구나..
	못난 내 자존심 때문이었구나.
태 욱	(! 본다)
하명우	(조용히 시선 돌려 태욱을 보면서)
	알고 싶었어요, 강태욱 변호사님은 어떤 쪽인 건지..
태 욱	무슨 뜻입니까.
하명우	무슨 뜻인지 알 거라고 생각하는데요. (조용한 눈빛으로 쳐다본다)
태 욱	(똑바로 마주 본다. 쎄해지는 눈빛에서..)

S#28. 도로. N

운전해서 오는 태욱의 모습, 그의 시선으로 지나가는 방송국..
그 전면에 고혜란이 아닌 한지원의 뉴스나인 얼굴이 붙어 있다.

태 욱	... (바라본다. 시선에서)

S#29. 보도국 자료실. N

뚜벅뚜벅 걸어 들어오는 혜란,
한쪽 구석에 있는 책상 앞에 무거운 마음으로 앉는다.
깊은 한숨을 내쉬며 생각에 잠기는 표정,

하명우E 사랑을 지키겠다고 애를 쓰는 순간..
그건 이미 사랑이 아닌 겁니다. 남자의 못난 자존심입니다.

S#30. 엘리베이터 안.

띵..! 문이 열리면서 상념에서 벗어나는 태욱의 얼굴..
고개 들어 본다. 짐짓 층수 확인한 뒤 내리면,

S#31. 보도국 일각. N

한쪽으로 쭉 걸어 들어오는 태욱, 지나가던 누군가에게
혜란의 자리를 묻는 듯.. 누군가 한쪽으로 가리킨다.
태욱, 가리키는 쪽을 돌아보는 위로 계속,

하명우E 지금 강태욱 변호사님이 지키고 싶은 건 뭡니까?

S#32. 보도국 자료실. N

한쪽으로 문을 열고 들어서는 태욱..
이렇게 저렇게 쌓인 자료실 책장 같은 선반들을 쭉 지나가면
그 구석 한쪽에 자리 잡은 책상과 그 앞에 앉아 있는 혜란이 보인다.

오늘따라 작고 왜소해 보이는 그녀의 어깨.. 위로.

하명우E   혜란입니까?

태 욱   (물끄러미 바라보는 시선 위로)

하명우E   아니면.. 강 변호사님 본인의 자존심입니까?

혜 란   (짐짓 감았던 눈을 뜬다. 기척을 느낀 듯.. 돌아본다)

태 욱   (혜란을 보고 있는)

혜 란   (멈칫.. 놀란 듯 자리에서 주춤 일어난다) 태욱 씨..
            당신이 여긴 어쩐 일이야?

태 욱   (혜란의 초라한 책상으로 시선을 준다) 거기가.. 당신 자리야?

혜 란   (의미를 알고) 신경쓸 거 없어, 그냥 형식적인 거야.

태 욱   (걷잡을 수 없는 감정이 밀려온다, 다시 혜란을 보면)

혜 란   (아무렇지 않은 듯) 1층에 카페 있는데 거기로 내려갈까?
            (핸드폰 집어 들고 태욱 앞으로 다가선다) 가자.. (지나쳐 가는데)

태 욱   (혜란의 팔을 잡는다)

혜 란   (멈춘다. 잡은 태욱의 손을 본다. 시선 들어 태욱을 보면)
            왜.. 그래?

태 욱   그냥..

혜 란   (그냥...?)

태 욱   그냥 혜란아.. (하는데 가슴 한켠이 총 맞은 것처럼 아파오면서)
            아무리 생각해도 나는 자신이 없어.

혜 란   (물끄러미 빤히 본다)

태 욱   지금 이 상황에서 7년 전 그때로 다시 돌아간다고 해도..

플래시백〉 3부 58씬
결혼하자. 라고 청혼하던 그 패기 어린 태욱의 모습,

태 욱   나는 너를.. 포기할 자신이 없어.

혜 란   (순간 흔들리는 눈빛...)

태 욱   7년이나 니 남편으로 살아왔는데도 나는.. 여전히 그래..

(아픈 눈빛으로) 여전히.. 너를 갖고 싶어.

혜 란   (순간 울컥..! 하는 눈빛으로 태욱을 본다)

하명우E   (한 번 더) 지금 강태욱 변호사님이 지키고 싶은 건 뭡니까?

태 욱   (보더니 그대로 참지 못하고 혜란에게 키스한다)

혜 란   ...! (멈칫..! 했다가)

점점 태욱의 그 말이, 그 키스가.. 가슴 아프게 와닿는다.
혜란, 그대로 눈을 지그시 감으며 두 팔로 태욱을 꼭 안아주면서.

S#33. 혜란의 집 침실. N

부드럽게 흔들리는 커튼...
기분 좋게 나직이 흐르는 음악...
한쪽으로 채 다 마시지 못한 채 놓여 있는 와인 잔 두 개..
그리고 침대 위 혜란을 꼭 끌어안은 채 함께 누운 태욱..
같은 방향을 바라본 채, 태욱은 혜란을 뒤에서 꼭 안고 있다.
둘 다 아무 말 없이 그렇게 누워 있다가
태욱, 뒤에서 꼭 혜란을 안은 채 그녀의 어깨 위로 키스한다.
혜란, 그대로 조용히 눈을 감는다.. 그 모습에서. 페이드아웃.

S#34. 은주의 집 현관 - 거실. (아침)

문을 열고 안으로 들어오는 은주..
온기 하나 없는 집안을 한 번 둘러본 뒤 쭉 걸어 들어온다.
힘겹게 무거운 몸을 이끌고 소파 한쪽에 앉는 은주,
나직한 한숨으로 집안을 한번 휘.. 둘러본다. 그때
띠릭! 하고 문자가 들어오는 소리
은주, 말없이 핸드폰을 들어 본다. 순간 멈칫.. 하는 눈빛,

한참을 빤히 문자를 보는 데서.

S#35. 장례식장.

문상객도 없는 아주 작고 초라한 장례식장.
영정 속, 맑게 웃는 젊은 여자(매니저의 누나)
그 앞에 취한 채 고개 푹 수그리고 붉어진 얼굴로 앉아 있는
한 남자. 매니저(백동현)다.
그 앞으로 국화 한 송이 놓고 영정 앞에 서는 은주,

매니저 (눈물로 범벅된 얼굴로 방바닥에 소주병 하나 놓고 술 따르고 마신다.
   빈 잔 내려놓는데)

절을 마친 은주, 가만히 매니저 내려다본다. 시선에서,
(짧은 경과) 쪼르르.. 빈 잔에 소주를 채워주는 은주의 손.

매니저 (시선 들어 보다가 은주다, 멈칫.. 놀라며) 형수..!
은 주 (조용히 매니저를 본다)
매니저 아, 이 새끼들.. 단체 문자 보내지 말라 그랬는데..
   죄송해요 형수.. 형수한테 알릴 생각 없었는데...
은 주 너두.. 많이 힘들었겠구나.
매니저 (멈칫! 그 말에 순간 눈물이 왈칵!! 눈시울 붉어진다. 그러더니
   이내 흑..!! 무너지 듯 눈물 터지면서)
   미안해요.. 미안해요 형수..
은 주 (같이 눈시울 붉어지며 바라본다)
매니저 형 생각하면 내가 그러면 안 되는 건데...
   누나 땜에... 누나 병원비 땜에 돈이 필요했어요.
   고혜란은 돈이 많을 테니까.. 형하구 태국에서 그런 짓 한 거
   내가 안다고 하면 달라는 대로 줄 거 같아서요..

은 주	(듣고 있는 것만으로도 너무나 괴로운 듯.. 눈물이 툭! 얼른 닦으면)
매니저	진짜 죄송해요 형수...!!! (울음을 터뜨리고 마는)
은 주	울지 마.. 니 잘못 아니야 동현아... 누구 잘못도 아니야..
	그냥... 우리가 힘이 없어서 그래...
매니저	(눈물 가득한 채 고개 들어 은주를 본다)
은 주	나는 남편을 잃었고 아이까지 잃었는데,
	아무도 나한테 잘못한 사람이 없대.
	나는 이렇게 상처받고 아파 죽겠는데
	아무도 나한테 미안한 사람이 없대..
	나는 이렇게 억울하고 미칠 것같이 화가 나는데..! (목이 메어)
	이 세상에 누구 한 사람 내 편 들어주는 사람도 없어..
	다들 너무나 당당하게.. 당연하게, 아무 일 없다는 듯 잘들 살아가고
	있다구, (연신 눈물이 떨어지면서) 그런데 니가 왜 미안해?
	너야말루 나한테 잘못한 게 없는데.. 니가 왜?
매니저	형수.. (끅... 목이 메어 보면)
은 주	울지 마.. (하는데 눈물이 계속 주르르...)
	우리 울지 말자.. 울지 말자 동현아... (뜨겁게 흐르는 눈물)
매니저	(그대로 고개 숙인 채 흐느낀다)
은 주	(그의 어깨를 다독인다.. 흐느끼는 모습에서)

S#36. 혜란의 집 주방. N

쪼르르 물을 따라 마시는 혜란, 나이트가운을 입은 채
잠시 생각에 잠긴다.. 그러다 한쪽에 쌓여 있는 우편물을 본다.
생각 없이 집어 들어 쭉 확인하다가 하나의 우편물에서 시선 꽂는다.
발송지가 법원이다. 결국 변우현 그 자식이 기소를 했구나..
아는 눈빛, 조용히 시선 들어 침실 쪽을 본다.
반쯤 열린 침실 문 안으로 잠들어 있는 태욱의 뒷모습이 보인다.
표정 없이 물끄러미 그 모습 보는 혜란의 시선에서.

S#37. 방송국 전경. (아침)

S#38. 보도국 국장실.

장 국장   뭐? 고혜란이 복귀?

웅 팀장   예에, 부사장님이 직접 지시하셨답니다.
           고혜란이 원상복귀하라구요, 벌써 책상에 짐 풀고 있습니다!

장 국장   (나한테 말도 없이? 자리에서 일어나 유리창 쪽으로 간다)

저 아래로, 고혜란이 자기 책상에 박스 짐을 풀고 있는 게 보인다.
보도국 직원들 웅성거리며 고혜란의 복귀 모습 지켜보는 가운데,
고혜란, 문득 시선 느낀 듯 고개 들어 장 국장을 본다.

장 국장   (고혜란을 빤히 본다)

혜 란   (짐짓 미소로 인사 건넨 뒤 마저 짐 푼다)

웅 팀장   (장 국장 옆에서) 대체 어떤 상황인 겁니까?
           아니 장 국장님도 모르는 원상복귀라뇨? 이게 말이 됩니까?

장 국장   (눈빛에서...)

S#39. 방송국 부사장실 앞 비서실.

비서실   네, 알겠습니다. (수화기 내려놓고)
           부사장님 지금 중요한 미팅 중이시라
           무슨 용무신지 메모 남겨놓으시면 나중에 전화하시겠답니다.
           (메모종이와 펜을 앞으로 쓱 밀어주면)

장 국장   (살짝 촉이 안 좋은 눈빛으로 메모종이를 본다. 보더니)
           아니에요, 됐습니다. 내가 나중에 다시 오죠.
           (돌아서는 표정, 살짝 쎄한 데서)

S#40. 다시 보도국 국장실.

장 국장   (스튜디오 쪽 내려다보고 있는, 뒷짐 진 손 까딱까딱하면서)
            결국 부사장이 내민 손 잡기로 한 거야?
혜 란   (뒤에 서서 본다. 보며) 결국.. 그렇게 될 것 같습니다.
장 국장   (까딱까딱하던 손 딱.. 멈춘다. 고개 돌려 혜란을 본다)

S#41. 플래시백〉오늘 아침 부사장실. (22씬에 이어)

혜 란   대신 조건이 있어요.
부사장   말해봐.
혜 란   (탁..! 법원에서 받은 우편 내민다)
            강율에서 제 사건 맡아주세요.
            무조건 이겨주는 것까지가 조건입니다.
부사장   (본다, 시선에서)

S#42. 강율로펌 대표실.

강율 대표   (핸드폰 손에 든 채) 그래요?
              (흐음.. 잠시 생각하더니) 알겠어요, 그러는 걸로 합시다.
              네. 우리가 고혜란이 사건 맡는다고 전해주세요.
              (핸드폰을 끊는다. 입가에 묘한 미소..)
              고혜란이.. 역시 게임을 좀 할 줄 아는구만.. (시선에서)

S#43. 다시 보도국 국장실. (40씬 연결 느낌으로)

장 국장   이번 결정, 정말 후회하지 않을 자신 있어?

혜 란	자신 없어요,
장 국장	그런데도 기어코 가보겠다?
혜 란	지금 내 상황에서 이 선택 말고는 할 수 있는 게 없습니다.
장 국장	나는.. 한 번 밀어붙이면 인정사정 같은 거 안 봐주는 사람이야,
혜 란	압니다. 그래서 저도.. 맹렬히 각오하고 있어요,
	그 어느 때보다 진심으로 진지하게 싸워보려구요.
장 국장	(순간 웃음기 돌던 표정 싸악.. 굳어서 본다, 시선에서)
혜 란	(그런 장 국장을 똑바로 마주 본다. 시선에서)

INSERT〉 스튜디오 시선에서 보이는 장 국장과 혜란의 모습에서.

S#44. 보도국 일각.

한쪽으로 쭉 걸어오는 혜란의 모습, 생각이 복잡한 표정인데

이연정	오랜만이네?
혜 란	(? 돌아보면)
이연정	(다가서며) 자기 국장된다는 썰이 돌던데.. 설마 진짜야?
혜 란	벌써 얘기가 거기까지 돌았어요?
이연정	(진짜구나) 와.. 참 대단하다.
	살인 혐의로 기소까지 된 사람이 국장 자리까지 넘보다니..
혜 란	변우현 검사님도 대단하시던데요?
	그런데 어떡해요? 이번에도 낭패 좀 보실 것 같던데..
이연정	(순간 쎄해지며) 얘, 고혜란!
혜 란	무고한 사람 긴급 체포로 48시간이나 붙잡아놓고도
	증거 하나 못 찾았으니 뭐.. 쪽팔렸겠죠,
	기소라도 해서 어떻게든 만회하고 싶으셨을 테고,
	(보며) 이해 못 하는 바 아니에요, 그렇다고 이렇게 물고 늘어지는 거
	좀 모양 빠진다고 생각 안 하세요?

이연정   너야말루 이건 좀 아니지 않니? 남편 앞세워 동정몰이나 하구!

혜 란   (뭐? 동정몰이..? 순간 표정 같이 싸해져서 처다보면)

이연정   강변이야말루 눈물 없인 못 봐주겠더라 이젠.

         남들 눈이 있으니 안 할 수도 없고.

         남한테 맡기자니 별소리가 다 나올 테고.

         죽은 케빈 리하구 와이프란 년 사이에 별의 별 소문 다 도는데,

         귀 닫고 못 들은 척 괜찮은 척 끝까지 좋은 남편인 척,

         재판에 변호까지 맡아야 하다니, 너무 짠하구 불쌍하지 않니?

혜 란   (차갑게 굳은 표정으로 노려본다. 그런데 그 말이 전부 아프다!)

이연정   원래부터 그런 줄은 알았지만... 너두 참 독한 년이야, 그치?

         (살짝 비웃는 느낌으로 지나쳐 가버리면)

혜 란   ...! (그대로 잠시 서서.. 움직이지 못한다. 모습에서)

S#45. 태욱의 사무실.

         문 열고 들어서는 태욱,

정기찬   (컴퓨터 화면을 들여다보다 얼른, 돌아보며) 나오셨습니까?

태 욱   좀 늦었습니다. (웃으며 책상 앞으로 가는데)

         인터넷에 뭐 재밌는 기사라도 났습니까?

정기찬   아니 그게 아니구요, 저기이.. 고혜란 앵커님 말입니다.

태 욱   (? 보면)

정기찬   변호사님께 아무 말씀 없으셨습니까?

태 욱   무슨 말이요?

정기찬   방금 법원 싸이트에 들어가서 확인했는데요,

         변 검사가 기어코 기소를 진행하는 모양입니다.

태 욱   (얼른 정기찬 자리로 와서 화면 확인하면)

정기찬   (옆에서 계속) 법원에서 이미 우편물로 발송했을 텐데요,

         진짜로 변호사님께 아무 말씀 없으셨습니까?

태 욱   ... (이건 또 무슨 뜻인가 싶은 표정인데)

S#46. 보도국 일각.

지잉지잉 울어대는 핸드폰을 가만히 내려다보는 혜란,
발신자에 계속 태욱의 이름이 뜨고 있다.

혜 란   (잠시 마음을 다잡고... 받는다) 어, 나야.
태 욱   (INSERT〉 사무실) 방금 법원 사이트에서 봤어, 변우현이 너..
혜 란   알아.
태 욱   (INSERT〉) 왜 나한테 말 안했니? 공판이 2주 뒤로 잡혔던데,
혜 란   (OL) 당신한테 이 사건.. 안 맡길 거야.
태 욱   (INSERT〉 멈칫..) 여보,
혜 란   벌써 다른 변호사 위임했어, 그러니까 신경 쓰지 않아도 돼,
태 욱   (INSERT〉) 혜란아!
혜 란   끊자, 나 바빠. (대답도 듣지 않고 탁! 끊는다)
태 욱   (INSERT〉 멈칫... 끊어진 핸드폰을 본다)
혜 란   (끊어버린 핸드폰을 손에 들고 잠시 보다가.. 나직한 한숨,
           돌아서서 가버리면)

S#47. 태욱의 사무실.

정기찬   왜 그러십니까? 우리 앵커님께서.. 뭐라 그러십니까?
태 욱   다른 변호사를 알아봤다네요,
정기찬   아아, 예에.. (끄덕이다 멈칫..) 예에에? (태욱을 보면)
태 욱   (잠시 생각하더니) 이번 기소가 받아들여진 이유가 있을 거예요,
           결정적 사유가 뭔지부터 좀 알아봐주세요,
정기찬   예, 알겠습니다. (주섬주섬 준비하며) 그럼 다녀오겠습니다.

태 욱   (다시 생각에 잠기는 시선에서)

S#48. 은주의 집 주방.

김이 모락모락 오르는 밥. 그리고 역시 김이 오르는 국..
그 앞으로 정갈하게 차려진 반찬들..
그 상을 물끄러미 내려다보고 있는 매니저,
상을 치룬 뒤 까칠한 표정으로 보면

은 주   왜 그러구 있어? 어서 먹어.
매니저   (말없이 숟가락을 들어 국물을 한 모금 떠먹는다)
은 주   (보더니 두툼한 봉투를 가져와 옆에 놔준다)
매니저   (멈칫.. 그 봉투를 보면)
은 주   당분간 생활비는 될 거야.
         에이전시 쪽에다도 너 잘 부탁한다고 얘기해놨으니까..
매니저   (정말 쥐구멍이라도 들어가고 싶은 기분.. 눈시울 또 벌게지면)
은 주   어서 식사해. (하면서 자리 비켜준다)
매니저   (정말 미칠 것 같은 기분)

S#49. 은주의 집 침실.

문을 열어둔 채 안으로 들어오는 은주,
침대 위에는 그동안 사뒀던 아기용품들이 쭉 올려져 있고,
은주, 한쪽에 앉아 마저 박스에 그 용품들을 담기 시작한다.

은 주   내 걱정은 하지 마. 나는.. 잘 살 거야. 잘 살아낼 거야..
         (하다가 아기 딸랑이가 손에 잡힌다.. 잠시 바라보며)
         나는.. 열심히 괜찮은 척이라도 하면서, 끝까지 잘 살아낼 거니까..

걱정하지 마... (하는데 그때 바깥쪽에서 달칵! 문 닫히는 소리)

은주, 소리에 돌아보면.

S#50. 은주의 집 주방.

음식에 손 하나 대지 않은 채 그대로 놓여 있는 상차림..
그 옆으로 돈봉투 역시 손도 안 댄 채 그대로 놓여진 채..
매니저의 모습만 안 보인다.

은 주   (표정 없이 손대지 않은 식탁과 돈을 보다가 현관문 쪽 돌아보면)

S#51. 은주의 집 앞.

밖으로 나온 매니저, 어쩔 줄 몰라 한 채
연신 흐르는 눈물을 소매로 문질러 닦는다. 후우!!! 숨을 돌린 뒤
무언가 결심한 듯 한쪽을 돌아본다. 그리고는 무작정 걸어가면
그 일각〉
지켜보고 있던 시선 하나가 멀어지는 매니저를 지켜보고 있다.
하명우다. 시선에서.

S#52. 혜란의 집 현관 – 주방.

안으로 들어오는 혜란, 무거운 표정으로 들어서다가 멈칫.. 보면
주방에 정갈하게 세팅된 디너.
촛불 몇 개 켜져 있고, 와인까지 준비돼 있다.

혜 란	(잠시 빤히 쳐다보면)
태 욱	(한쪽에서 잔 들고 나타나며) 왔어? 앉아.
혜 란	(태욱을 본다)
태 욱	고기는 오븐으로 굽고 있어,
	다 되려면 십오 분쯤 더 걸릴 거 같은데..
	그 전에 와인 한 잔씩 할까?
혜 란	(태욱을 본다. 보더니 담담한 눈빛으로 가서 자리에 앉는다)
태 욱	(혜란의 잔에 먼저 따라준다, 자기 잔에 따른다, 건배하려는데)
혜 란	(말없이 한 모금 들이킨다)
태 욱	(혜란을 보며) 다른 변호사 알아보는 거 그만둬.
혜 란	...
태 욱	혹시 나 걱정해서 그러는 거면.. 안 그래도 된다구.
	변우현 검사가 끝까지 갈 거라는 거 어느 정도 예상하고 있었구, 또
혜 란	(감정 없이) 나는 엄마가 참 싫었다?
	항상 남자에 속고 사랑에 속고. 그런데 또 번번이 믿고,
	평생을 오지 않는 남자들을 기다리고. 울고. 불행하고.
태 욱	...? (갑작스럽게 무슨 말이지? 쳐다본다)
혜 란	난 엄마처럼은 안 살 거다 그랬었어.
	그래서 이 결혼에 자신이 있었어. 당신을 사랑하지 않을 거니까.
태 욱	(본다)
혜 란	(시선 들어 태욱을 보며) 그런데 지금은 자신이 없다.
태 욱	.. 무슨 얘기야?
혜 란	헤어지자 강태욱.
태 욱	! (본다)
혜 란	너한테 내가 너무 미안하고. 너 때문에 내가 아파.
	만약에 이런 게 사랑이라면,
	(아픈 얼굴로 태욱 본다) 강태욱. 널 사랑하는 거 같아.
태 욱	(쿵... 보면)
혜 란	그러니까 우리 이제 그만하자.
태 욱	(본다)

혜 란   (보더니 그대로 와인잔 내려놓고 일어나 드레스룸으로 들어간다)

         태욱, 쿵한 얼굴로 그 자리에 굳은 채 멍한 눈빛으로 앉아 있으면

S#53. 혜란의 집 드레스룸.

         혜란, 들어와 아무렇게나 가방 내려놓고 옷을 벗기 시작한다.
         그러다가 현기증이 오는 듯.. 아무거나 일단 붙잡고 선다.

혜 란   (나직이) 정신 차려 고혜란.. 정신 차리자..

         엄습하는 두통, 화장대 앞으로 가서 두통약 꺼내 들다가 멈칫
         그 앞에 놓여 있는 목걸이 케이스와 꽃 한 송이를 본다.
         혜란, 잠시 빤히 보다가 목걸이 케이스를 열면 그 안에 들어 있는
         목걸이.. 그리고 작은 메모 한 장.
         〈사랑해〉

혜란E   (울컥..!하는 표정 위로) 어째서 우리는 매번..

S#54. 혜란의 집 주방.

         여전히 그대로 멍하니 앉아 있는 태욱의 시선, 그 위로
         오븐의 고기가 다 됐다고 띠띠.. 신호가 들려오는 가운데

태욱E   너하고 나는 이렇게 매번.. 엇갈리기만 하니.

         태욱, 반쯤 고개 돌려 혜란의 드레스룸 쪽으로 시선 주면,

S#55. 혜란의 집 드레스룸.

　　　애써 꾹 눌러 참으며 목걸이를 바라보는 혜란의 눈빛 위로
　　　플래시백1〉 태욱모(25씬)/ 이연정(44씬)

태욱모　　니가 태욱이를 떠나거라.

이연정　　남편 앞세워 동정몰이나 하구!

태욱모　　멀쩡한 애 그 정도 등신 만들어놨으면 됐어.

이연정　　남들 눈이 있으니 안 할 수도 없고,

태욱모　　너두 염치라는 게 있으면 이제 그만 태욱이 내려놔.

혜　란　　! (보는 위로)

하명우E　　너.. 니 남편 사랑해?

　　　플래시백2〉 4씬 연결.

혜　란　　(순간 멈칫..! 명우를 빤히 본다)

하명우　　그 사람.. 진심으로 사랑해?

혜　란　　(본다. 담담한 눈빛으로 잠시 보더니 짧게) 어. (대답한다)

하명우　　(혜란을 본다)

혜　란　　(명우를 보다가)

　　　다시 드레스룸〉
　　　걷잡을 수 없는 아픔으로 고개를 숙이는 혜란의 뒷모습..
　　　가늘게 흔들리는 그녀의 어깨에서.

S#56. 다시 혜란의 집 주방.

　　　멍하니 앉아 있는 태욱의 얼굴과 교차되다가 어느 순간 쿵! 암전.
　　　블랙 화면 위로
　　　자막, 〈재판 일주일 전〉

S#57. 태욱의 사무실 전경. (아침)

택시가 와서 멈춘다. 안에서 내리는 정기찬,
미친 듯이 다다다 사무실을 올라가는 모습에서,

S#58. 태욱의 사무실.

태 욱   (놀라는 표정으로) 네? 목격자요?
정기찬   예에!!! 목격자요!!! 목격자가 나타났답니다!!!

S#59. 플래시백〉어느 복도 일각.

정기찬   아니 그게 무슨 말이에요? 이제 와서 갑자기 목격자라니?
           고혜란 앵커가 케빈 리 죽이는 걸 진짜로 봤다는 겁니까 지금?
누군가   (변우현 쪽 누군가, 어둠 속에서 고개를 끄떡! 해주고는)
           어쩌면 이번 재판.. 힘드실 수도 있을 거 같아요..
정기찬   (놀란 자세 그대로 움직이지 못한 채 멍...! 한 눈빛에서)

S#60. 태욱의 사무실 앞 전경. (다시 58씬 연결)

태 욱   (둥둥! 정기찬이 지었던 것과 똑같은 눈빛으로 쳐다보는)
           진짜로.. 봤다구요?
정기찬   예에! 저 하구 이십 년 지긴데 변 검사 쪽 사무장이랑 호형호제하는
           사이거든요, 그렇답니다 변호사님!
태 욱   정말로 살해 현장을 목격한 게 틀림 없다구요?
정기찬   예에, 틀림없이 목격했답니다! 어쩝니까 이제? 예?
태 욱   (순간 온몸의 힘이 쫙.. 빠지는 표정으로 보는 데서)

S#61. 스튜디오 일각.

텅 빈 채 아무도 없는 스튜디오 안으로 들어오는 혜란,
귀에 핸드폰을 댄 채 쭉 걸어 들어온다.
(그 위로 저편으로 신호 가는 소리... 들려오다가)

혜 란   고혜란입니다. 어떻게 된 거예요?
            강율 쪽에선 왜 아직도 아무 연락이 없습니까?
부사장   (INSERT〉 어느 일각) 거.. 초조해하기는.
            내가 틀림없이 강율 대표한테 전달했으니까 걱정하지 말고 기다려봐
            거 고혜란답지 않게 왜 이렇게 조급하게 굴어?
혜 란   재판이 앞으로 일 주일도 남지 않았어요!
부사장   (INSERT〉) 알았어. 알았어.
            내가 한 번 더 연락 넣어볼 테니까, 기다려봐. (하면서 탁! 끊는다)
혜 란   (핸드폰을 본다. 이 새끼들 이거 뭔가 이상한데? 하는데)
곽 기자   (저 뒤에서 나타나며) 선배! 회의 시간 다 됐습니다!
혜 란   (돌아본다) 어. 가. (한 번 더 핸드폰 들여다본 뒤 그쪽으로 나가면)

S#62. 어느 일각.

부사장   (핸드폰 내려놓고 앞에 앉은 강율 대표를 본다)
            어쩌실 생각입니까? 고혜란 사건.. 이대로 패스하실 겁니까?
강율 대표   (쓱 시선 들어 본다. 시선 위로)
변우현F   저희 쪽은 완벽하게 준비됐습니다.

S#63. INSERT〉 검찰청 복도.

변우현   (핸드폰으로 누군가에게 전화를 걸며)
        아니, 완벽 그 이상입니다,
        이번에는 고혜란.. 절대로 놓치지 않을 것 같습니다.
        네.. 대표님! (탁 끊으며 검사실 쪽으로 가면)

S#64. 다시 어느 일각. (62씬 일각)

강율 대표 (쓰윽.. 차를 한 모금 마시며)
         너무 걱정 마세요. 곧 우리 쪽 사람한테서 연락이 갈 겁니다.
부사장   아, 예에.. (짐짓 어려운 느낌으로 미소 지으면)
강율 대표 (조용한 눈빛에서)

S#65. 회의실 안.

장 국장   이 둘 중에서 하나 다수결로 올려서 만들어봐야지,
         한지원이 올린 전 정권 비자금 얘기랑
         웅 팀장이 올린 어린이집 문제랑 둘 중에.. (하는데)
혜 란   둘 다 별론데요.
장 국장   (찌릿.. 혜란을 본다)
일제히   (살짝 싸아한 표정으로 혜란을 보면)
혜 란   전 정권 비자금 얘긴 지난 한 해 동안 내내 울궈먹은 얘기라
         전 국민이 경찰 검찰보다 더 빠삭하게 아는 얘기고,
         어린이집 문제는 해결 방안 없는 문제 제기용 탐사보도에서
         그칠 확률이 크고!
웅 팀장   (장 국장 눈치 흘끔 보며) 야, 고혜란, 너 뭔 말을.. (하는데)
장 국장   (혜란 보며) 다른 대안이라도 있어?

혜 란	(파일 앞으로 툭 내밀며)
	이번 정권의 부동산 정책과 버티기 하는 부자들의 신경전,
	이쪽이 훨씬 더 재밌지 않겠어요?
장 국장	연초부터 부자들 부동산 얘기나 하고 있는 것도 식상하지 않아?
혜 란	해 아래 새로운 뉴스가 어디 있나요?
	식상하냐 아니냐는 결국 들여다보는 관점 차이 아니겠어요?
장 국장	(혜란을 쎄하게 쳐다본다)
혜 란	(왜요? 하는 눈빛으로 마주보면)
일제히	(아.. 불편하다.. 웅 팀장을 비롯한 한지원, 곽 기자 등등 눈치 보면)
장 국장	내일까지 다른 아이템으로 다시들 올려! (탁! 일어나 나가면)
웅 팀장	(장 국장 나가자마자) 야! 고혜란 너 진짜 이렇게까지 해야겠냐?
혜 란	이렇게까지 하지 않으면 저 자리 어떻게 흔들어?
웅 팀장	너 진심이냐? 진심으로 국장 자리 올라가볼라구?
혜 란	(쓱 보며) 왜? 내 밑에 있기 싫어? 싫음 부서 이동시켜주고.
	(하더니 그대로 또각또각 걸어 나가면)
웅 팀장	아, 저거 진짜.. 미친 거 아냐? 우와! (하는데)
고 선배	야야, 진정해. 흔든다고 흔들릴 짱 국장이 아니야.
	장 국장이 괜히 짱 국장이냐?
	8년이란 시간을 저 자리에서 그냥 버티구 있는 거 아니다 너.
지 원	그래도 고혜란 선배가 흔들면.. 쉽진 않을걸요?
곽 기자	야, 너까지 왜 그래?
지 원	왜? 여자는 뭐 국장 되면 안 되란 법 있어?
일제히	(남자들 쓰윽 고개 돌려 한지원을 보며)
지 원	혹시 알아요? 고혜란 선배가 길 닦아노면 나두 기회 있을지..
	(씩 웃으며 나가면)
남자들	(일제히.. 헐...! 무섭다, 여자들! 쳐다보는 데서)

S#66. 보도국. (몽타주 느낌으로)

책상 앞에 앉아 있는 혜란, 골똘히 생각에 잠긴 모습..

DIS.

(시간 흐름을 보여줄 수 있는 풍경이면 좋겠음)

골똘히 앉아 있는 혜란을 제외한 주변 움직임들이

아주 빠르게 진행되면서,

어느덧.. 어둑한 저녁시간으로 바뀌는 데까지.

(INSERT〉국장실.

위에서 쓰윽 나타나는 장 국장, 그런 혜란을 쓱 한 번 쳐다본다.

보더니 그대로 별 표정 없이 쓱 사라지는 데서)

화면에 한지원의 뉴스나인 시작하는 데까지 보이면서

S#67. 바 안. N

윤송이	어쩔 생각이야?
혜 란	솔직히 요즘은 생각 같은 거 별루 안 하구 살아.
	일단 되는 대로 부딪혀본 다음, 돌파구가 보인다 싶으면
	죽어라 그쪽으로 밀어붙이는 거지.
윤송이	(쓱 혜란을 보며) 남편하구는? 정말로 헤어질 생각이야?
혜 란	(짐짓.. 윤송이를 보더니) 음.
윤송이	태욱 씨도 그러겠대? 헤어져주겠대?
혜 란	(그 말에 윤송이를 빤히 보더니)
	그날 이후로.. 일주일째 안 들어오는 중..
윤송이	니 남편, 이번엔 진짜로 상처받으셨나 보네.
혜 란	(보일 듯 말 듯 고개를 끄덕이다) 이러는 게 그 사람을 위해서도 좋아.
윤송이	고혜란을 위해서는? 고혜란을 위해서도 이 이별이 좋은 거니?
혜 란	... (본다. 대답 못 한 채 시선 돌리는 위로)
혜란E	그걸.. 잘 모르겠다.

S#68. 태욱의 서재 안. N

끼익.. 문을 열고 들여다보면 텅 빈방안..
주인 없이 온기마저 잃은 듯한 그 서재 풍경 바라보는 혜란..

혜란E   그 사람을 보낸 게 잘한 결정인지 아닌지...

그때 진동하는 핸드폰,
혜란 들어서 보면 〈강율법무법인〉이라고 뜬다. 시선에서,

S#69. 강율로펌 회의실 일각. (다음 날 오전 정도)

문이 열리면서 여비서 안내를 받아 한쪽으로 들어오는 혜란,
"여기서 기다리고 계시면 곧 담당변호사님 오실 겁니다" 하고
여비서 나가면, 한쪽으로 들어서는 혜란,
가방을 한쪽에 올려놓은 채 창가에 서서 밖을 내다보는 위로 계속.

혜란E   지금까지 내가 내렸던 그 어떤 결정도 확실하지 않았던 적이 없는데
        (INSERT〉 뚜벅뚜벅 회의실을 향해 걸어오는 구둣발..)
        그런데.. 이번 만큼은 잘 모르겠다.
        (시계를 한 번 들여다보며 기다리는 혜란)
        그 사람 없이 나는 정말 괜찮은 걸까...?
        (INSERT〉 점점 회의실 쪽으로 다가오는 그의 뒷모습)
        그 사람 없이... (하는데)

똑똑.. 노크 소리.

혜 란   ? (돌아본다)

달칵.. 문이 열리면서 들어오는 누군가,
순간 혜란의 표정이 놀라움으로 굳는다.. 그녀가 바라보는 그곳에
서 있는 그 남자, 바로 태욱이다.

혜 란   (깜빡거리지도 못한 채 빤히 쳐다보는 그녀...)
태 욱   (뚜벅뚜벅 혜란 앞으로 쭉 다가선다)
혜 란   (그런 태욱을 보면)
태 욱   안녕하세요, 고혜란 씨 변호를 맡은 강태욱입니다.
혜 란   (뭐? 보면)
태 욱   (담담한, 그러나 자신감 넘치는 눈빛으로 혜란을 본다)

그렇게 마주한 두 사람에서...

제 12 부

복심

腹心

S#1. 태욱의 사무실 일각.

　　　　휘릭! 몸 위로 걸쳐 입는 하얀 셔츠. 단추를 꿰는 태욱의 손.

강율 대표　(플래시백〉강율 대표 사무실) 니 안사람이 사건 의뢰를 해왔다.

　　　　넥타이를 단정히 매는 태욱의 손.

　　　　플래시백〉강율 대표 사무실.

강율 대표　이번 재판, 우리한테 변호를 맡아달라고 하던데..
태　욱　(맞은편에 앉아 조용한 눈빛으로 보는 위로)
혜란E　우리 그만하자..
혜　란　(플래시백〉11부 52씬) 너한테 내가 너무 미안하고.
　　　　너 때문에 내가 아파.
강율 대표　어떻게, 이대로 진행해도 되는 거냐?
태　욱　제가 하겠습니다.
강율 대표　(본다)
태　욱　(똑바로 보며) 제가 합니다.
강율 대표　(깊은 눈빛으로 바라보는 데서)

　　　　다시 태욱의 사무실〉
　　　　휘릭! 양복외투를 걸쳐 입고 거울을 보는 태욱,

어딘가 단단해지고 단호해 보이는 눈빛에서.

S#2. 강율로펌 회의실.

혜 란	(놀란듯 빤히 쳐다보는 눈빛..)
태 욱	안녕하세요, 고혜란 씨 변호를 맡은 강태욱입니다.
혜 란	당신.. 여기서 뭐하는 거야?
태 욱	어제부로 강율에서 일하기로 했어요, 이 사건을 맡기 위해서.
혜 란	! (본다. 보더니 그대로 휙! 태욱을 지나쳐 나가려는데)
태 욱	(탁! 혜란의 팔을 잡는다)
	재판 닷새 남았습니다. 아무리 유능한 변호사가 오더라도
	닷새 안에 사건 개요, 검찰 측에서 제시할 증거,
	거기에 대한 반론까지.. 준비 못 합니다.
혜 란	지든 이기든 내 사건이고 내 재판이야, 내가 알아서 해,
태 욱	이 사건에 대해 나보다 잘 아는 사람 있어요?
혜 란	(멈칫.. 본다)
태 욱	강율에서 이 사건을 다룰 수 있는 변호사는 나뿐입니다.
	당신을 지켜줄 수 있는 변호사는 지금 나밖에 없다구요,
혜 란	태욱 씨! (하는데)
태 욱	강태욱 변호삽니다, 앞으로는 그렇게 호칭합시다, 고혜란 씨.
혜 란	(멈칫..! 보며) 나하구 지금 이거.. 뭐하자는 거야?
태 욱	지금 이 순간부터 고혜란 씨를
	내 의뢰인으로서만 대하겠다는 뜻입니다.
혜 란	(! 본다)
태 욱	(사무적으로) 자.. 이제 재판 얘기 좀 해도 되겠습니까?
혜 란	(순간 입을 꾹 다문 채 태욱을 본다, 복잡한 눈빛으로 본다..)
태 욱	(단호하게, 전혀 흔들림 없이 바라본다. 눈빛에서)

쿵!!!! 블랙 화면 위로

자막, 〈제12부 복심(腹心)〉

S#3. 태욱의 사무실

정기찬 (살짝 헷갈리는 듯) 그러니까 정리하면,
       사모님 사건을 우리가 맡긴 하는데 소속은 강율이라는 거죠?
       고로, 요약하면 몸은 비록 여기 있지만
       우리는 강율법무법인의 일원이다. 이렇게 해석하면 되겠습니까?
태 욱 부족한 인력이나 소스는 강율 쪽에서 서포트 해줄 겁니다.
정기찬 그럼 이제 명함도 강율법무법인으로 파서 쓰는 겁니까?
태 욱 (그 말에 피식 웃으며) 목격자에 대한 정보가 더 필요해요,
       신상 관련해서 뭐가 됐든 알아봐주세요,
       그리고 변 검사 쪽에 증인 채택된 사람들이 누구누군지도
       명단 확보해주시고,
정기찬 당연하죠, 자고로 첫인상이 중요한 법인데,
       강율에서의 첫 사건 무조건 이겨야 되지 않겠습니까?
       (외투 챙기면서) 전 그럼 이만 필드로 갑니다? (나가면)
태 욱 (본다. 보는 데서)
혜란E 목격자?

S#4. 강율로펌 회의실. (2씬 연결 느낌)

혜 란 목격자라니? 대체 누가? 누가 뭘 봤다는 건데?
태 욱 아직 거기까진 정보를 갖고 있지 않아요,
       뭘 목격했는지도 재판에 가봐야 알 수 있을 겁니다.
혜 란 (허..! 이젠 하다 하다 목격자까지 만들어내셨다? 싶은데)
태 욱 생각보다 쉽지 않은 싸움이 될 수도 있어요,
       마음.. 단단히 먹어야 할 겁니다. 고혜란 씨.

혜 란   (그 말에 다시 태욱을 본다. 젠장..!!!
            이럴 수도 저럴 수도 없는 상황에 빠졌구나. 태욱을 보는 데서)

S#5. 라면집 일각.

김밥에 라면 후룩후룩 먹어가며,

박성재   근데 말임돠, 초딩들도 다 아는 케빈 리 살인사건인데
            목격자는 왜 때문에! 이제야 나타난 걸까요?
강기준   너 같으면 왜 이제 나타났겠냐?
박성재   1번. 살인사건과 같은 불미스런 일에 굳이 연루되고
            싶지 않다. 2번. 그래도 정의는 살아 있음을 보여줘야 한다.
            뭐 이런 마음의 갈등을 겪다 이제야 나타났다?
강기준   상투적이지만.. 그게 가장 상식적인 이유겠지..
            (하는데 눈빛은 딴 생각 중)
박성재   그래도 정말 다행 아닙니까?
            촉 하나로 주구장창 고혜란 용의자 썰에 무게 두고 달려오신
            우리 팀장님! 명퇴도 못 할 만큼 핍박에 시달리셨었는데..
            뒤늦게 나타난 목격자 덕분에 이렇게 한 방에 전세 역전!
강기준   것봐라 쌔끼들아! 내가 뭐랬어? 이런 새알심 쥐콩만한 새끼들!
            경찰 짠빱을 무시해? 늬들 다 내 앞에 꿇어 이 잣 같은 시끼들!
박성재   (소리 안 나는 박수로 장단 맞추며) 그러셔도 쌉니다! 암요 암요!
강기준   근데 젠장 헐..! 왜 이렇게 찜찜한 거야 대체.
박성재   (멈칫) 또 뭐가요? 목격자까지 나타난 마당에 왜요?
강기준   그러게.. 왜 그런지 기분이 아주 별루야..
            (소주 한 잔 툭! 털어넣는다. 머릿속 복잡해지는 눈빛에서)

S#6. 은주의 집. N

한쪽에 앉아 있는 은주,
앞에는 매니저한테 줬던 돈봉투가 그대로 놓여 있고..
은주 어딘가로 계속 전화한다. 핸드폰에서 전화를 받지 않는다는
안내음성이 들려오고, 그러자 곧바로 문자 남기는 은주,
〈동현아.. 너 어디니? 전화 받아. 괜한 짓 할 생각 말구, 응?〉
뭔가 불길한 느낌으로 전송하는 은주, 한숨에서..

S#7. 보도국 전경. (아침)

바쁘게 돌아가는 보도국 전경들 바쁘게 돌아가다가.

S#8. 보도국 회의실.

장 국장　　헤드라인 이게 전부야? (아이템 리스트한 페이퍼 탁탁 넘기면)

장 국장 이하 혜란, 웅 팀장, 지원, 곽 기자 등등등 쭉 회의 중이다.
장 국장, 어쩐지 심기 불편해 보인다.

웅 팀장　　아, 그게... 현재 정국이 워낙 안정적인 상태라..
　　　　　　아시잖아요, 원래 세상이 평안하면 뉴스는 망한다..
장 국장　　(찌릿! 웅 팀장 째려보면)
웅 팀장　　따뜻한 봄날이 눈앞인데.. 칙칙한 정대한 의원 건만
　　　　　　계속 헤드로 올리기도 영 그렇구 해서요,
장 국장　　(흘끗 시선 들어 혜란을 보더니) 고혜란! 너 집중 안 하지!!!
혜 란　　(짐짓.. 딴생각 중이다가 시선 들어 장 국장을 보더니) 죄송합니다.
장 국장　　너 이제 아주 대놓고 개겨보겠다는 거야?

혜 란	아닙니다,
장 국장	아니면! 재판 날짜 낼모레라 그러더니,
	설마 지금 거기 앉아 재판 걱정하구 앉았는 거야?
	그렇게 공과 사 구분 안 돼서 어디 내 자리 앉을 수 있겠어? 어?
혜 란	(그 말에 흘끗 장 국장을 보면)
장 국장	사회면 뉴스는 왜 아직 이 모양이야?
웅 팀장	경찰청 쪽에서 자료들이 아직 안 넘어와서,
장 국장	넘어오는 대로 고혜란! 니가 책임지고 취합해서 올려
혜 란	(나더러 기사들 모아서 올리라고? 보면)
곽 기자	(얼른) 제가 하겠습니다.
장 국장	어차피 하는 일도 별로 없잖아. 후배들 바쁜데 도와줘야지?
	(혜란 보며) 취합하면서 거를 거 거르고, 어?
곽 기자	아닙니다, 제가, (하는데)
혜 란	알겠습니다. 한 시간 뒤에 중요도별로 선별해서 올리죠.
일 동	(하겠다고? 일제히 고혜란을 보면)
장 국장	70분짜리 탐사보도안도 빨리 제출해! (탁! 일어서면)
일 동	(쫄아서 우르르 일어서는데)
장 국장	(인사 안 받고 탁 나가버리는 가운데)
지 원	(흘끗 고혜란을 돌아본다)
혜 란	... (끝까지 자리에 앉은 채 돌아보지 않는 데서)

S#9. 보도국 일각.

웅 팀장	아이구, 보도국 분위기 참! (혜란을 흘끗 쳐다보며)
	욕심을 부릴 걸 부려야지, 언감생심 국장 타이틀은 아무나 다나..
혜 란	(책상 앞에 앉아 자기 일 하며) 들으라고 하는 말이니?
	그럼 좀 더 크게 하든가!
웅 팀장	혼잣말이거든? 자유주의 국가에서 혼잣말도 못하냐?
혜 란	그럼 안 들리게 혼자만 중얼거리고 끝내든가.

	듣는 쪽에서 거슬리는 순간 말이 아니라 소음이라는 거 몰라?
웅 팀장	(어우 저걸 그냥!) 그래, 너 잘났다! (꿍얼꿍얼거리는)

다른 한쪽에서,

지 원	대체 선배 능력은 뭘까?
곽 기자	(? 보면)
지 원	살인 혐의로 피소당한 전직 앵커,
	아직 재판 결과가 나오지도 않았고 그런 사건에 연루된 것만으로도
	파직 이유가 될 수도 있는 건데.. 차기 국장 자리까지 제의 받으시고,
	심지어 그것도 부사장님한테 직접 말이지.
곽 기자	어이쿠 화들짝! 했겠지, 정대한 의원 한 방에 고꾸라뜨리는 거 보구
지 원	(OL) 부사장이 무서워서 약뿌린 거다?
	그런데 그걸 고혜란 선배가 덥석 잡으셨고?
곽 기자	솔직히 그 지점에서 좀 걸리긴 해,
	아무리 그래도 아무 손이나 막 잡는 선배님이 아니신데..
지 원	둘 중에 하나겠지, 아무 손이라도 잡지 않으면 안 될 만큼 절박하든가
	아니면 그만큼 누군가를 엿 먹이고 싶다든가.
곽 기자	엿 먹이다니? 누굴?
지 원	그것도 둘 중에 하나 아니겠니? 부사장이든가 짱국장이든가.
곽 기자	(으응? 장 국장...? 보면)

다시 혜란의 자리,
책상 앞에 앉아 골똘히 생각에 잠겨 있는 혜란,
그러다 흘끗 장 국장 사무실 쪽 한번 올려다본다.
(INSERT〉 장 국장 흘끗 혜란 한번 내려다본 뒤, 자리로 가버리면)
띠릭..! 문자 들어오는 소리에 혜란 핸드폰 열어보면.
태욱의 문자다.

태욱E	재판 문제로 할 얘기가 있어요, 지금 지하주차장입니다.

혜 란　　(표 안 나는 한숨. 어떡한다..? 싶은 눈빛으로 보는 데서)

S#10. 방송국 지하주차장 태욱의 차 안. N

기다리고 있는 태욱, 그때 핸드폰이 진동으로 울린다.
들어서 보면 발신자 〈서은주〉다.
순간 멈칫하는 태욱..
(INSERT〉 은주의 집 거실〉
은주, 한쪽에서 서성이며 초조한 눈빛으로 신호가 가는 소리를
계속 듣고 있는 가운데)
태욱, 잠시 망설이는데 그때 저쪽으로 혜란이 나타난다.
태욱, 혜란을 보더니 그대로 수신거부를 눌러버린다.
태욱의 차에서 헤드라이트 반짝 하면.
혜란, 태욱의 차를 돌아본다. 시선에서.

S#11. 은주의 집 거실. N

은주, 끊긴 핸드폰을 본다. 나직한 한숨.. 어쩐다..?
뭔가 매니저가 일을 벌일 것 같은 불길한 느낌..
어쩌지 싶은 눈빛이다가 외투와 가방 챙겨들고 집을 나서는 데서.

S#12. 다시 지하주차장. N

누군가의 차 안 시선으로
혜란이 태욱의 차에 올라타는 게 보인다.
주차장을 빠져나가는 태욱의 차를 바라보는 눈빛, 매니저다.

S#13. 선술집 앞. N

앞에 서서 빤히 올려다보고 있는 혜란,
그 옆으로 다가서는 태욱,

태 욱   안 들어가십니까?

혜 란   (돌아보며) 여긴 왜 왔어?

태 욱   아무리 일이 급해도 밥은 먹어야죠, 먹으면서 얘기합시다.
        (그러면서 먼저 성큼성큼 걸어 들어간다)

혜 란   (본다. 보다가 내심 걸리는 눈빛으로 선술집 한 번 더 올려다보면)

S#14. 선술집 안. (4부 3씬의 그 자리) N

그때처럼 마주 앉은 태욱과 혜란,
그러나 그때와는 사뭇 달라진 두 사람의 모습...
태욱, 식당아줌마가 내 오는 음식들을 맛있게 먹는 모습,
그런 태욱을 혜란, 말없이 보고만 있는.

태 욱   평일 이 시간에 나와서 저녁 먹는 거 오랜만이죠?
        평소엔 어디서 먹어요? 방송국 구내식당?

혜 란   태욱 씨,

태 욱   안 먹고 건너뛴 적도 많았죠?
        뉴스나인 때문에 지난 7년 동안 저녁 시간 자체가 없었을 테니까..

혜 란   재판 얘기 아니라면 그만 일어날게, (가방 들고 일어서려는데)

태 욱   솔직히 당신만 나쁘다고 생각했어.

혜 란   (멈칫..)

태 욱   아이 문제부터 식어버린 우리 결혼생활까지..
        오로지 일 일 일! 일밖에 모르고 성공밖에 모르는 당신 잘못이라구..
        그렇게 지난 7년을 당신 탓만 하면서 살아왔더라.

혜 란	(본다)
태 욱	사랑한다면서.. 너를 결혼이라는 우리에 가둬놓고,
	내가 정해놓은 정답을 너한테 강요하면서 계속 널 힘들게 했었어.
	그러면서 나를, 이 결혼을 이해 못 해주는 당신한테 서운했고..
	그럴수록 당신한테 못나게 굴었어.
혜 란	지금, 무슨 얘길 하고 싶은 거야?
태 욱	사과하는 중이야, 내 못난 자존심에 대해서..
혜 란	(본다. 보더니) 사과할 것도 받을 것도 없어,
	당신하고 내가 엇갈린 건 누구 한사람의 잘못이 아니니까..
	처음부터 결혼에 대해 목표했던 바가 달라서 그랬던 거니까,
태 욱	그런데 사랑이라며,
혜 란	(본다)
태 욱	니가 그랬잖아. 나.. 당신한테 사랑 같다구.
혜 란	그래서 그만하고 싶다구 나는.
태 욱	당신이 왜 강율한테 이번 재판 의뢰했는지 알아.
	정대한 다음에 누굴 타겟으로 잡고 싶은 건지도 알고.
혜 란	(살짝 표정 변하면...)
태 욱	같이 하자.
혜 란	당신하고는 상관없는 일이야.
태 욱	당신이 뭘 하든, 당신을 지켜줄 수 있는 건 나밖에 없어.
혜 란	아니! 나는 내가 지켜. 지금까지 그랬던 것처럼 내가 알아서 해,
태 욱	혜란아,
혜 란	당신이 그런다고 아무것도 바뀌지 않아.
	아무것도 되돌이킬 수 없다구요 강태욱 변호사님.
태 욱	알아.
혜 란	아는데!
태 욱	그래도 어떻게든 만회는 해보려구.
혜 란	! (본다)
태 욱	내가 망가뜨리고 헝클어뜨린 이 모든 것들을, 어떻게든..!
	만회해볼게 혜란아. 기회를 줘. (진심으로 바라보면)

혜 란   (본다. 바라보는 시선 주다가)

S#15. 경찰서 일각. N

한쪽으로 나오던 강기준, 저 앞으로 보이는 은주를 본다.

강기준   서은주 씨?
은 주   (돌아본다, 강기준을 본다) 강 형사님.. (시선에서)

S#16. 선술집 앞. N

쿵! 문 열고 밖으로 뛰쳐나오듯 나오는 혜란, 흔들릴 뻔했다
잠시 갈피를 못 잡는 눈빛으로 서 있던 혜란,
그 일각〉
차 안 시선으로 선술집 앞에 서 있는 혜란을 보는 매니저의 시선,

S#17. 다시 경찰서 일각. N

강기준   무슨 일이십니까?
은 주   백동현 아시죠? 우리 그이 매니저였던..
강기준   (물론 알고 있다)
은 주   어제부터 연락이 안 되고 있어요, 전화도 안 받구..
          어쩐지.. 계속 불길한 생각이 들어서요 형사님. (보면)
강기준   (그런 은주를 빤히 본다)

S#18. 선술집 안. N

혼자 남겨진 태욱, 말없이 앞에 놓인 소주를 한잔 마시려는데,
그때 테이블 위에 올려져 있는 핸드폰이 진동한다.
태욱, 흘끗 쳐다보면 〈강기준형사〉

태 욱   (잠시 본다)

INSERT〉선술집 앞에 서 있는 혜란. (16씬 연결 느낌으로 짧게)
INSERT〉그런 혜란을 차 안에서 바라보고 있는 매니저, 부릉!
시동을 거는 데서.

태 욱   (핸드폰 받는다) 네, 강태욱입니다. 무슨 일이시죠? (시선에서)

S#19. 다시 선술집 앞. N

혜란, 깊은 숨을 한 번 내쉰다.
마음을 다잡고 한쪽으로 걸어가기 시작한다.
(그 일각) 차 안에서 쳐다보는 매니저의 시선, 천천히 차를 움직여
혜란의 뒤를 쫓아가기 시작한다.)
혜란, 핸드폰을 꺼내 택시를 부르려는 듯..
(매니저의 차 안) 매니저, 액셀 밟은 발에 살짝 힘이 들어간다)
아무것도 모른 채 걸어가는 혜란과,
혜란을 위협하려는 듯한 매니저의 모습, 긴장감 있게 왔다 갔다 하다
어느 순간, 매니저 엑셀을 강하게 훅! 밟아버린다!
혜란, 뭐지? 싶은 표정으로 돌아보는 순간
그녀의 팔을 잡아채는 태욱의 손. 자기 쪽으로 끌어당김과 동시에
부우웅!!! 위협적으로 혜란이 서 있던 곳으로 스쳐 지나가는 차!
태욱, 혜란을 감싸 안으며 멀어지는 매니저의 차를 본다.

(INSERT〉 매니저, 백미러로 멀어지는 태욱과 혜란을 본다.
젠장..!!! 열 받는 듯 핸들을 빡!!!! 쳐버리는 데서)

혜 란   (완전 놀란 눈빛으로 안긴 채 쏜살같이 도망치는 차를 돌아본다)
태 욱   (같이 멀어지는 매니저의 차를 보다가 혜란을 본다) 괜찮아?
혜 란   (그제서야 태욱을 본다. 시선에서)

S#20. 혜란의 집 앞 태욱의 차 안. N

와서 멎는 태욱의 차.
운전석에 태욱. 조수석에 혜란.

혜 란   (여전히 멍한 눈빛으로 앉아 있는 가운데)
태 욱   (운전석에서 내려, 혜란 쪽 문을 열어준다)
혜 란   (그제야 고개 돌려 태욱을 본다. 보더니 차에서 내린다) 고마워.
태 욱   앞으로 출퇴근은 나하고 같이 하자.
혜 란   그럴 거 없어, 택시 부르면 돼,
태 욱   (무시) 내일 아침에 봅시다 고혜란 씨. 잘 자요,
         (흔들림 없이 혜란을 본 뒤, 운전석으로 간다. 출발한다)
혜 란   (그 자리에서 선 채.. 멀어지는 태욱의 차를 본다. 한숨..)

S#21. 어느 장소. N

쿵! 문을 밀며 들어서는 (또는 나오는) 태욱,
뭔가 잔뜩 화가 난 듯한 표정으로 성큼성큼 걸어오면
기다리고 있는 강기준과 서은주.

태 욱   (두 사람 앞으로 다가서며) 이건 대체 무슨 상황입니까!

강기준	전화로 말씀드렸다시피, 케빈 리 매니저였던 백동현이..
태 욱	그러니까 백동현이 왜 내 아내를 위협하는 건지 묻는 겁니다!
강기준	케빈 리를 죽인 게 고혜란 씨라고 믿고 있답니다. 그래서,
태 욱	(그 말에 은주를 보며) 이것도 서은주 씨가 계획한 일입니까?
은 주	(멈칫.. 태욱을 본다) 무슨 말씀이세요?
태 욱	혜란이를 모함하고 협박하고 방송국까지 찾아와
	폭력행사까지 하더니 이제는 사람까지 시켜서 위협을 해요?
은 주	이것 보세요 강태욱 씨! 나는 어떻게든 상황을 막아보려고
	그쪽한테 전화까지 했어요! 내 전화라 안 받는 거 같아서 형사님한테
	찾아온 거였구요!
태 욱	왜 갑자기 혜란이를 걱정하게 된 겁니까?
은 주	(허..! 보며) 혜란이가 아니라 동현이를 걱정하는 거예요,
	어차피 재판에서 유죄 판결 받고 끝날 거 뻔한데,
	괜한 짓 해서 엄한 죄 뒤집어쓸까봐!
태 욱	(순간 완전 싸늘해져서) 내가.. 그 재판에서 질 거라고 생각합니까?
강기준	(그 말에 흘끗 태욱을 본다)
은 주	목격자까지 나타났다고 들었어요.
	아무리 강 변호사님이래도 뒤집을 수 있는 상황 아니잖아요.
태 욱	(순간 아주 짧게, 무시하는 듯한 묘한 비웃음이 찰나처럼 스치는)
강기준	(그런 태욱의 표정을 놓치지 않는다)
태 욱	(다시 표정 쎄해지면서)
	내일 오전 중으로 백동현 씨 접근금지가처분 신청할 겁니다.
	만약 한 번 더 그런 비상식적인 위협을 가한다면
	그땐 특수협박죄로 정식으로 신고하죠.
	(그리고는 강기준을 한 번 본 뒤 돌아서서 가버린다)
은 주	(허..! 기막힌 눈빛으로 본다)
강기준	(그런 태욱을 조용히 바라보는 옆에서)

S#22. 경찰서 안. N

생각에 잠긴 채 뚜벅뚜벅 걸어 들어오는 강기준,
(짧게 플래시백〉 "내가 그 재판에서 질 거라고 생각합니까?"
그리고 태욱의 입가에 스치듯 지나가던 그 묘한 비웃음 같은 표정)
강기준, 흐음..! 그 표정의 의미가 뭐지? 싶은 데서.

S#23. 태욱의 사무실. N

핸드폰을 귀에 댄 채 쿵! 문 열고 안으로 들어오는 태욱,
자리로 가서 가방 올려놓고, 외투 벗으면서

태 욱   접니다, 사무장님. 목격자에 대해서 뭣 좀 알아낸 거 없습니까?

S#24. 노래방 일각. N

노래 부르고 있는 누군가를 뒤로한 채,
복도에 나와 통화 중인 정기찬.

정기찬   아, 저 친구가 원래 저렇게까지
        입이 무거운 적이 없는데 이번에는 영 입을 안 여는데요?
        변 검사 쪽에서 완전히 철통 보안하라고 엄포를 내린 모양입니다.
        입 잘못 열었다가는 모가지 날아갈지도 모른다구..
        엄살이 장난이 아니네요, 어쩌죠?

S#25. 태욱의 사무실. N

핸드폰을 끊는다, 태욱 답답한 기분..
그러다 핸드폰에서 다른 이름을 찾는다. 〈하명우〉다.

태 욱   (망설이는 눈빛으로 보기만 하는 데서)

S#26. 편의점 앞 일각. N

쓰윽.. 한쪽에서 나타나는 하명우의 모습,
길 건너편 편의점 안으로 컵라면 같은 거랑 빵, 음료 등등을
집어 들고 계산 중인 매니저가 보인다.
하명우, 말없이 저벅저벅 길을 건너 편의점 쪽으로 다가간다.

S#27. 편의점 안. N

컵라면에 뜨거운 물을 붓고 있는 매니저,
배고픈지 급한 대로 빵부터 입에 한입 쑤셔넣는데
들어서는 하명우를 본다.
하명우, 거침없이 매니저를 향해 다가선다.

매니저   (아이쒸!! 그대로 후다닥 튄다, 반대편 문으로 달려나가면)
하명우   (동시에 매니저를 쫓아 달려나가면)

S#28. 근처 문 닫힌 재래시장통 일각. N

쫓고 쫓기는 매니저와 하명우,

그러나 하명우에 의해 금새 뒷덜미가 잡힐 뻔하는 매니저,
그대로 하명우와 함께 바닥에 나뒹군다.
(그 바람에 바닥에 떨어지는 하명우의 핸드폰...!)
엎치락뒤치락하는 가운데 그때 진동으로 울리기 시작하는
하명우의 핸드폰. 순간 매니저가 발신자를 보고 만다.
〈강태욱 변호사〉

매니저   ...! (보더니 순간 있는 힘껏 몸부림을 치다 손에 잡히는 걸로
           하명우를 공격한 뒤, 빠져나온다. 그대로 어둠 속으로 도망치는)
하명우   (젠장..! 매니저한테 돌 같은 걸로 맞은 이마에서 피가 흐른다..
           손등으로 대충 닦아내며 핸드폰을 집어 든다)
           네.. 접니다.
           (매니저가 사라진 어둠 쪽을 쓱 한 번 본 뒤, 돌아서서 가며)

화면 쪽 한쪽으로 빠지면, 골목 이편에서 최대한 숨을 꾹 참으며
진땀 범벅이 된 채 숨어 있는 매니저..
쓰윽.. 눈만 내밀고 멀어지는 하명우를 본다.
하명우 뒤에서 지시내리는 게 고혜란이 아니라 강태욱이었어?
이런 개새끼들..!!! 눈에서 불이 튀는 데서.

S#29. 혜란의 집 앞 전경. (아침)

한쪽에 와서 대기 중인 택시. 그 앞으로 나오는 혜란이 보이고.
혜란 택시 쪽으로 가려는데,
그 앞으로 와서 가로막듯이 서는 태욱의 차.

혜 란   ? (보면)
정기찬   (운전석에서 내려, 택시 쪽으로 간다, 대기비용 낸 뒤 보내버리는)
혜 란   (정기찬을 보며) 사무장님이 어쩐 일이세요?

정기찬	어쩐 일이긴요, 우리 고 앵커님 제가 모시려고 왔죠,
	원래는 변호사님께서 직접 오실려고 했었는데
	변 검사 쪽에서 지금 아니면 시간이 없다 그래서요,
혜 란	그이.. 지금 변우현 만나러 갔어요?
정기찬	목격자가 나타난 거는 같은데, 어찌나 꽁꽁 싸매고 있는지..
	변호사님께서 직접 붙어보시겠다고, 가셨습니다.
	(뒷문 열어주며) 자자.. 어서 타세요,
	제가 안전운전으로 방송국까지 모시겠습니다.
혜 란	(본다. 시선에서)

S#30. 지검 복도.

태욱, 굳은 얼굴로 저벅저벅 걸어간다.
저 앞에 변우현의 사무실 보인다.

S#31. 지검 변우현의 사무실 안.

변우현, 여유로운 표정으로 책상 앞에 앉은 채 서류 뒤적이며

변우현	어쩐 일이십니까?
태 욱	목격자가 나타났다고 들었는데,
	왜 증인명단에 없는 건지 궁금해서,
변우현	이야, 정보력 진짜 짱이시네,
	새 나가지 않게 엄청 신경 썼는데.. 벌써 그쪽까지 들어갔나봅니다?
태 욱	누구야? 목격자라는 사람이.
변우현	재판 때 보실 텐데 뭐 그렇게 급하게 구세요?
태 욱	아무리 목격자가 있어도 진술 내용을 입증 못하면
	무용지물인 건 알고 있지?

변우현	그래서 제가 지금 정신없이 바쁜 거 아닙니까?
	목격자의 증언이 무용지물 되지 않게 논리적으로 객관적으로
	잘 포장해야 해서요.
태 욱	진실은 포장하는 게 아니라 증명해내는 거야.
변우현	그래서 선배는 지금 진실을 증명해내고 있긴 합니까?
	진실을 감싸기 위해 꽁꽁 싸매고 있는 건 아니구요?
태 욱	신상정보 정도는 공유해줄 수 있잖아.
변우현	왜 이러십니까? 저 아직 공식적으로 목격자에 대해
	언급한 적 없습니다. 신상정보.. 공유 못 하는 거 당연한 거구요,
태 욱	대체, 무슨 깜짝쇼를 하려구 그래?
변우현	그러게요, (씩 웃으며) 기대해보세요, 얼마나 재밌을지.
태 욱	(본다. 시선에서)

S#32. 보도국 일각.

커피 한 잔 손에 들고 걸어오던 이연정, 한쪽으로 가는데 그때

| 장 국장E | 사실이야? |
| 이연정 | (? 목소리에 쭉 고개를 빼고 쳐다보면) |

반쯤 문이 열린 스튜디오 안으로 보이는 장 국장,
그 맞은편으로 서 있는 혜란의 모습이 보이고,
이연정, 급 호기심에 문 앞으로 다가서서 엿듣는 가운데,

S#33. 스튜디오 안 일각.

| 장 국장 | 지금 검찰 쪽에서 결정적인 증인을 확보했다는 썰이 있던데, |
| | 사건 현장 목격자란 말도 돌고 있고, |

혜 란   그거 다 쌩 거짓말이에요,

장 국장   쌩 거짓말이라니, 무슨 뜻이야?
          검찰 쪽에서 목격자를 메이드라도 했다는 뜻이야 뭐야?

이연정   (INSERT〉 반쯤 열린 문 앞, 멈칫..! 뭐? 목격자를 메이드 해...?)

혜 란   (뚜벅.. 장 국장 앞으로 한걸음 다가서서)
          긴급체포 때문에 개망신까지 당한 검찰이에요,
          작심하고 기소까지 했는데 그 정도 각본 충분히 설정할 수 있죠,

장 국장   그래서, 그런 각본 설정이면 어쩌겠다구?

혜 란   기득권과 손잡은 검찰이 언론을 길들이기 위해
          어떤 파렴치한 방법까지 동원하는지,
          이번 70분짜리 탐사보도로 낱낱이 파헤쳐주자는 거죠.

이연정   (INSERT〉 뭐라구? 지금 내 남편을 까겠다는 뜻? 보면)

장 국장   검찰의 최종 목표는 유죄 선고겠지만,
          유죄 선고 못 받아내더라도 너 하나 만신창이 만들어버리는 건
          일도 아니야. 직들이 쪽팔렸던 거 만큼 몇 배로 널 두들겨댈 거라구,
          그 과정을 고스란히 방송으로 내보내도 상관없다?

혜 란   말씀드렸잖아요. 나는 더 이상 팔릴 쪽도 없고,
          떨어질 바닥도 없다구.
          나는 여전히.. 무서울 게 없어요 국장님.

장 국장   (본다. 보며) 안 돼! 이 기획 나 허락 못 해!
          (탁! 들고 있던 기획서 혜란에게 던지 듯 돌려주며)
          언론의 생명은 공정하고 객관적인 시각이야,
          한쪽으로 쏠려 균형감각을 잃는 순간 언론인으로서도 끝이야
          명심해! (그리고는 나가려는데)

혜 란   국장님이 뭐라셔도 저 이거 할 겁니다.

장 국장   안 된다고 했어!

혜 란   할 겁니다!

장 국장   (멈춰 선다. 고개 돌려 혜란을 노려본다)

혜 란   (같이 노려본다)

장 국장   모가지 날아가고 싶으면 무슨 짓은 못 하겠냐!

니 맘대루 해보든가 그럼! (문을 밀고 나가버리면)

S#34. 다시 보도국 일각. (스튜디오 앞)

이연정   (재빨리 한쪽으로 숨는다)

장 국장   (전혀 알아채지 못한 듯.. 그대로 지나쳐 국장실 쪽으로 가면)

이연정   (멀어지는 장 국장을 본 뒤, 쓰윽.. 혜란 쪽을 보면)

혜 란   (나직한 한숨으로 돌려받은 기획서를 본다. 시선에서)

S#35. 보도국 혜란의 자리.

탁! 기획서를 한쪽에 던져두고 외투 집어 든 채 밖으로 나간다.

곽 기자   어디 나가세요?

혜 란   바람 쐬러. (나가면)

곽 기자   (보더니, 자기 업무 분량 들고 다른 쪽으로 가면)

이연정   (쓰윽.. 혜란의 책상 앞으로 다가서서 혜란이가 던져놓은
          기획서를 본다. 쓰윽 첫 장을 넘겨 쭉 읽어 내려가는 눈빛...
          표정 점점 굳는데 순간)

탁!!! 기획서를 빼앗는 혜란의 손.

이연정   (흠짓!!! 놀라서 쳐다보면)

혜 란   뭐하는 거예요 지금 남의 책상에서?

이연정   아니 그냥.. 잠깐 지나다가...

혜 란   그냥 잠깐 지나가시면 되지,
          왜 남의 책상 위에 있는 기획서를 훔쳐보는 건데요?

이연정   (혜란을 보더니) 너 그 기획.. 진짜로 할 거 아니지?

혜 란	못 할 건 또 뭔데요?
이연정	국장님도 너. 그거 무모한 기획이라 그랬잖아.
혜 란	훔쳐보기만 하는 게 아니라 엿듣기까지 해요?
이연정	아무리 그래도 목격자를 메이드 하다니, 말이 되는 소리니?
혜 란	사람도 안 죽였는데 살인용의자로 긴급체포에,
	기소까지 당했어요 나는! 그건 말이 되는 거 같아요?
이연정	니가 죽이는 걸 본 목격자가 있다잖아!
혜 란	그러니까 캐보겠다는 거잖아요, 대체 누가 거짓말을 하는 건지!
이연정	너 하나 잡겠다고 지금 내 남편이 거짓말로 목격자를 꾸몄다구?
혜 란	나는 안 죽었는데, 그걸 본 사람이 있다잖아요.
	둘 중에 하나는 거짓말이라는 분명한데,
	나는 확실하게 아니거든. 그럼 어느 쪽이 메이드된 걸까?
이연정	허!.. 이게 아주 미쳤구나!
혜 란	너라면 안 미치겠니?
이연정	뭐? 너.., 너어? 지금 너 선배한테 너라 그랬니?
혜 란	늘어난 허리치수만큼 행복해지셨다구?
	그래 다 좋아, 좋은데! 그래도 한때는 기자였고,
	여전히 현역으로 아침뉴스를 책임지고 있는 앵커잖아 당신!
	아무리 니 남편이 이뻐도 뭐가 진실인지 정도는 알고 살어, 어?
	(그리고는 기획서 들고 홱! 가버린다)
이연정	...! (쿵! 돌아보는 눈빛에서)

S#36. 보도국 일각.

당황하는 눈빛으로 핸드폰 들고 빠져나오는 이연정

이연정	(핸드폰에 대고) 여보, 나야.. 잠깐 좀 봤으면 좋겠는데..

그 뒤로 쓰윽.. 프레임인 되는 혜란,

제대로 먹혔나? 하는 눈빛으로 멀어지는 이연정 쳐다보는 데서.

S#37. 카페 일각.

변우현 그게 무슨 소리야? 목격자가 메이드됐다니 누가 그래?

이연정 고혜란, 그게 그러고 떠들구 다닌다니까,

그게 아무래두 당신하고 맞짱 떠볼라구

프로그램까지 기획하는 거 같던데.. 어떡해?

변우현 (쎄한 눈빛으로) 증거는 목격자만 있는 게 아니야.

방송? 해보라구 해. 그래봤자 지 얼굴에 똥칠하는 거지.

이연정 당신.. 자신 있는 거지?

변우현 (보며) 고혜란은 이제 끝났어, 그렇게 알고 있으면 돼.

이연정 (걱정스러운 눈빛으로) 그래두 조심해.

고혜란 그거.. 진짜루 무서운 년이니까. 응?

변우현 나 바뻐.

이연정 어어, 그래 그만 들어가봐 여보.

변우현 (일어나서 걸어 나오는데, 표정 안 좋다. 쎄한 눈빛)

이연정 (뭔가 내키지 않는 표정으로 본다. 시선에서)

S#38. 강율로펌 대표실.

강율 대표 그래서요?

변우현 (INSERT〉 검사실) 고혜란 쪽에서 목격자가 메이드됐다고

그렇게 판을 짜는 모양입니다, 어떡할까요?

강율 대표 (잠시 간격.. 그러더니) 우리 변 검사님은 생각보다 걱정이

많으신 분 같습니다.

변우현 (INSERT〉 검사실, 멈칫..) 네..?

강율 대표 살인사건을 맡고 계신 분이 사사건건 그렇게 걱정이 많아서

어디 큰일을 도모할 수 있겠어요?

변우현   (INSERT〉 검사실, 찔끔하는 표정으로) 아니, 그런 뜻이 아니라..

강율 대표   상 차려줬으면 떠먹는 건 알아서 해야지 변 검사. 응?

변우현   (INSERT〉 검사실.. 잠시 당황하는 눈빛으로)

무슨 말씀인지 알겠습니다. 제가 알아서 밀어붙이겠습니다.

심려 끼쳐드려 죄송.. (합니다 하려는데)

강율 대표   (탁! 신경질적으로 꺼버린다. 하여튼 맘에 안 든다..! 눈빛에서)

S#39. 변우현의 사무실.

변우현   (젠장..! 하는 눈빛으로) 동영상 확보된 거 내일 재판 때 깝니다.

사무장   아.. 내일 바로 말입니까?

변우현   첫 재판이 마지막 재판이다 생각하고 부러뜨립시다! (준비하는 데서)

S#40. 방송국 로비.

태욱, 로비에서 혜란 기다리는 중이다.

그의 시선으로 보면 〈한지원의 뉴스나인〉 광고판 보이고

지나가는 사람들, 헬끔헬끔 쑥덕쑥덕

"고혜란 남편 아니야?" "맞지? 지난번에 뉴스에서..?"

그 사이로 또각또각 걸어 나오는 혜란, 나오다가 문득 보면

뒷모습의 태욱 보인다.

혜 란   (멈춰 서서 그런 태욱을 본다)

태 욱   (문득 시선 돌리다 혜란 본다. 격의 없는 선선한 미소로 본다)

혜 란   (보면)

S#41. 한강둔치. (저녁 무렵)

저 멀리 한강의 야경이 아름답게 펼쳐져 있고
태욱과 혜란, 그 앞에 나란히 서서 바람을 쐬고 있는 중.

혜 란　　드디어.. 내일이네.

태 욱　　(고개를 끄덕이더니, 돌아보며)
　　　　판사는 피고인의 눈을 읽습니다.

혜 란　　(보면)

태 욱　　검사 쪽에서 어떤 식으로든 우릴 흔들려고 할 거구요,
　　　　그쪽에서 무슨 말이 나오든 당황하지도, 동요하지 말아요,

혜 란　　(태욱을 본다) 이 재판으로 당신은.. 또 다치게 될 거야.

태 욱　　상관없어요,
　　　　누가 뭐래도 나는 아니다. 그러니까 멋대로들 떠들어라.
　　　　그런 마음으로 그냥 앉아만 있어요.
　　　　나머지는 내가 알아서 합니다. 고혜란 씨는 그냥 나만 믿으면 돼요.

혜 란　　(그런 태욱을 본다. 보더니) 뭐 하나 물어봐도 돼?

태 욱　　뭐든지.

혜 란　　왜 이렇게까지 하는 거야?

태 욱　　(본다, 보더니) 나는 고혜란의 남편이니까.

혜 란　　(빤히 본다)

태 욱　　슬플 때나 기쁠 때나 아플 때나 힘들 때.. 항상 옆에 있는다고
　　　　결혼하면서 너한테 약속했잖아.

혜 란　　미안해.

태 욱　　괜찮아.

혜 란　　지금까지도.. 그리고 앞으로도 나는,
　　　　당신한테 계속 미안할 거야.

태 욱　　괜찮아.

혜 란　　(본다)

태 욱　　(본다)

지는 석양.. 부는 바람,

마주 보는 그 두 사람의 모습에서,

S#42. 은주의 집 거실. N

테이블 위에서 울리는 핸드폰, 다가와 잡아 드는 은주,

은 주   (멈칫.. 보더니, 얼른 받으며) 동현아!

매니저   (INSERT〉 차 안) 형수..

은 주   너 지금 어디야? 걱정했잖아. 별일 없는 거지? 그치?

매니저   (INSERT〉) 형수.. 행복하세요..

은 주   동현아..

매니저   (INSERT〉) 재영이 형, 나쁜 새끼예요..
        저한텐 좋은 형이었지만 형수한텐 진짜 그럼 안 되는 건데,

은 주   너 지금 어디니? 우리 만나서 얘기하자, 응? 동현아!

매니저   (INSERT〉) 마지막으로 형수 목소리 들으려고 전화했어요,

은 주   (마지막?)

매니저   (INSERT〉) 행복하세요 진짜..! (울컥하더니 탁! 끊는다)

은 주   동현아! 동현아아!!!! (끊긴 핸드폰을 보면)

S#43. 한강둔치 일각. N

눈물 닦으며 차 안에 앉아 있는 매니저,

핸드폰으로 걸려오는 은주의 이름을 본다. 〈착한 형수〉

매니저, 눈물을 닦아내며 쓰윽.. 시선 들어 본다.

저 멀리 보이는 태욱과 혜란의 모습...

매니저, 죽여버릴 거라는 눈빛으로 보는 데서.

S#44. 혜란의 집 전경. (아침)

S#45. 혜란의 집 드레스룸.

　　　화장대 앞에 서는 혜란, 잠시 거울을 쳐다본다.
　　　화장을 시작한다.
　　　정성들여 에센스를 바르고.. DIS.
　　　눈썹을 만지고 DIS.
　　　립스틱을 바르고 DIS.

S#46. 변우현의 사무실.

　　　변우현을 비롯해, 필승의 각오로 비장하게 준비 마치고 있는
　　　분위기.

S#47. 태욱의 사무실.

　　　태욱, 서류가방에 자료들 챙기면서 정기찬과 통화 중이다.

태 욱　　(통화) 사무장님은 그쪽으로 바로 오시면 될 거 같습니다.
　　　　　일단 재판 상황 보면서 결정하기로 하죠, 네.

　　　태욱, 전화 끊고 막 나가려는데 태욱의 문자 알림음.
　　　누구지? 하는 시선으로 핸드폰 보다가 쿵!!!
　　　액정에 뜬 문자 하나.

매니저E　　고혜란은 오늘 절대로 법정에 설 수 없어.

태욱, 이게 무슨....전화번호 보면 〈발신자 표시제한〉
태욱, 불길한 느낌에 급하게 혜란의 이름 터치하면

S#48. 혜란의 집 드레스룸.

위이이잉!!! 헤어드라이어로 머리를 만지는 중인 혜란,
화면 한쪽으로 이동하면,
혜란과 떨어진 한쪽에 놓여진 핸드폰,
무음으로 빨간 빛만 반짝반짝....

S#49. 태욱의 사무실 – 엘리베이터 앞.

태욱, 핸드폰 귀에 댄 채 급하게 뛰어나와 엘리베이터 버튼 누른다.
탁탁탁. 급하게 연속으로 하향 버튼 누르는데
내려올 기미가 보이지 않는 엘리베이터.
INSERT〉 혜란의 드레스룸.
격조 있어 보이는 정장을 차려입으며 거울 앞에 서는 혜란,
마지막으로 화장대 위에 올려진 태욱이 선물한 목걸이를 본다.

S#50. 태욱의 사무실 건물 계단.

텅! 비상구 철문이 열리고 탁탁탁 뛰어 내려가는 태욱
계속해서 핸드폰을 귀에 댄 채 뱅글뱅글 이어진 계단을 단숨에
두세 개씩 건너뛰어 내려가는 태욱에서
INSERT〉 혜란의 드레스룸,
케이스를 열고 목걸이를 목에 건다. 거울을 본다.
이제 준비 다 끝났다! 그때 딩동! 울리는 초인종 소리.

혜 란   ...? (돌아본다)

다시 비상구 일각〉 멈춰 서는 태욱,
전화를 받을 수 없다는 신호가 들려온다. 미치겠다!
INSERT〉 혜란의 드레스룸.
쓱 핸드폰을 집는 혜란, 순간 멈칫.. 해서 핸드폰 화면 보면
부재중 전화 7통. 모두 〈태욱 씨〉다.

혜 란   (무슨 일이야? 태욱 이름 터치하면)

비상구 계단〉
이제 막 지하주차장으로 접어드는 계단.
그때 울리는 전화벨. 보면 〈혜란이〉

태 욱   (턱턱턱 뛰어 내려가면서) 혜란아. 너 지금 어디야?

INSERT〉 혜란의 집, 거실에서 현관까지.

혜 란   (거실로 나와 현관 쪽으로 쭉 걸어오면서)
          아직 집인데, 왜?
          (하면서 화면창을 쳐다본 뒤, 현관 쪽으로 가면서)

다시 비상구 계단〉
태 욱   (후...밀려오는 안도)
          너 내가 갈 때까지 가만히 있어,
혜 란   (INSERT〉 현관 앞, 도어락 풀면서) 왜 그래? 무슨 일인데?
태 욱   글쎄, 내가 시키는 대로 해, 절대로 움직이지 마,
          누가 와도 절대로 문 열어주지 말고. (하는 순간)
혜 란   (INSERT〉 달칵! 문을 연다. 순간 멈칫! 하는 표정으로 본다)

S#51. 비상구 계단 - 지하주차장 입구.

태욱, 탁...비상구 손잡이를 돌리면서

태 욱 (문 탁, 열면서) 내가 갈 때까지 가만히 있어.
      내 말 듣고 있지..? 여보세요, 혜란아!! 혜란아???
혜란F 어... 듣고 있어.
태 욱 지금 출발할게, 무슨 일 있으며 곧바로 연락해, 알았지?
      (핸드폰 끊는다, 끊고 돌아서는 순간)

갑자기 퍽!!!!! 공격해오는 무언가를 맞고 쓰러지는 태욱에서

S#52. 혜란의 집 현관.

혜 란 (핸드폰을 끄고, 조용히 시선 들어 문 앞에 서 있는 사람을 본다)

그녀의 현관문 앞에 서 있는 사람... 강기준이다.
혜란, 강기준을 보는 시선에서.

S#53. 태욱의 사무실 지하주차장.

툭.... 바닥으로 떨어진 태욱의 휴대폰.
액정은 거미줄처럼 실금이 가 있고.
태욱, 그 옆에 푹... 쓰러진다.
그런 태욱의 곁으로 다가서는 운동화 하나.
보면, 손엔 흉기를 든, 매니저다.
매니저. 쓰러진 채 꿈틀대는 태욱을 본다.
그리고 흉기를 든 손을 높이 드는 데서

S#54. 다시 혜란의 집 현관 앞.

혜 란   여긴 어쩐 일이십니까? 형사님께서?

강기준   백동현 아시죠? 그 친구가 며칠째 연락 두절됐다가 어젯밤에
        서은주 씨한테 마지막이라며 전화를 해왔답니다.

혜 란   그런데요?

강기준   혹시라도 백동현이가 고혜란 씨 신상에 위해를 가할지 몰라서,
        그래서 신변보호차 들러본 겁니다.
        오늘 중요한 재판을 앞두고 계신데 그런 일이 생기면 안 되니까요,

혜 란   (쎄한 미소로) 쓸데없는 걱정을 하셨네요,
        보다시피 아무 일도 없습니다만,

강기준   혹시라도 백동현이를 보시면.. (하는데)

혜 란   (그때 울리는 전화벨.. 보면 태욱이 폰이다)

강기준   (흘끗 본다)

혜 란   잠시만요, (얼른 다시 받으며) 어, 여보, 나야... (하는데)

하명우F 나야 혜란아. 명우..

혜 란   명우..? 명우 니가 왜..

강기준   (멈칫.. 시선 들어 혜란을 본다, 명우...? 설마.. 하명우?)

하명우F 강 변호사가 다쳤어. 빨리 병원으로 가보는 게 좋을 거 같다.

혜 란   ...! (쿵!!! 놀라는 눈빛) 뭐...?

강기준   (그런 혜란을 본다. 시선에서)

S#55. 도로 & 혜란의 차.

        빠아앙!!!! 달리는 차들 사이로 이리저리 차선을 바꾸며
        속력을 내는 혜란의 차.
        혜란, 미칠 것 같은 불안. 덜덜 떨리는 손으로 핸들을 꽈악 쥔다.
        빨간불로 바뀐 줄도 모르고 질주하는 혜란의 차.
        사방에서 빠앙.....!!!!! 경적소리 들리고

혜란. 아무 소리도 들리지 않는다.
이리저리 차선을 바꾸며 달려가는 혜란에서
그 뒤를 쫓는 강기준의 차, 혜란과 마찬가지로 위험하게
핸들을 꺾으며 뒤쫓아오다가 끼익!!!! 신호등에 걸려 놓친다.
젠장..!!! 강기준 멀어지는 혜란의 차를 보는 데서

S#56. 병원 응급실 앞 & 응급실 안.

급하게 뛰어 들어오는 혜란. 스테이션 앞으로 다가가서

혜 란   강태욱 씨...! 제가 강태욱 씨 보호잔데요!
간호사1 (컴퓨터 화면 들여다보더니, 한쪽을 가리킨다)

혜란, 미친 듯이 응급실 환자들을 들여다보며 쭉 걸어 들어오는데
빈 침대! 태욱이 안 보인다)

혜 란   어떻게 된 거야... 어딨는 거야!
         (울컥! 하는 모습으로 태욱을 찾는다)

혜란, 마치 길을 잃은 아이처럼 이 침대 저 침대 돌아본다.
어떡해!! 왜 없는 거야!!!
다시 스테이션 쪽으로 가려는데 그때
혜란의 어깨를 잡아 돌려 세우는 누군가. 태욱이다.

태 욱   (이마에 반창고를 붙인 채) 혜란아.. (니가 왜 여기에..?)
혜 란   (태욱을 본다, 순간 울컥..! 눈시울이 붉어지면서)
         당신.. 괜찮은 거야? 괜찮은 거니?
태 욱   (본다) 어.. 그냥.. (하는데)
혜 란   (그대로 와락!!!! 태욱을 끌어안는다. 툭..! 떨어지는 눈물)

태 욱	...! (본다)
혜 란	어뜩해..!
	(무서웠다! 처음으로 진심! 무서웠다..! 당신을 잃을까봐)
태 욱	(바들바들 떨고 있는 혜란을 본다. 보다가 말없이 혜란을 꼭
	안아준다.. 모습에서) 괜찮아.. 괜찮아 혜란아..
	(등을 다독이듯.. 꼭 안아주면)
혜 란	(목이 메어 태욱을 꼭 안은 채, 고개만 끄덕인다)

그렇게 꼭 안은 두 사람...
응급실 일각〉
한쪽 입구에서 그런 두 사람을 바라보는 명우,
혜란의 모습을 묘한 감정으로 바라본다. 보다가 쓱 빠져나간다.

S#57. 응급실 복도 일각.

혜란과 태욱을 뒤로 한 채 걸어 나오는 명우,
조금 전 상황〉
태욱의 사무실 지하주차장.(53씬에 이어)
쓰러져 있는 태욱. 그를 향해 흉기를 높이 쳐드는 매니저.
확!!!! 태욱을 향해 내리꽂으려는 순간
훅....무릎이 꺾이면서 그대로 주저앉는다.
매니저, 헙....! 숨을 들이 삼키며 보면 눈앞에 한 남자.
하명우다. 하명우, 매니저를 바라보는 시선에서,
다시 복도 일각〉
그 모든 걸 뒤로한 채 쭉 걸어 나오는 명우,

하명우	됐어.. 이걸로 된 거야.
	(쓰고 있던 야구모자 캡 더 꾹 눌러 얼굴 가리는데 그때)

복도 저 끝으로 뛰어 들어오는 강기준, 두리번거리다가
저 멀리 복도 끝으로 멀어지는 하명우의 끝자락을 본다. 순간

강기준   하명우!!!!
하명우   (무심코 쓱 돌아본다. 순간 멈칫.. 강기준과 시선 마주친다)
강기준   ! (하명우를 본다, 틀림없이.. 하명우다! 보면)
하명우   (젠장! 그대로 휙! 코너로 사라져버린다)

강기준, 사람들을 헤치면서 달려온다.
방금 전, 하명우가 서 있던 곳까지 오지만 이미 그는 온데간데없이
사라졌고.. 헉헉! 거리며 돌아보던 강기준..
하명우가 사라진 쪽을 이리저리 돌아보며 찾는다. 없다.
흔들리는 눈빛 위로
플래시백1〉 19년 전. 금은방 골목. N
어린 혜란   아뇨, 전 모르는 일인데요. (쎄하게 돌아서던 그녀의 모습)

플래시백2〉 19년 전. 금은방 골목. N
그대로 수갑 채워 잡혀가던 어린 명우의 모습 위로,

어린 명우   내가 죽었어요.

플래시백3〉 조사실. (2부 73씬)
혜 란   (본다. 보며) 대답.. 안 하겠습니다.

플래시백4〉 21씬,
묘하게 비웃던 태욱의 미소 (아주 짧게 스치는 그 위로)

태 욱   내가.. 그 재판에서 질 거라고 생각합니까?

그 모든 장면들이 팍팍! 터지면서 강기준 머리에서 스쳐 지나가면서

다시 현재〉

강기준   미치겠네..! 아..!!! 미치겠다!!!!

강기준의 머리가 복잡하게 돌아간다. 돌아보는 시선에서,

S#58. 경찰서 안 & 병원 주차장.

박성재   예? 하명우요? 출소 날짜를 알아보라구요?
강기준   (병원 주차장〉 차 쪽으로 오면서)
              그래, 19년 전 낙원동 금은방 살인사건으로 들어간 앤데..
              어, 그래그래.. 언제 나왔는지 좀 알아봐,
박성재   아니 근데 지금 법원에 가 계셔야 하는 거 아닙니까?
              오늘 고혜란 재판이잖아요,
강기준   (INSERT〉 주차장) 안 그래도 지금 간다! (차에 올라탄다! 시선에서)

S#59. 법원 앞.

법원 앞에 카메라들 세팅되어 있고
각 방송사에서 나온 기자들, 리포팅 중이다.

기자1   (리포팅) 프로골퍼 케빈 리 케빈 리 씨 살해 혐의로 기소된
              피의자 고혜란 씨에 대한 1심 공판이 오늘 시작될 예정입니다.
누군가   고혜란 차다!

한쪽으로 도착하는 차량, 기자들 우르르 몰려가면
태욱과 혜란 내려선다. (정기찬이 운전해주는 가운데)
피의자라고 보기엔 당당하고 아름다운 그녀.

기자들, 혜란에게 질문 쏟아내는데

기자들E   고혜란 씨! 지금 심정이 어떠십니까?
           강태욱 변호사님! 여전히 무혐의에 자신 있으십니까?
혜 란   (표정 없이 그들을 지나쳐온다)
태 욱   (그런 혜란의 어깨를 감싸며 대답 없이 그들을 뚫고 들어오는)

혜란, 태욱의 에스코트를 받으며
기자들 사이를 뚫고 법원으로 향해 걸어간다.
그의 이마에 선명히 붙어 있는 살색 반창고...

S#60. 법원 주차장.

뒤늦게 와서 주차하는 강기준, 재빨리 차에서 내려 뛰어 들어가면

S#61. 법정 안.

하나둘 자리 잡고 앉는 사람들.. 정기찬도 보이고.
다른 한쪽에 나란히 앉은 한지원과 곽 기자도 보인다.
곽 기자, 팔꿈치로 툭 한지원을 치면서 한쪽을 가리키면
한쪽 구석에 자리 잡고 앉는 은주의 모습.

지 원   (입 모양으로만 와우..! 하는 데서)

S#62. 법원 복도 - 법정 앞.

저벅저벅 걸어가는 구둣발. 변우현이다.

그 앞으로 다급하게 다가서는 강기준,

강기준   변 검사님!!!
변우현   (? 돌아본다)
강기준   (뛰어왔는지, 살짝 숨이 찬 듯한 표정으로 변우현을 본다)
변우현   (뭐야? 하는 눈빛에서)
법원경위E 모두 일어서 주십시오!

S#63. 법정 안.

방청객들 우르르 일어난다.
검사석의 변우현, 변호인석의 태욱과 혜란 일어선다.
태욱과 혜란 사이에 오가는 시선.
세 명의 판사 입장한 후 착석한다.

재판장   (정면 향해) 사건번호 2018 고합 230 살인 피고인
         고혜란의 재판을 시작하겠습니다!
혜 란   (태욱 보면)
태 욱   (날 믿어. 보는데)
재판장   검사 모두 진술하세요
변우현   (자리에서 일어나 공소장 읽는)
         피고인의 진술에 따르면 당시 피고인 고혜란은 피해자 케빈 리를
         사건 발생 전 단둘이 따로 만난 것으로 확인됐으며
         피해자의 차량에서는 피고인 고혜란이 당일 착용하고 있던
         브로치가 발견됐습니다.
         유가족의 증언에 따르면 피고인 고혜란과 피해자 케빈 리는
         오랜 연인 사이였으며 최근 피해자 케빈 리는 이 같은 사실을 근거로
         피고인을 협박해왔다는 정황이 포착되었습니다.
         이에 본 검사는 피고인 고혜란이 이 같은 사실을 은폐하기 위해

케빈 리를 살해, 교통사고로 위장 은폐하였다고 주장하는 바입니다.

변우현, 혜란 바라본다.
혜란, 그런 변우현의 시선을 피하지 않고 받는 위로.

S#64. 보도국 국장실.

조용히 자리에 앉아 있는 장 국장,
나직한 한숨으로 뭔가 고민에 잠겨 있는 눈빛.. 시선.

S#65. 다시 법정 안.

판 사   피고인은 불리한 사실에 대한 진술은 거부할 수 있으며
         피고인의 진술은 유죄의 증거로 사용될 수 있습니다.
         피고인. 이번 사건에 대해 할 말 있습니까?
혜 란   저는 검사 측의 공소 사실을 인정할 수 없으며
         저에 대한 모든 혐의를 받아들일 수 없습니다.
변우현   (피식...)
판 사   검사. 증인 출석 하셨습니까?
변우현   (시선에 태욱에게. 묘한 미소로) 네, 출석했습니다.

S#66. 보도국 국장실.

똑똑똑.. 노크하는 소리와 함께 들어오는 이연정,

이연정   국장님.. 부르셨어요?
장 국장   (돌아본다) 어, 그래.. 와서 앉아.

| 이연정 | (본다. 보다가 한쪽으로 와서 앉는다, 장 국장을 본다) |
| 장 국장 | (이연정을 본다. 시선에서) |

S#67. 다시 법정 안.

뒤늦게 방청석으로 들어오는 강기준, 맨 뒤에 자리 잡고 앉는다.

| 판 사 | 검사 측. 증인 신문 시작하세요. |

증인석의 한 남자 (목격자. 남. 60대 초반),
말끔하고 단정한 차림새. 인텔리의 초로의 남성이다.
목격자, 속을 알 수 없는 깊은 눈으로 혜란과 태욱을 보는 가운데

변우현	증인, 먼저 이름과 직업을 말씀해주시겠습니까?
목격자	오민철입니다. 은퇴해서 작게 텃밭 꾸미며 살고 있구요.
변우현	2018년 1월 18일 새벽 2시부터 3시까지 어디에 계셨습니까?
목격자	서울에서 구리 방면 매창동 부근 국도변 공사장에서 잠깐 차 대놓고 쉬는 중이었습니다.
변우현	그때 뭘 보셨죠?
목격자	두 사람이 다투는 걸 봤습니다.
변우현	그중에 아는 얼굴이 있었습니까?
목격자	제가 워낙에 골프를 좋아해서 정확히 알고 있습니다.
변우현	그러니까 그때 보신 분이..
목격자	케빈 리 씨였습니다.
은 주	...! (쿵..! 가슴 한편이 또 무너지는)
지 원	(본다)
곽 기자	(본다)
혜 란	(말도 안 돼! 본다)
태 욱	(담담한 표정으로 지켜보는 가운데)

변우현	그때 같이 있던 분도 보셨습니까?
목격자	네. 봤습니다.
변우현	(그 말에 쓱 시선 돌려 방청석 쪽을 한번 본다. 시선 위로)
강기준E	부탁이 있습니다.

S#68. 조금 전 복도. (62씬에 이어)

변우현	뭡니까?
강기준	목격자한테.. 꼭 이렇게 물어봐주시겠습니까?
변우현	(한쪽 눈썹 쓰윽 올라간다. 시선에서)

S#69. 다시 법정 안.

변우현	그때 증인께서 보신 또 한사람은 여자였습니까?
목격자	(그 말에 변우현을 본다. 보더니) 아뇨, 남자였습니다.

순간 쿵!!! 놀라는 혜란, 뭐? 놀라서 쳐다본다.
(INSERT〉 움찔하는 태욱의 손...)
법정 안이 순식간에 술렁거리기 시작하면서.
은주도 놀라고,
한지원과 곽 기자, 뭐지? 이 반전은? 하는 눈빛으로 보는 가운데
맨 뒤에서 혼자만.. 한곳을 뚫어져라 쳐다보고 있는 강기준.
그의 시선은 혜란이 옆에 앉아 있는 태욱을 향해 있다.

변우현	다시 한 번 묻겠습니다.
강기준	(INSERT〉 복도. 62씬) 그때 케빈 리와 같이 있었던 게,
변우현	남자가 확실합니까?
목격자	네, 남자였습니다. 남자가.. 확실합니다.

혜 란   (이게 어떻게 된 거지? 하는 눈빛으로 태욱을 돌아본다)

순간 혜란의 옆에 앉아 있던 태욱의 표정, 싸늘하게 식으면서..
마주잡은 두 손.. 자기도 모르게 더 꾹 쥐는..
천천히 고개 돌려 목격자를 바라보는 태욱의 시선과 함께,
목격자, 나란히 앉아 있는 혜란과 태욱을 본다.
(INSERT〉강율로펌 대표실. 강율 대표. 여유롭게 찻잔 들면)
(INSERT〉부사장실. 묘한 시선에서)
(INSERT〉이연정과 마주 앉은 장 국장의 모습에서)

강기준   (태욱을 본다)
혜 란   (태욱을 본다)
태 욱   (표정 없이 목격자를 본다, 시선에서)

제 13 부

위증

僞證

S#1. 법정 안. (12부 69씬에 이어)

변우현   다시 한 번 말씀해주시겠습니까?

강기준   (INSERT〉복도) 그때 케빈 리와 같이 있었던 게,

변우현   남자가 확실합니까?

목격자   네, 남자였습니다. 남자가.. 확실합니다.

혜 란   (이게 어떻게 된 거지? 하는 눈빛으로 태욱을 돌아본다)

강기준   (INSERT〉방청석, 술렁거리는 방청석 사람들 사이에 혼자만
　　　　　 차분한 눈빛으로 태욱을 본다)

태 욱   (표정 싸늘해지면서 목격자를 쳐다보는 데서)

S#2. 목격자의 진술〉어느 장소. N

　　　　　 눈이 내리고 목격자, 어둠 속을 걸어 나온다.

목격자E (혼잣말. 중얼) 제가 워낙 새벽잠이 없는데다,
　　　　　 그날따라 유난히 일찍 잠이 깨서 비닐하우스에 나가보던
　　　　　 참이었습니다. 눈이 내렸거든요, 그래서 살펴보러 나왔는데,

　　　　　 E, 멀리서 "그래서 어쩌라구?" "꺼져!" 등 다소 거친 말투 들리고

목격자E 공사장 쪽에서 싸우는 소리가 들렸습니다.

목격자	(누구야? 고개 빼꼼 보면)

가로등 뒤편에 재영이 서 있고 뒷모습의 남자, 마주 서 있다.

S#3. 법정 안.

변우현	주먹다짐이 오갔습니까?
목격자	아뇨. 그런 건 아니었구... 말다툼을 하는가 싶더니 갑자기..
	(짧은 플래시백) 어느 장소. N
	재영, 남자1(태욱처럼 보이는)을 확 밀치면서 그대로 지나가는)
	순식간에 일방적으로,
	남자1, 재영의 머리를 그대로 벽에다 쿵! 박아버리는 위로)
목격자E	그 사람의 머리를 벽에다 박아버렸습니다.
태 욱	(표정 없이 싸하게 목격자를 바라보는 눈빛)
강기준	(그런 태욱의 표정을 놓치지 않고 보고 있는 중, 그 위로 계속)
변우현	그리고 어떻게 됐습니까?
태 욱	(목격자를 본다)
목격자	(변우현을 보며) 더 이상.. 움직이지 않았습니다.
	(짧은 플래시백) 어느 장소. N
	재영, 스륵... 미끄러져 바닥에 툭! 주저앉으면서
	푹... 고개가 앞으로 꺾이면서)
태 욱	(밀려오는 아득한 현기증.. 최대한 내색하지 않으려 애쓰는 위로)
변우현	그 다음 어떤 일이 일어났습니까?
목격자	쓰러진 사람을 세워진 자동차 뒷좌석에 실었습니다.
태 욱	(점점 귀가 멍멍해지는 기분..인데 그때)
변우현E	현장에 다른 사람은 없었습니까?
목격자E	한 사람이 더 있었습니다.

태 욱	(순간 훅!!! 그 말이 태욱의 귀에 쏙 꽂히면서, 뭐..? 쳐다본다)
강기준	(그런 태욱을 놓치지 않고 본다)
변우현	한 사람이 더 있었다구요?
목격자	네. 여자였습니다.
방청객	(다시 술렁이기 시작하는 가운데)
혜 란	(목격자를 보는 위로)
변우현	혹시 그 여자 얼굴을 보셨습니까?
목격자	네..

(짧은 플래시백) 어느 장소. N
목격자의 시선으로 보면, 한쪽에 정차된 차 한 대.
차 앞쪽이 찌그러져 있는 그 운전석 유리창이 열린다.
남자, 운전석 창에 고개 숙여 몇 마디 말 나누는 듯.
이윽고 여자의 손이 차창밖으로 나온다. 손엔 흰 봉투 들려 있다.
남자, 봉투 받고 한발 물러서면 드러나는 여자의 얼굴.. 고혜란이다)

변우현	누구였습니까?
혜 란	(본다)
태 욱	(보면)
목격자	(고개 돌려 혜란을 본다. 보며) 저깄는 고혜란 씹니다.

순간 어..! 터지는 놀라움의 소리와 함께..
(방청석에 앉아 있던 몇몇 기자들 후다닥 일어나 급하게 휴대폰
들고 밖으로 튀어나가고,
한지원과 곽 기자 살짝 기막힌 눈빛 교환하는 가운데)
한쪽으로 맥이 탁..! 풀리는 눈빛이 되는 은주, 혜란을 본다.

혜 란	(표정 없이 변우현을 본다, 이렇게 엮겠다? 하는 눈빛)
변우현	(그런 혜란을 정면으로 응시하며)
	이상입니다! (의기양양하게 자리로 돌아가면)

| 태 욱 | (그런 변우현을 쎄한 눈빛으로 본다, 너 이 자식..!) |
| 혜 란 | (그런 변우현을 보다가 시선 돌려 목격자를 보면) |

무감한 듯 앉아 있던 목격자, 흘끗 혜란과 시선 마주친다.
순간 묘하게 보일 듯 말 듯 스치는 미소.

혜 란	...! (봤다!)
목격자	(이내 표정 감춘 채 쓱 시선 외면하면)
혜 란	(그런 목격자를 빤히 쳐다보는 눈빛에서)

쿵!! 블랙 화면 위로
자막, 〈제13부 위증(僞證)〉

S#4. 보도국 국장실. (12부 66씬에 이어)

TV 틀어져 있고 장 국장, 핸드폰에 뜬 속보들 들여다본다.
〈고혜란 살인용의자로 지목〉〈목격자의 진술. 정황 유력〉
장 국장. 굳은 얼굴로 들여다보는데 똑똑, 노크 소리.

장 국장	들어와.
이연정	(문 열고 들어와 목례하고 들어와 살짝 긴장한 얼굴로 마주 앉는) 부르셨어요, 국장님?
장 국장	(핸드폰 책상 위로 툭 올려놓으며) 예상대로 고혜란이 완전히 몰리는 모양이구만.
이연정	아.. (봤구나 속보) 그러게요, 목격자까지 나타났으니 이제 빼도 박도 못 하는 상황이 되긴 했죠,
장 국장	근데 말야.. (떠보듯) 목격자가 메이드됐다는 소리가 있던데.
이연정	(멈칫)
장 국장	남편이 담당검사랬지? 혹시 뭐 들은 거 없어?

이연정	왜 이러세요 국장님. 저희 변 검사 그렇게 머리 나쁜 사람 아니에요,
	승소율이 떨어지는 것도 아니고, 얻는 것보다 잃는 게 훨씬 많은데
	왜 그런 무모한 짓을 하겠어요?
장 국장	(워워) 그러게. 나도 그렇게 생각하는데, 근데 고혜란이,
	고혜란 쪽에서 판을 그렇게 몰고 갈 모양이더라고.
이연정	국장님. 저 이래뵈도 뉴스 하는 사람이에요.
	저두 변 검사도 소신과 원칙이 뭔지는 알고 사는 사람들이라구요,
장 국장	(보며) 알지, 근데 팩트보다 중요한 건 이슈잖아.
	고혜란이 팩트보다 이슈몰이로 프레임을 씌워버리면
	대중들은 또 그런가보다 하고 믿어버리는 습성이 있어서 말이야,
	게다가 요즘 검찰이 워낙 민심을 잃은 것도 사실이고.
이연정	(열 받는다) 제가.. 어떡하면 될까요 국장님, 네?
장 국장	(본다. 보다가 연정에게 페이퍼 툭 놓고)
	보도국에 70분짜리 탐사보도 떨어진 거 알고 있지?
이연정	(페이퍼 넘기다가 놀라 장 국장 보면)
장 국장	대한민국 최고의 앵커에서 살인자로 추락한 고혜란,
	남편이 담당검사면 알려지지 않은 비하인드 스토리도 많이
	들을 수 있잖아. 이번 재판 과정 잘 엮어서 한 번 만들어봐.
이연정	고혜란.. 정말 이대로 쳐버리시게요?
장 국장	내 입장에선 고혜란한테 기회를 줄 만큼 줬고 기다릴 만큼 기다렸어.
	목격자까지 나온 마당에 더 이상은 무리야,
	게다가.. 그 녀석, 요즘 나한테 엉겨 붙는 것도 영 거슬리고,
	(슬쩍 보며) 이쯤에서 고혜란 하고 선을 그을 필요가 있어.
이연정	(그러니 나더러 대신 쳐달라...?)
장 국장	(보며) 누가 알아? 이게 또 메인 무대로 복귀 신호탄이 될지?
이연정	(본다. 보다가 다시 페이퍼로 시선 주는 데서)

S#5. 법원 복도 일각. (휴정 시간)

곽 기자	각본 냄새가 너무 나지 않냐? (커피 손에 든 채)
지 원	(마시며, 골똘히 생각에 잠긴)
곽 기자	사건 발생 두 달이야
	참고인 조사. 긴급체포. 그렇게 시끄럽게 굴었는데
	여태 잠잠하다가 갑툭튀. 누가 봐도 이상하잖아?
지 원	(골똘히 생각에 잠긴 채)
곽 기자	뭐야? 뭘 그렇게 생각해?
지 원	아까 목격자 말이야, 진술 시작할 때 말한 거..
목격자	(플래시백〉 12부 67씬) 대훈고등학교 전직 교장이었습니다.
지 원	그거 들으면서 딱 떠오르는 거 없디?
곽 기자	뭐가..?
지 원	사학재단 입시비리.. 그 대훈고등학교잖아.
곽 기자	(순간 멈칫..! 본다)
지 원	니 말대로, 각본 냄새가 아주 진동을 하지 않냐? (보면)

S#6. 보도국 국장실.

장 국장	(핸드폰 귀에 댄 채) 그게 무슨 소리야?
곽 기자	(INSERT〉 법원 일각) 지금 목격자로 나온 사람 말입니다,
	예전에 혜란 선배가 다뤘던 사학재단 입시비리..
	그 대훈고등학교 교장이라구요,
장 국장	(역시.. 그렇군, 눈빛으로) 너, 일단 입 다물어.
곽 기자	(INSERT〉 법원 일각) 예?
장 국장	니가 알고 있는 거 아무한테도 얘기하지 말고 입 다물라구. 알았어?
곽 기자	(INSERT〉 뭐지..? 이 반응은? 핸드폰을 본다)
장 국장	(탁! 핸드폰 끊으며 시선 돌린다, 메이드된 건 확실하고..
	어떻게 증명한다? 눈빛에서.. ** 시청자는 이 눈빛 오해해도 좋다)

S#7. 다른 일각.

강기준	어떻게 됐어?
박성재	시간이 맞지 않습니다. 하명우가 출소한 건 1월 31일이에요, 케빈 리가 죽은 건 1월 18일이었구요,
강기준	그럼 하명우는 아니라는 소린데..
박성재	도대체 하명우가 누군데요?
강기준	목격자가 봤다던 청부 살해범 동선은 체크했어?
박성재	당시 사고 직후 체크한 씨씨티비에서는 걸리는 차량이 없었구요,
강기준	근처에서 외부로 빠져나가는 버스나 택시도 다 훑어봤고?
박성재	(한숨) 그게, 버스 쪽은 한 번 탐문했었는데 별로 건진 게 없어서.
강기준	그땐 여자로 알아본 거잖아. 고혜란이 용의선상에 올려놓고,
박성재	그러긴 했는데요,
강기준	남자가 탔었는지 다시 알아봐,
박성재	(빤히 쳐다본다)
강기준	왜? 무슨 뜻이야 그 눈빛은?
박성재	아닙니다. 별 뜻 없습니다.. 알아보라면 알아봐야죠, 예..
강기준	뭐해? 빨리 가봐.
박성재	네, 간다구요, (돌아서면서 에너지 바 하나 꺼내 쭉 찢어 입에 훅! 물어뜯으며 프레임아웃 되면)
강기준	(생각이 빨라지고, 복잡해진다. 눈빛에서)
목소리E	다음 증인 나와주세요!

S#8. 법정 안.

강기준, 증인석에 앉아 있고 그 앞으로 태욱 다가선다.

태욱	강기준 형사께서는 강력계 형사로 재직하신 지 27년 되셨죠?
강기준	그렇습니다.

태 욱	강기준 형사께서는 케빈 리 사건이 발생하자마자
	피고인 고혜란을 범인으로 지목했습니다. 맞습니까?
강기준	(혜란 본다) 그렇습니다.
태 욱	(페이퍼 보면서) 당시 부검 결과를 보면 교통사고일 확률과
	타살일 확률은 5 대 5. 반반이었습니다.
	그런데 왜 애초부터 타살이라고 주장한 겁니까?
강기준	사건 마지막 날, 마지막으로 피해자와 만난 사람은
	고혜란이었습니다. 또한 사고 발생 차량에서 발견된 물건도
	고혜란의 브로치였습니다.
태 욱	현장에서 발견됐다고 살인의 직접 증거가 되진 않습니다.
강기준	유력한 정황이라고 볼 순 있습니다.
태 욱	(본다)
강기준	(흔들림 없는 시선 위로)
변우현	(CUT BACK) 고혜란 씨를 언제 처음 알게 됐습니까?
강기준	19년 전입니다.
혜 란	(그 말에 흘끗 강기준을 본다)
은 주	(멈칫.. 시선 들어 강기준을 본다)
강기준	19년 전 낙원동 금은방 살인사건에서 처음, 고혜란이라는 이름을
	만나게 됐죠. (혜란을 보는 눈빛 위로)

E, 요란한 사이렌 소리 들리기 시작하고

S#9. 플래시백〉 19년 전 낙원동 금은방 앞. N

세워진 경찰차에 어린 하명우 수갑 채워진 채 태워지고..
창밖으로 내다보는 명우의 시선에서.
INSERT〉 금은방 안.
금은방 창밖에선 경광등이 번쩍이는 경찰차 서 있다.
금은방 안은 핏자국으로 어지럽고

강기준, 시신이 치워진 금은방 안에서 이필성의 장부 보는 중이다.

장부〉일수 명단들이 죽 적혀 있고

맨 마지막 이름/ 고혜란. 12월 7일. 밤 9시. 백만 원.

강기준, 그 이름을 본 뒤 쓱 시선 한쪽으로 돌리면

한쪽에 흩뿌려지듯 떨어져 있는 백만 원 정도의 현찰들... 시선에서.

다시 낙원동 금은방 앞〉

몰려 서 있는 사람들, 그 뒤편에서 말없이 쳐다보고 있는 소녀,

어린 혜란이다. 경찰차에 탄 명우를 보고 있다.

창밖으로 내다보던 명우, 혜란의 얼굴을 두 눈에 담더니..

그대로 표정 없이 고개 돌려 앞을 본다. 떠나는 경찰차.

어린 혜란   ...! (울컥!! 하는 눈빛으로 본다. 시선에서)

그런 혜란의 모습을 금은방 안에서 눈여겨보고 있는 강기준 위로,

강기준E   그때 고혜란이 지금의 고혜란과 같은 사람이라는 건
          이번 사건을 겪으면서 알게 됐습니다.

S#10. 다시 법정 안.

태 욱   낙원동 금은방 살인사건은 현장에서 범인이 체포된 걸로 알고
          있는데요, 그때의 사건을 연관 짓는 이유가 뭡니까?

강기준   범인 하명우에게 결정적으로 살인의 동기를 제공한 게
          바로 고혜란이었습니다.

은 주   (그 말에 강기준을 본다, 흘끗 혜란을 보면)

혜 란   (흔들림 없는 눈빛으로 강기준을 바라보는 눈빛 위로 계속)

태 욱   어떤 근거로 그렇게 말씀하시는 거죠?

강기준   (시선, 태욱에게 고정한 채)
          멀쩡했던 사람이 갑자기 살인사건에 연루됐을 때는

그만큼 강력하게 작용하는 심정적 동기라는 게 있기 마련이죠,
사랑이라고 착각되는 과도한 집착이라든가,
질투 같은 것들, 상대적 박탈감과 짓밟힌 자존감 등등이죠.
19년 전 낙원동 금은방 살인사건에서도 그러한 것들이 작용했었고
법대 지망생이었던 한 소년은 하루아침에 살인자가 돼버린 겁니다.

| 태 욱 | 지나친 비약이군요. 지금 19년 전 겨우 열아홉 살밖에 안 된 소녀가 살인을 교사 또는 청부했다고 말씀하시는 겁니까? |

강기준   심정적 동기부여를 했다고 말하는 겁니다.

태 욱   그랬다는 증거가 있었습니까?

강기준   치정이 얽힌 사건에 가장 중요한 증거는 바로 사람입니다.
          19년 전 그때처럼 이번 케빈 리 살인사건의 가장 강력하고 유력한
          용의자이자 증거는 바로 고혜란 씨라고 생각합니다.

태 욱   ! (본다)

강기준   (조용히 꿰뚫는 눈빛으로 태욱을 바라본다)

혜 란   (그런 강기준을 바라보면)

은 주   (조용히 지켜보는 눈빛)

태 욱   (보더니) 생각한다.. 그건 어디까지나 추측일 뿐이군요, 그렇죠?

강기준   (태욱을 본다)

변우현   (흘끗 태욱을 쳐다보면)

태 욱   좀 실망입니다. 경력 27년차 되시는 형사님께서는
          좀 더 객관적이고 직접적인 증거를 보여주실 줄 알았는데,
          어떤 인과관계도 증명되지 않은 정황들만 늘어놓고 계시군요.
          그런 관점으로 진행한 이번 수사가 얼마나 제대로,
          그리고 공정하게 진행됐을지 의심스럽기까지 합니다!

변우현   (OL) 이의 있습니다! (일어서면)

태 욱   (OL, 치고 빠지듯!) 정황뿐인 추측은 살인사건의 증거가
          될 수 없습니다! 이상 질문을 마치겠습니다!
          (찌르는 듯한 눈빛으로 강기준을 본 뒤, 돌아서서 자리로 간다)

강기준   (그런 태욱을 끝까지 관찰하는 눈빛으로 본다, 그 위로)

재판장E   검사. 피고인 심문 하세요.

S#11. 시간 경과〉 법정 안.

이연정, 한쪽으로 들어와 지원 옆에 자리 잡고 앉는다.
쓱 돌아보다가 한쪽에 앉아 있는 윤송이와 시선 마주친다.
윤송이 떨떠름한 눈빛으로 인사 나눈 뒤 쓱 고개 돌린다.
이연정 역시 그녀를 탐탁치 않아하는 눈빛..

이연정   어떻게 돼가고 있니?

지 원   지금 막 고혜란 선배 심문 시작됐어요.

이연정   (쓱 고개 빼고 증인석 쪽 쳐다보면)

증인석에 앉아 있는 혜란, 그 앞으로 다가서는 변우현.

변우현   고혜란 씨는 일관되게 케빈 리를 살해하지 않았다고
        주장하고 있습니다. 그 대답에 변함없으십니까?

혜 란   네

변우현   케빈 리와는 단순한 출연자와 진행자 사이라고 하셨습니다.
        그 사실도 변함없으시고요?

혜 란   네

변우현   당시 뉴스나인 자리에서 위태로우셨죠?

혜 란   (멈칫.. 보면)

변우현   장규석 보도국장의 증인진술 조사에서
        당시 고혜란 씨는 뉴스나인에서 하차통보를 받았다고 들었습니다.

S#12. 플래시백〉 지검 변우현의 사무실.

장 국장   한지원으로 이미 내정된 상태였습니다.
        그런데 고혜란이 케빈 리 카드를 들고 오더군요.
        동창 남편이라고 했습니다.

S#13. 다시 법정 안.

변우현   정말로 동창 남편이 전붑니까?

혜 란   (고개 들어 변우현을 본다)

은 주   (플래시백〉9부 34씬) 두 사람은 이미 오래된 연인관계였어요.

태 욱   (자리에서 일어서며) 이의 있습니다!

장 국장   (플래시백〉지검 변우현의 사무실)
        휴먼 파일럿의 첫 게스트가 케빈 리였는데 많이 껄끄러워했습니다.
        그땐 왜 그랬나 싶었죠. 두 사람의 관계는 전혀 몰랐습니다.

태 욱   (OL) 이의 있습니다!

변우현   (동시에 탁! SD카드 하나 집어 들며)
        지난번 압수수색 당시 편집실에서 수거한 압수물품입니다.

        (플래시백〉편집실 앞 9부 29씬)
        수사관들, 강해건설 입찰 영상 탁 빼고.
        책상 위에서 턱턱턱, 자료들 담고
        (** 그중의 하나, 네임택 없는 SD카드 하나, 툭 딸려 들어가면서)

변우현   (재판장에게 내밀며) 증거로 채택하겠습니다.

        방청석 사람들, 일제히 호기심 어린 표정 짓는다.
        은주, 앉아 있는 것조차 힘들지만 끝까지 버티는 마음으로 앉아 있는.
        동시에 화면〉
        탁! 영상으로 나오는 장면들. (2부 54씬)
        촬영장 일각. 탁, 벽 쪽으로 혜란 밀어붙이는 남자. 재영이다.
        (INSERT〉은주, 치욕적인 눈빛... 보다가 결국 시선 떨구는)
        혜란, 분하고 화도 나고. 목엔 핏대가 파르르...
        재영도 지금까지와는 다르게 눈에 독기가 어렸다.

변우현E   확인해본 결과, 이 영상은 케빈 리가 한국에 입국한 직후,

즉 피고인 고혜란과 만난 직후에 광고 촬영장에서 촬영된
영상이었습니다.

S#14. 다시 법정 안.

다시 웅성웅성 술렁이는 방청석

곽 기자	(헉...!! 미쳐버리겠다. 머리 벅벅) 돌겠네 진짜...
지 원	(얘 왜 이래? 하는 눈빛으로 보면)
혜 란	(고개 돌려 방청석에서 괴로워하는 곽 기자와 시선 마주친다)
곽 기자	(미안해 어쩔 줄 모른 채로 혜란을 본다, 아.. 어떡하지? 싶은데)
혜 란	(담담하게 시선 돌리는 그 앞으로)
변우현	피해자의 아내 서은주 씨에 따르면 피고인 고혜란과 케빈 리는 10년 전 동거하던 사이였습니다. 두 사람은 사실혼 관계였죠?
태 욱	(혜란을 한번 본다)
변우현	대답하세요, 사실혼 관계 맞죠?
태 욱	(일단 끊고 보자) 이의 있습니다!
변우현	(OL) 두 사람의 관계는 이 사건의 중요한 쟁점입니다!
재판장	인정합니다. 검사, 계속하세요.
태 욱	(혜란을 보면)
변우현	대답하세요 피고인,
혜 란	(담담하게) 잠깐 알았던 사이는 맞습니다.
은 주	(그런 혜란을 조용히 노려보는 눈빛 위로 계속)
변우현	뉴스나인으로 재회 후, 다시 둘만의 밀회가 시작된 거군요,
혜 란	그런 일 없습니다.
변우현	하필 그때 청와대에서 대변인 자리를 제의 받았구요, 그렇죠?
혜 란	청와대 대변인 자리를 제의받은 것만 사실입니다.
변우현	그래서 케빈 리와의 관계를 서둘러 정리하고 싶었습니까?
혜 란	그런 일 없습니다!

변우현	그런데 케빈 리가 응하지 않았군요,
	혹시 관계를 폭로하겠다는 협박이라도 했습니까?
태 욱	이의 있습니다! 검사는 실제 일어나지도 않았던 상황들로
	피고인을 괴롭히고 있습니다!
변우현	청와대 대변인 자리까지 내정 받아놓고 곤란하셨겠네요,
혜 란	그런 적 없다구 했습니다!!! (하는데)
변우현	(OL) 그런데 왜 공중전화까지 사용하는 용의주도함을 보인 겁니까!!
혜 란	! (멈칫.. 본다)
태 욱	(멈칫.. 보면)

(플래시백〉 공중전화부스. N 4부 23씬)
비상등 깜빡거리며 차가 세워진 그 옆에서

혜란	(공중전화기를 붙잡은 채) 야! 이 나쁜 새꺄!!!!! (그 위로 계속)
변우현E	피고인은 케빈 리가 점점 부담스러워졌겠죠.
	그럴수록 케빈 리는 점점 더 집요하게 굴었을 테구요,

S#15. 플래시백〉 방송국 지하주차장. N (4부 48씬)

세워놓은 차 앞으로 급하게 다가서는 혜란,
앞유리창 와이퍼에 끼워져 있는 봉투 하나를 본다.

혜란	(불길한 기분으로 집어 들어 내용물 꺼내본다, 순간)

쿵...! 충격으로 얼어붙은 듯 안에 들어 있는 사진에 시선 고정.
태국에서 재영과 뒤엉킨 채 키스하는 혜란의 모습이 찍혀 있다.

변우현E	그래서 결심한 거 아닙니까? 조용히 정리해버리자..

S#16. 다시 법정 안.

혜 란   (싸하게 굳은 눈빛으로 변우현을 노려본다)

변우현   대답해보세요.

케빈 리만 사라져주면 청와대로 갈수 있다고 생각했습니까?

혜 란   그런 적! 없습니다!!! (똑바로 쳐다보며 분명하게 말하면)

변우현   (무시하듯 탁..! 방청석을 향해 돌아서면서)

피고인 고혜란은 앵커로서 입지를 지키기 위해

10년 전 동거했던 친구의 남편 케빈 리를 불러낼 만큼

수단과 방법을 가리지 않는 사람이었습니다.

그 만남으로 다시 깊어진 두 사람의 밀회는 태국 촬영을 함께 가면서

정점을 찍게 됐고, 그 뒤로 청와대 대변인 제의가 들어오면서

급격히 식어갔던 겁니다. 그리고 결국.. 살인에 이르게 된 거죠.

태 욱   이의 있습니다 재판장님! 객관적인 증거가 없는 정황들로

이 사건의 본질을 흐리고 있습니다!

변우현   (태욱을 보며) 증거가 없다고 믿고 싶으신 거겠죠 강태욱 변호사님!

태 욱   (뭐? 본다)

변우현   변호사이기 이전에 남편으로서..

지금 이 상황을 인정하기 너무 괴로운 거 아닙니까?

그런 기분으로 어디 변호나 제대로 하겠어요?

태 욱   ! (변우현을 본다, 이 자식이 진짜!)

재판장   검찰 측! 불필요한 말은 삼가세요!

지금 발언은 기록에서 삭제하겠습니다.

변우현   (씨익.. 묘한 미소를 날리면서) 이상입니다. (자리로 가면)

혜 란   (젠장..! 최대한 이 모멸감을 꾹 눌러본다)

재판장   변호인. 반대 신문하세요.

태 욱   (혜란 본다)

혜 란   (태욱 본다. 이미 충분히 너덜너덜해진 기분.. 그래도 끝까지 꼿꼿하려
애쓰는 중. 괜찮아 질문해..)

태 욱   (그런 그녀를 본다, 왠지 그녀가 불쌍하고 짠하고.. 또 미안하고)

혜 란	(괜찮다구, 질문해! 태욱을 보면)
태 욱	(보더니) 질문.. 없습니다.
혜 란	...! (태욱을 본다)
태 욱	(시선 접는 데서)
재판장E	다음 기일은 3일 훕니다.

우르르 일어나는 사람들.
(한지원, 곽 기자 걱정스런 눈빛으로 혜란을 보고 있고...
이연정은 변우현이 나가는 걸 보며 후다닥 나가는 분위기..)
그 한쪽에 여전히 자리한 채 앉아 있는 은주,
앉아 있는 것만으로도 충분히 힘겨웠던 표정이다.
그대로 자리에서 일어나 돌아서는데 멈칫..
사람들이 일어나 나가는 저 구석 끝에 앉아 있는 하명우가 보인다.
하명우가 시선을 주는 쪽을 은주, 같이 돌아보면
증인석에서 내려오는 혜란을 에스코트해주는 태욱이 보인다.
태욱의 호위를 받으며 재판정을 빠져나가고 있는 혜란..

은 주	(다시 고개 돌려 하명우 쪽을 보는데 멈칫..)

텅 빈 그 자리.. 썰물처럼 빠져나간 사람들 너머로 텅 빈 자리..
하명우의 모습이 보이지 않는다.

S#17. 법원 앞 일각.

밖으로 나오는 은주, 사람들 뒤로 나와서 이리저리 돌아본다.
하명우를 찾고 있는 듯.. 그러다 저 멀리 사람들 무리에 섞여
멀어지는 하명우의 뒷모습을 본다.
은주, 그쪽으로 가려는데 그때 진치고 있던 기자들
은주 주변으로 우르르 몰려들면서,

기자들	(은주에게 몰려들면서)
	서은주 씨! 재판 결과에 대해 어떻게 예상하십니까? /
	친구가 남편의 살해용의자로 법정에 섰습니다. /
	지금 심경이 어떻습니까? /
은 주	(살짝 정신없는 느낌.. 그들을 돌아보며)
기자1	이번 재판에 대해.. 한 말씀만 해주십쇼.
은 주	(그 기자1을 본다. 그제야 이 상황이 어떤 상황인지 인지한 듯..)
기자들	(모두가 그녀를 주목하는 가운데)
은 주	(잠시 간격을 두더니, 이내 단호해진 눈빛으로)
	제 남편은 죽었고, 누군가는 제 남편을 죽였다고 들었습니다.
	그게 누군지, 이 재판에서 반드시 가려지길 진심으로 바랍니다.

순간 터지는 플래시 세례.
은주, 눈앞에서 터지는 플래시들을 받으며 얼떨떨하지만,
그러나 의연하게 케빈 리의 아내로서 위엄을 지켜낸다. 그 모습에서

S#18. 도로 & 달리는 태욱의 차 안.

앞 씬과 대조적으로 적막이 흐르는 차 안 분위기.
혜란은 완전 탈진한 모습으로 조수석에 기댄 채 창문 밖을 보는..

태 욱	(앞만 보고 운전하다 그런 혜란을 한 번 본다)
혜 란	(진이 다 빠진 얼굴로 그저 묵묵히 창가만. 그러나 딱히
	어딜 바라보는 것도 아니다)....
태 욱	(본다. 보다가 말없이 손을 뻗어 혜란의 손을 꼭 잡아준다..)
혜 란	(순간 울컥..! 그의 손은 든든하고 따뜻했다. 그래서 아프다..
	눈을 감아버리는.. 그 두 눈으로 눈물이 촉촉해진다)
태 욱	(앞만 보며 운전하고 있지만 안다. 그녀의 아픔이 느껴진다.
	잡은 손에 힘을 꾸욱..! 주는..)

그렇게 말없이 달리는 태욱의 차에서.

S#19. 방송국 부사장실.

장 국장과 부사장, 소파에 마주 앉아

부사장   검찰 쪽에 유리한 증언을 하셨더군요?

장 국장   글쎄요, 그게 검찰에 유리하게 작용할까 모르겠습니다만,
        아는 대로 얘기는 해줬습니다.

부사장   (묘하게 보면서) 솔직히 좀 뜻밖이긴 합니다,
        고혜란을 내심 많이 아끼고 있다고 생각했는데..

장 국장   (그저 사람 좋게 웃어넘기듯)
        아꼈었죠. 만약 지금 당장 누군가에게 국장 자리를 넘겨줘야 한다면
        아마 고혜란이 가장 적임자일 겁니다. 그 정도로 유능한 친구죠,

부사장   그런데 왜 갑자기 마음이 바뀐 겁니까?

장 국장   마음이 바뀌다니.. 제가 말입니까?

부사장   치고 올라오는 후배가 무서워서 아등바등하고 있는 걸로 보입니다?

장 국장   치고 올라오는 유능한 후배는 즐거운 일이지 무서운 일이 아닙니다.

부사장   궁금하네요, 그렇게 웃고 있는 얼굴로 뒤로 무슨 생각을
        감추고 있을지.

장 국장   (웃음) 저야 언제나 뉴스 생각뿐이죠, 허허..

부사장   하기사, 지난 8년 동안 그 자리를 지키고 있는 데는
        다 그만한 이유가 있겠죠.

장 국장   (그 말에 짐짓.. 보면)

부사장   고혜란이 건은 결심공판까지 좀 지켜봅시다.
        혐의를 받고 있다는 것만으로 함부로 해고할 수 없다는 거,
        장 국장도 잘 아시겠지요?

장 국장   (본다. 역시 속을 알 수 없는 표정으로 바라보는 데서)

S#20. 은주의 집 거실.

은주, 한쪽 거실에 앉아 TV를 보고 있다.
거기에는 고혜란이 아닌 자신의 모습이 비춰지고 있다.
"제 남편은 죽었고, 누군가는 제 남편을 죽였다고 들었습니다.
그게 누군지, 이 재판에서 반드시 가려지길 진심으로 바랍니다."
화면 속에서 카메라를 응시하는 자신의 모습이 제법.. 괜찮다.

은 주   ... (조용히 차를 마시며 다른 채널을 돌려본다)

여기저기.. 그녀의 모습이 화면에 잡히고 있다.
은주, 바라보는 시선에서.

S#21. 태욱의 사무실. N

테이블 위로 쭉 늘어놓는 사진들이 보인다.

정기찬   목격자가 진술한 사건 장숩니다.
          유치권 행사 중이라 6개월째 공사는 홀드된 상황이구요
          그러다 보니 현장도 비어 있고 인부들도 없구요.
          (보며) 목격자의 증언을 뒤집어줄 사람도 당연히 없습니다요,
태 욱   (앞에 서서 흠... 사진 보는데)
정기찬   목격자 오민철에 대해서도 닥치는 대로 파봤는데 말입니다,
          아주 클린한 인생을 사시는 분이더라구요.
          (이력서 읽듯) 전직 교장으로 은퇴. 현재 텃밭 가꾸기 종사 중.
          주변 평판 호평일색. 교통딱지 한번 뗀 적 없는 모범생,
          경기도에 땅도 좀 있고. 최소한 돈 노리고 하는 건 아닙니다.
태 욱   (묵묵히 사진 보다가) 다시 다녀오셔야겠는데요.
정기찬   (엥?)

태 욱	목격자가 본 건 새벽 3십니다. 그때 사진이 필요합니다.
	그 시각, 목격자가 본 위치에서 찍힌 사진으로 부탁 좀 드릴게요,
정기찬	카멜레온도 아니고 사건 현장이 뭐 밤이라고 달라지겠습니까?
태 욱	다녀오세요.
정기찬	(보더니, 한숨으로 돌아서서 코트 주섬주섬 꿰어 입으며 꿍얼꿍얼)
	도대체 언놈이 사고쳐놓고 엄한 사람들 개고생 시키는 건지,
	진범이 누군지만 밝혀지면 확! 속이 시원하겠구만.
태 욱	... (조용히 듣기만 하는데 그때)
정기찬	참, 변호사님 딱지 날라온 거 같던데요?
	책상 위에 올려놨습니다.
태 욱	(? 책상 쪽 돌아보면)
정기찬	그럼 저는 다시 다녀오겠습니다.
	사건 현장이 과연 밤에는 어떤 모습일지.. (나간다. 쿵! 문 닫으면)

태욱, 책상 앞으로 가서 날아온 범칙금 용지를 집어든다.
열어서 보는 순간 멈칫..!
처음으로 태욱의 눈빛이 드드드... 떨려오고 있다.
무언가.. 아주 중대한 실수를 이제야 깨달은 듯한 표정인데 그때
똑똑! 노크 소리.

태 욱	(흠짓..! 하는 눈빛으로 쳐다본다)

문이 열리면서 들어오는 사람, 다름 아닌 강기준이다.

태 욱	...! (본다)
강기준	(짐짓 사무실을 휘 둘러보면서 강태욱을 본다)
	안녕하십니까.
태 욱	(자기도 모르게 들고 있던 범칙금 용지를 쓰윽.. 감추듯 내린다)
강기준	(짐짓 미소로.. 태욱을 보는 위로)
혜란E	아무리 잘 짜인 거짓말일지라도, 진실을 이기는 건 없지.

S#22. 와인바 안. N

혜 란 그게 뉴스의 힘이라는 거고.. (한 모금 마시는)

윤송이 그래두 잃는 게 너무 많다.

(보며) 대충 털 거 털어주고, 비위 맞춰줬으면

재판까진 안 당했을 수도 있잖아.

혜 란 어떻게든 끝장을 보고 싶었어. 지금 안 하면 후회할 게 분명하니까.

윤송이 그러다 당신부터 끝장나게 생겼으니 하는 말이지,

당신만 힘드니? 강변도 지금 마음이 말이 아닐 텐데..

혜 란 나는.. 분명히 떠나라고 했어.

자기 고집대로 저러는 걸 누가 말려.

윤송이 어쨌든 강태욱 참 대단한 남자다. 부럽다 못해 존경스럽다 이젠.

혜 란 ... 그러게, 그래서 더 힘드네..

윤송이 (본다)

혜 란 괜찮을 줄 알았는데.. 그 사람 땜에 마음이 참.. 그래.

윤송이 (보다가 그녀 잔에 술을 따라준다)

그나저나 장 국장 그 인간은 대체 무슨 생각이라니?

검찰 쪽 증언 듣는데 솔직히 좀 충격이자 실망이더라 나는..

혜 란 (대답 없이 마신다.. 생각하는 시선 위로)

장 국장E 이번 결정, 정말 후회하지 않을 자신 있어?

S#23. 플래시백〉 보도국 국장실. (11부 43씬에서 연결)

혜 란 지금 내 상황에서 이 선택 말고는 할 수 있는 게 없습니다.

장 국장 나는.. 한번 밀어붙이면 인정사정 같은 거 안 봐주는 사람이야,

혜 란 압니다. 그래서 저도.. 맹렬히 각오하고 있어요,

그 어느 때보다 진심으로 진지하게 싸워보려구요.

장 국장 (본다. 보며) 잘못하면 혜란이 니가 크게 다칠 수도 있어.

혜 란 내가 멈추고 싶다고 멈출 수 있는 상황 아니잖아요,

어쨌든 저쪽에서는 끝장 보겠다고 덤벼들 테고..

여기서 꼬리 내리고 한 번만 봐주세요 그럼, 더 죽일라고 덤벼들 텐데

이런 상황에서는 누가 깨지든.. 끝까지 가보는 수밖에 없어요,

장 국장 그러다 내가.. 나만 살겠다고 니 뒷통수 치면 어쩔라구?

혜 란 (본다)

장 국장 내가 이 자리 지켜보겠다고 너 배신하면?

(보며) 그럴 수도 있는 사람이잖아 나는.

혜 란 그래서 국장님이라도 이 자리에 남을 수 있다면

것도 나쁘지 않아요. 어쨌든 절반은 우리가 이기는 거니까.

그러니까 만에 하나라도 내 쪽에 희망이 없다 싶으면

언제든 가차 없이 내 뒷통수 치세요, 기꺼이.. 배신당해줄게요.

장 국장 (묘하게 흔들리는 눈빛으로 본다)

혜 란 (단호한 눈빛에서)

DIS.

S#24. 보도국 국장실. N (현재)

혼자 밤늦게까지 책상 앞에 앉아 생각에 잠겨 있는 장 국장,

빙그르 의자를 돌려 스튜디오를 내려다본다. 흐음.. 시선에서,

S#25. 태욱의 사무실 안. N

강기준 재판 때문에 일이 많으신 모양입니다?

태 욱 (들고 있던 범칙금 용지, 일단 수첩 같은데 한쪽에 끼워넣으며)

앉으시죠. 뭐 마실 거라도 드릴까요?

강기준 아뇨, 됐습니다. 실은.. 실종사건 때문에 잠깐 들렀습니다.

태 욱 실종사건이요?

강기준	백동현이라고 들어보셨죠? 케빈 리 매니저였던..
태 욱	(순간 자신을 가격하던 백동현의 모습 짧게 스치다가)
	그 사람이 실종됐습니까?
강기준	네, 마지막으로 백동현 핸드폰의 발신이 끊긴 곳이 청파동인데..
	하필 강태욱 변호사님이 이쪽에 있더라구요,
태 욱	그렇습니까?
강기준	혹시.. 백동현을 마지막으로 본 게 언젠지 기억하십니까?
태 욱	(자신을 가격하던 백동현을 픽!!! 가격하는 하명우의 모습 스치며)
	글쎄요, 잘 기억도 안 나지만..
	내가 그걸 왜 기억해야 하는지도 잘 모르겠군요.
강기준	(짐짓 미소로) 그런가요? 그렇다면 다른 사람을 좀 묻겠습니다.
	하명우를 마지막으로 본 게 언제였습니까?
태 욱	(멈칫..)
강기준	재판이 있기 직전에 응급실에 간 적이 있으시죠?
	왜 다치신 겁니까? 하명우는 왜 그 병원에 나타났을까요?
	뭐 아시는 거 있습니까?
태 욱	(어금니 꾹..! 이 사람 어디까지 알고 있는 거지..?)
강기준	(똑바로 보면)
태 욱	계단에서 굴렀습니다. 재판 준비하느라 잠을 설쳤고
	피로가 누적된 상태에서 발을 헛디며.. 좀 다쳤구요,
	하명우가 왜 병원에 나타났냐구요? 그건 저도 잘 모르겠습니다.
강기준	역시.. 답변에 빈틈이 없으시군요,
태 욱	있는 사실대로 답한 것뿐입니다.
강기준	어떻게 답변해야 빠져나갈 수 있는지 아주 잘 알고 계시거나..
태 욱	무슨 뜻입니까?
강기준	목격자의 진술 때문에 케빈 리 차량사고 현장 탐문을 다시
	하고 있는데 말입니다.
	(태욱을 보며) 그날, 사고가 나던 날 새벽..
	첫차를 타고 현장을 빠져나간 사람이 있는 걸 새로이 알아냈습니다.
태 욱	(표 안 나는 긴장감...)

INSERT〉 사고 당일 그날 새벽. 버스정류장.
첫차가 멈춰서고, 올라타는 누군가의 뒷모습..
현금을 내고 뒤쪽으로 가는 그를 흘끗 쳐다보는 운전사의 모습..
다시 현재〉

강기준 목격자의 진술 덕분에 수사의 각도가 많이 바뀌었어요.
그랬더니 놓쳤던 조각들이 하나 둘.. 맞춰지는 중입니다.
알아두시면 좋을 거 같아서.. (보며) 그럼, (나간다)

쿵! 문 닫히면, 얼어붙은 듯 그 자리에 서서 닫힌 문을 보는 태욱,
주먹을 꾹 쥔 채 움직이지 못하는 데서...

S#26. 혜란의 집 드레스룸. N

문 열고 들어오는 혜란, 툭툭.. 아무렇게나 외투 벗어 놓다가
뭔가 생각난 듯.. 노트북 꺼내 화장대 위에 올려놓더니,
다다다... 뭔가 작성하기 시작하는 혜란,
지웠다 두드렸다 반복하면서 쭉 완성해가고 있는 모습에서.

S#27. 보도국 일각.

수많은 사람들 가운데 이연정 출근하는 모습 보이고.
한쪽으로 가다가 멈칫.. 다시 되돌아와 보면
저편으로 혜란과 지원이 모습이 보인다. 뭐지? 싶은 표정에서.

S#28. 보도국 일각.

지원, 눈이 뚱그래져서 혜란 본다. 손에는 파일 하나 들려 있다.

지 원   뭐예요, 이게?

혜 란   열어봐.

지 원   (첫 장을 여는 순간 멈칫.. 혜란을 본다)

혜 란   어떡할래? 할 거야 말 거야.

지 원   여깄는 거 전부 다.. 사실이에요?

혜 란   그걸 확인하는 게 니가 해줄 일이야. (보며) 해볼래?

지 원   (보는데 그때 툭.. 파일을 가져가는 손, 멈칫 돌아보면)

곽 기자   (들여다보더니) 저는 합니다.

혜 란   (곽 기자를 본다)

곽 기자   (보며) 죄송해요, 선배.. 그 파일 진작에 제가 없앴어야 하는데,
          완전히 까맣게 잊고 있었어요,
          곤란하게 만들어서 정말 죄송합니다.

혜 란   상관없어, 저쪽에서 작정한 이상 그 파일 아니더라도
          별의별 그지 같은 걸 다 찾아내 날 모욕했을 거야.
          중요한 건 나 하나 잡겠다고 저쪽에서 두지 말아야 할 무리수를
          뒀다는 거지.

지 원   목격자 말씀인 거죠?

혜 란   저쪽도 위험 부담 충분히 알고 시작했을 거야.
          그만큼 몸사릴 거고, 경계하겠지..
          이 사실이 드러났을 때 모가지 날아갈 인간들이 한둘이 아닐 테니까.

지 원   가장 먼저 날아가게 생긴 건 변우현 검사구요?

혜 란   변우현 가지고는 어림도 없어,
          그 뒤에 있는 인간들을 끌어내리는 게 내 목표니까.

곽 기자   무슨 일이 있어도 잡아낼게요,

혜 란   (지원을 본다) 지원이 넌?

지 원   (본다. 살짝 갈등하는 눈빛에서)

그 일각〉 그들의 대화를 엿듣고 있는 이연정, 쿵! 하는 기분으로
그들을 보면

S#29. 스튜디오 일각.

지원의 팔을 잡고 한쪽으로 들어오는 이연정,
바깥쪽 한 번 살핀 뒤 문 닫고 지원을 본다.

지 원   왜 그러세요 선배님?

이연정   뭐야 그거?

지 원   뭐가요?

이연정   고혜란이 너한테 준 거 있잖아.

지 원   (본다. 보다가 한숨으로) 죄송합니다, 말 못 해요 저.

이연정   늬들 지금 고혜란하고 한편 먹구 무슨 짓 꾸미는 거야?
          설마 늬들 지금 내 남편 물 먹일라구 작정 중이니? 그런 거야?

지 원   고혜란 선배, 지금 독이 오를 대로 올라 있어요,
          케빈 리 사건이랑 아무 상관도 없는 사람을 긴급체포에 재판까지,
          환일철강 건이랑 정대한 의원 건으로 보복당하는 거다!
          이건 누가 봐도 명백한 언론인 타살이다!
          그렇게 믿고 있다니까요?

이연정   정말루.. 안 죽였대?

지 원   네, 안 죽였대요, 말 그대로 오비이락.. 까마귀 날자 배 떨어진 거고,
          저쪽 누군가는 그걸 이용해서 고혜란 죽이기 나선 거구요.
          그런 상황이면 나래두 그냥 못 있죠, 다 죽여버리지.
          (보며) 변 검사님 정말로 선배님한테 아무 얘기 안 하세요?

이연정   (미치겠다...) 우리 변 검사는 아무것도 몰라,
          만약 그렇다면 우리 변 검사야말로 이용당하고 있는 거라니까?

지 원   어떡해요? 혜란 선밴 그렇게 생각 안 하는 거 같던데..
          혜란 선배 말대로 그 모든 게 환일철강 건에 대한 보복 조치라면..

우리도 가만 있을 수 없는 거잖아요, 같은 언론인으로서..

이연정   (젠장..! 어뜩하지..? 싶은데)

지 원   (들어오는 문자) 죄송해요, 뉴스나인 땜에 회의가 있어서..

먼저 가보겠습니다. (나가면서 쓱 부조실 올려다보면)

이연정   (아.. 미치겠네, 핸드폰 집어 들어 전화한다)

아, 왜 이렇게 안 받아? (했다가) 어, 여보!

화면 한쪽으로 이동하면, 한쪽에 보이지 않게 놓여 있는

소형 마이크 하나.. 보이면서.

S#30. 부조.

아무도 없는 부조에 혼자 서서 듣고 있는 고혜란,

(마이크 통해 들려오는 소리 옆으로 녹음 버튼 눌러져 있고)

이연정E   당신.. 그 목격자라는 사람 말야. 제대로 관리하고 있는 거 맞지?

(INSERT〉 초조하게)

아무래도 당신, 보험 하나 정도는 들어놓고 가는 게 좋을 거 같은데.

고혜란 그게 후배 애들까지 들쑤시고 있다니까?

어떡해 여보? 강율 쪽하고는 얘기 잘 맞춘 거 맞지?

그쪽에선 뭐래? 목격자 입단속 잘 시켜놓은 거 맞는 거지?

너무 믿지 말구우, 일단 상황 좀 잘 봐가면서 해, 알았지? 어?

혜 란   (오케이, 하는 눈빛으로 정지 버튼 탁! 누른다, 쓱 돌아보면)

그 한쪽으로 서 있는 곽 기자와 지원, 헐..! 대박! 하는 표정에서.

S#31. 지검 일각 - 변우현의 사무실까지.

변우현, 끊긴 전화 본다. 묘하게 불안해진다.
잠시 그대로 있다 굳은 얼굴로 사무실 문 열고 들어서면
책상 앞에 앉아 있는 한 남자, 시선 든다. 목격자다.
목격자, 시선 돌려 변우현을 본다. 그 위로.

INSERT〉 강율 대표 사무실.

강율 대표   이번 일만 잘 마무리해, 그 뒤는 내가 봐줄 테니까.
INSERT〉 검찰청 일각.

부장검사   강태욱 그 자식, 방송에서 공개적으로 검찰 물 먹인 놈이야!
본보기로 최소 구형 10년 이상은 때려야지. 너만 믿는다, 어?
INSERT〉 조금 전 스튜디오.

이연정   너무 믿지 말구우! 그러다 나중에 나 몰라라 하면 어떡해!

다시 변우현의 사무실 안〉
변우현, 살짝 갈등하는 눈빛으로 목격자를 보는데 그때
지잉! 지잉! 진동하는 핸드폰..
변우현, 핸드폰 발신자를 보면 뉴스나인 장 국장이라고 돼 있다.

S#32. 보도국 국장실.

핸드폰을 귀에 댄 채 신호를 듣고 있는 장 국장, 잠시 후,

장 국장   아.. 검사님, JBC 보도국 장규석입니다.
고혜란이 문제로 긴히 상의드릴 게 있어서 전화드렸습니다. (보면)

지원E   너.. 어디까지 믿어?

S#33. 보도국 책상 앞.

곽 기자 뭘? (컴퓨터 화면을 보며, 뭔가를 찾고 있는 그 옆에서)

지 원 고혜란 선배 말이야,

곽 기자 뭐가 또 의심스러운데?

지 원 어느 쪽인가 싶어서, 면피용인 건지, 정말로 대의를 위한 행보인지..

곽 기자 (흘끗 보더니 서랍을 연다. 소주 뚜껑 하나를 툭! 올려놓는다)

지 원 뭐야?

곽 기자 나 처음 신입으로 들어왔을 때 혜란 선배가 내 흑장미를 해줬거든.
그때 땄던 소주 뚜껑.

지 원 (곽 기자를 보면)

곽 기자 선배가 그때 그런 말을 했어.
기자짓 하다 보면 별별 일이 다 있다.
이깟 술에 지지도 말고, 그 어떤 일에도 지지 마라.
일단 지지 않는 게 기자의 첫 번째 덕목이라구.

지 원 뭐냐 너? 완전 오글거리게?

곽 기자 (지원을 보며) 나는 혜란 선배의 진심을 믿어.
지금껏 해왔던 혜란 선배의 방법들이 다 옳았던 건 아니지만,
그 의도만큼은 언제나 순수하고 옳았어.

지 원 (그 말에 곽 기자를 보며) 혹시 너, 혜란 선배 좋아하냐?

곽 기자 리스펙트. 존경심이야.
살면서 누군가 한 사람쯤 존경하며 사는 건 오글거리는 일이 아니라
마음 든든한 일이야, 알겠니 지원아? (하고 일어나 가면)

지 원 (본다. 보다가 책상 위에 올려진 소주 뚜껑을 본다. 시선에서)

S#34. 휴게실 일각. N

창밖을 내다보며 커피를 마시는 중인 혜란, 그 옆으로

지 원	(다가선다, 나란히 밖을 내다보며) 내일 또 재판이죠?
혜 란	(돌아보며) 생각은 좀 해봤니?
지 원	리스펙트, 존경심.. 솔직히 그런 건 잘 모르겠고,
	근데 하나는 알아요. (고혜란을 보며) 선배는 항상 이긴다는 거.
혜 란	(그 말에 지원을 보면)
지 원	할게요. 선배 편. (시선에서)
혜 란	(본다. 짐짓 미소로 보는 데서)

S#35. 보도국 국장실.

장 국장	(핸드폰에 댄 채) 어떻게.. 제 말대로 한 번 해보시겠습니까?

S#36. 다시 변우현의 사무실.

변우현	(어쩔까.. 싶은 눈빛으로 다시 목격자를 보는 위로)
재판장E	사건번호 2018 고합 230,

S#37. 은주의 집 침실 안.

옷가방에서 새로 산 듯한 옷들을 쭉 꺼내는 은주
침대 위에 쭉 올려놓은 채 뭘 입을지 보다가 하나를 집어 든다.

재판장E	케빈 리 살인사건의 피고인 고혜란의 재판을 시작하겠습니다.

S#38. 법정 안.

은주, 단정하게 잘 차려입은 모습으로 한쪽에 앉아 있고.
강기준도 조금 떨어진 곳에 앉아 있다.
그 뒤로 들어서는 장 국장, 안으로 들어와 자리 잡고 앉는 게 보인다.
한 칸 정도 떨어진 자리에 앉아 있는 윤송이.
와서 앉는 장 국장과 시선 마주치면,

장 국장   (씩 웃음으로 윤송이에게 인사를 전한다)
윤송이   (짐짓.. 어색한 미소로 인사한 뒤 쓱 고개를 앞으로 돌려버리는)
장 국장   (시선 돌려 재판정 쪽의 변우현을 본다. 그 위로)
재판장   변호인 심문 시작하세요.
태 욱   (자리에서 일어나 증인석 앞으로 온다)

증인석에 앉아 있는 목격자의 모습.

태 욱   증인 오민철 씨는 사건 당일.
            피해자 케빈 리가 살해당하는 걸 직접 보신 게 맞습니까?
목격자   (담담하게) 네. 맞습니다.
태 욱   케빈 리를 살해한 남자가 한 여자로부터 돈봉투를 받는 걸
            보셨다고 했는데, 그 여자가 고혜란이 틀림없습니까?
목격자   네. 틀림없습니다. 고혜란 씨였습니다.
혜 란   (짐짓 목격자를 바라본다)
태 욱   그렇군요, 잠시 사진 같이 봐주시겠습니까?

자료 사진 한쪽으로 나타나면.

태 욱   저기가 어딘지 아시겠습니까?
목격자   (사진을 본다. 잠시 보더니) 제가 목격한 사건 현장입니다.
태 욱   당시 눈이 와서 비닐하우스를 살피러 나왔다가

	싸우는 소리를 듣고 상황을 목격하게 됐다고 했는데..
	정확히 어느 지점에서 목격하신 건지 짚어주시겠습니까?
목격자	(살짝.. 망설이다가 손가락으로) 이 정도쯤 되는 거 같습니다.
태 욱	역시.. 그쯤 되겠군요,
	두 남자는 그럼 어디쯤에서 싸운 겁니까?
목격자	저, 안쪽으로.. 철재 기둥이 있는 어디쯤 될 겁니다.
태 욱	고혜란이 타고 있던 차량은 어느 쪽에 있었는지 기억나십니까?
목격자	그러니까.. 저쪽이었나..? (살짝 자신 없어진 느낌)
태 욱	시체를 태운 차량과 나란히 있었습니까?
	아니면 조금 떨어진 곳에 위치해 있었습니까?
강기준	(멈칫.. 태욱을 흘끗 쳐다본다)
변우현	(흘끗 목격자를 보면)
목격자	글쎄요.. 제가 경황이 없어서 거기까지는...
	게다가 눈도 내리고 있었고 잘 안 보여서,
태 욱	살해 장면을 정확히 목격하셨고,
	고혜란의 얼굴까지 정확히 목격하신 분이..
	내리는 눈 때문에 차량의 위치가 잘 안 보이셨다구요?
목격자	아니, 잘 안 보인 게 아니라 기억이 잘 안 나는 겁니다.
변우현	(답답한 눈빛으로 목격자를 본다)
태 욱	네, 그럴 수 있다 칩시다. 기억이라는 게 원래 상황에 따라
	왜곡되기도 하고 재편집되기도 하고 그러니까요,
변우현	이의 있습니다! (일단 끊고 보자)
재판관	인정합니다. 변호인 증인 심문에 주의하세요.
태 욱	다음 사진을 좀 봐주시겠습니까?

다시 화면에 나타나는 사진, 어두컴컴한 공사 현장 사진이다.

태 욱	이 사진이 어딘지 알아보시겠습니까?
목격자	(긴장한 눈빛 역력하다)
태 욱	낮에 찍었던 사진과 아주 달라 보이긴 하지만 분명

	사건이 일어난 현장과 동일한 공사장입니다.
	목격자께서 사건 현장을 목격했던 바로 그 시간에 찍은 사진이죠,
목격자	알고.. (목이 갈라진다, 흠흠! 정정한 뒤) 알고 있습니다.
태 욱	자, 다시 한 번 묻겠습니다.
	싸움이 일어난 그 두 남자는 어느 쪽에 있었습니다.
목격자	(젠장..! 순간 태욱의 질문의 의도가 느껴지는 듯..)
태 욱	고혜란이 타고 있던 차량은 또 어디쯤 있었을까요?
변우현	(긴장한 눈빛으로 목격자를 본다)
혜 란	(목격자를 보면)
목격자	아까 말씀드린 대로.. 저쪽 철재 기둥 있는 그 즈음에..
태 욱	철재 기둥이 보이십니까?
목격자	사진 상에는 안 보이지만 틀림없이 육안으로는..
태 욱	아뇨! 목격자는 아무것도 못 봤습니다. 볼 수가 없습니다!
변우현	재판장님! (일어서는데)
재판장	검찰 측! 좀 가만 있어 봐요, (태욱 보며) 얘기 계속해보세요.
변우현	(젠장..!)
태 욱	당시 공사장은 유치권 행사 중이어서 켜져 있는 등은
	입구에 있던 바로 이 두 개의 전구뿐이었습니다.
	어두운 밤, 눈까지 내렸다면 기상 상태까지 안 좋은 상황이었을 텐데
	심지어.. 불빛 너머에 있는 두 사람의 얼굴을 봤다는 건
	상식적으로 말이 안 됩니다. 빛무리 현상이 일어나 목격자가 말한 곳
	에서는 살해 장면은 커녕 얼굴도 인식할 수 없었을 테니까요!
목격자	지금 제가 거짓말을 하고 있다는 겁니까?
태 욱	제가 묻고 싶은 게 바로 그겁니다. 왜 거짓말로 증언을 하신 겁니까?
변우현	(일어서며) 이의 있습니다 재판장님! 변호인은 지금, (하는데)
태 욱	(OL) 대훈고등학교 교장직에서 은퇴하셨다고 했습니다. 맞습니까?
목격자	네, 맞습니다!
태 욱	대훈고등학교라면 언젠가 고혜란 앵커가 진행했던
	뉴스나인에서 들어본 적이 있습니다.
	자사고 입시비리에 연루됐던 걸로 기억합니다만, 맞습니까?

목격자	(얼굴 굳는다)
변우현	(이건 또 뭔 소리지? 실제로 몰랐던 눈빛으로 보면)
태 욱	맞습니까?
목격자	그건 음모였어요! (노기 어린 눈빛으로)
	뉴스거리를 만들기 위해 몇몇 선생들과 짜고 날 모함한 거였습니다!
태 욱	그래서 고혜란 씨한테 복수하려고 거짓 증언을 하셨습니까?
목격자	사소한 실수를 비리로 부풀려 날 쫓아낸 건 고혜란이 먼저였어요!
	저 여자가 먼저 거짓말로 뉴스를 만들었다구요!
태 욱	그래서 고혜란 씨한테 복수하려고 거짓 증언을 하셨습니까!!!
목격자	(부들부들 떨면서 본다. 보더니 최대한 억누른 목소리로)
	거짓 증언하지 않았습니다! 난 내가 본 대로 얘기했을 뿐입니다!
태 욱	(무시하듯) 재판장님, 여기서 재정증인을 신청해도 되겠습니까?
변우현	이의 있습니다!
태 욱	고혜란 앵커와 목격자의 관계를 증언해줄 사람이
	방청석에 와 있습니다!
재판관	그게 누굽니까?
태 욱	(돌아보며) JBC 보도국장 장규석 씨를 재정증인으로 신청합니다!
변우현	(뭐? 돌아본다)
혜 란	(장 국장을 돌아본다)
윤송이	(흘긋 돌아본다)
장 국장	(허! 이것 참..! 곤란한 미소 픽.. 지으며 처다보는 데서)

(짧은 경과) 증인석에 앉아 있는 장 국장.

태 욱	장규석 국장님께서는 국장으로 재임하신 지 얼마나 되셨습니까?
장 국장	올해 8년찹니다.
태 욱	피고인 고혜란이 진행한 뉴스에 대해서도 다 알고 계시겠군요?
장 국장	그렇습니다.
태 욱	혹시 목격자 오민철이라는 이름을 들어보신 적 있습니까?
장 국장	(흘긋 목격자 쪽을 한번 본 뒤) 4년 전 자사고 입시비리에 연루됐던

대훈고등학교의 교장선생님으로 기억하고 있습니다.

고혜란이 그 뉴스를 내보내고 난 뒤 현직에서 물러난 걸로 압니다.

그 뒤로 보도국을 상대로 소송을 냈었구요.

태 욱   소송까지요?

혜 란   (그 말에 장 국장을 보면)

태 욱   당시 오민철 씨 쪽 법률대리인이 누구였습니까?

장 국장   강율로펌이었던 걸로 기억합니다. 기세가 아주 만만치가 않았었죠,

까딱하다가는 JBC 보도국을 아작낼 것처럼 덤벼들었거든요.

태 욱   그래서 어떻게 됐습니까?

장 국장   당연히 오민철 씨 쪽이 패소했습니다. 고혜란 앵커는 있는 그대로를

보도했고, 법에 저촉될 일 같은 건 하지 않았으니까요.

변우현   (흘끗 장 국장을 본다)

태 욱   그걸로 끝이었습니까?

장 국장   패소한 뒤에 손편지가 한 통 들어왔습니다.

고혜란 반드시 내가 널 죽인다! 너두 다 잃어봐!

죽는 날까지 널 괴롭혀줄 거다!

태 욱   자세히 기억하고 계시는군요.

장 국장   바로 오늘 아침에도 그 편지를 꺼내서 읽어보고 오는 길이니까요.

태 욱   그 협박장을 아직도 갖고 계십니까?

장 국장   원하신다면 증거로 제출할 수도 있습니다.

변우현   이의 있습니다. 증언의 본질을 호도할 수 있습니다.

장 국장   저는 그렇게 보지 않습니다.

변우현   (멈칫.. 장 국장을 본다)

혜 란   (장 국장을 보면)

태 욱   무슨 뜻입니까?

장 국장   (국장답게. 단호하게. 언론인답게. 명쾌하게)

강해건설 입찰비리 보도가 나가고 두시간 만에

고혜란은 어떠한 증거도 없는 상태에서 긴급체포됐습니다.

또한 정대한 의원의 성추문 사건이 보도되자마자

비상식적으로 재판이 앞당겨졌습니다.

그리고 지금. 목격자가 등장했습니다. 하지만 이 또한
고혜란이 보도한 뉴스와 관련 인물입니다.
이 모든 것이 과연 우연의 일치일까요?
만약 그게 아니라 누군가에 의해 정교하게 메이드된 거라면..
(변우현 똑바로 본다) 그렇다면 이 법정에서 벌어진 모든 행위는
명백한 언론 탄압이고 언론 죽이깁니다.

변우현   ! (보면)
장 국장   우리 보도국은 이 같은 상황을 매우 유감스럽게 생각하고 있고,
           재판 결과에 따라 강경한 대응책을 내놓을 계획입니다.
           (그러면서 혜란을 본다)
혜 란   (장 국장을 보면)
태 욱   감사합니다! 이상입니다! (자리로 돌아간다)
방청석   (와...! 한 방에 뒤집힌 재판 상황에 다들 재밌는 술렁임 스치고)
윤송이   뭐냐 장 국장 저 인간..? (허.. 실소 터지는 가운데)
은 주   (한쪽에서 이게 대체 어찌 된 건가? 쳐다보는 가운데)
혜 란   (조용히 장 국장을 보고 있다)
재판관   검찰, 증인 심문 하시겠습니까?
변우현   (장 국장을 본다)
장 국장   (변우현을 본다)
장 국장E   어찌실 겁니까?

S#39. 플래시백〉 국장실. (35, 36씬에서 연결)

장 국장   이대로 혼자 독박 쓰고 끝내시겠습니까?
           아니면 내가 드린 제안대로 한 번 해보시겠습니까?
변우현   (INSERT〉 변우현의 사무실) 지금 이거.. 협박입니까?
장 국장   그럴 리가요, 대한민국 검사님을 일개 언론사 보도국장이 어떻게
           협박합니까? 그냥 견제라고 해둡시다. 그게 우리 역할이니까.
변우현   (INSERT〉) 견제다..?

장 국장	(쎄한 눈빛으로) 사실이 아닌 걸 사실인 것처럼 몰아가는데
	그걸 사실이라고 보도할 순 없는 거 아닙니까?
	이제 그런 시대 아니에요 변 검사님.
변우현	(INSERT〉어금니 꾹..)
장 국장	어떻게.. 제 말대로 한 번 해보시겠습니까?
변우현	(어쩔까.. 싶은 눈빛으로 다시 목격자를 보는 데서)

S#40. 다시 현재〉법정 안

재판관	검찰 쪽, 증인 심문 없습니까?
변우현	(장 국장을 본다)
장 국장	(변우현을 본다)
혜 란	(변우현을 본다)
태 욱	(변우현을 본다)
방청객	(은주를 포함한 모든 사람들의 눈이 변우현을 향해 있는 가운데)
변우현	(잠시 간격.. 그리고 탁! 접는다. 장 국장 보며) 없습니다.
은 주	! (본다)
장 국장	(짐짓 미소로 변우현을 보는 데서)

S#41. 변우현의 사무실.

벌컥! 안으로 들어오는 변우현, 들어오자마자 그대로 우르르!!!!
들고 있던 서류들을 책상 위로 집어 던져버린다.
씩씩거리며 어쩔 줄 모르는 표정..
뒤따라 들어온 목격자.. 변우현을 보더니,

목격자	이제 어떻게 되는 겁니까 검사님!
변우현	어떻게 되긴 뭐가 어떻게 됩니까!!!

왜 나한테 말 안했어요!!!

당신 대훈고등학교 때 학사비리 있었던 거!

그거 고혜란이 뉴스로 내보냈던 거 왜 나한테 속였습니까!!!

목격자   예? 아니.. (몰랐을 리 없다) 저는 아무것도 속인 게 없습니다..

틀림없이 강율 대표님이..

변우현   (버럭!!) 시끄러!! 입 닥쳐!!!

목격자   (움찔..! 변우현을 보면)

변우현   (그대로 문 쪽으로 와서 쿵! 문 닫는다. 살벌하게 노려보며)

미쳤어? 지금 여기가 어딘 줄 알고 강율 이름을 함부로 말해!

당신 정말 이대로 인생 종치고 싶어? 어?

목격자   ..! (쿵! 하는 눈빛으로 보면)

S#42. 변우현의 사무실 앞 일각.

문 앞으로 보이는 소형녹음기, 탁..! 누르는 곽 기자의 손,

곽 기자   오케이..! (하면서 빠져나오는 데서)

S#43. 법원 대기실 같은 곳.

정기찬   (인터넷 뉴스 들여다보며)

목격자 위증했나? 고혜란, 언론인 타살이었나? (쭉 읽어가며)

이야, 분위기 완전 반전됐는데요?

역시 우리 강태욱 변호사님! 대단하십니다!

태 욱   아직 최후 변론 남았고, 선고까지는 긴장 늦추면 안 됩니다.

정기찬   아우 알죠, 여부가 있습니까? 걱정 마십쇼..

마지막의 마지막까지 우리 고 앵커님을 위해 고삐 늦추지

않겠습니다, 말이 나왔으니 말이지, 제가 그거 찍겠다고 그 새벽에

그 추운 데서 얼마나 고생을 했는지 말입니다,

혜 란   고마워요 사무장님, 수고하셨어요,

정기찬   아이구, 그런 소리 들을라구 한 말은 아닌데 이것 참.. 하하하..
        어쨌든 저의 죽을똥 살똥한 고생이 이번 재판에 조금이나마 보탬이
        됐으니, 그걸로 저는 행복하고 만족합니다. 하하하..
        (웃다가 뒤늦게 태욱과 혜란의 눈치 알아채고)
        저는 그럼 나가서 카페인 좀 드링킹하고 들어오겠습니다. (나가면)

태 욱   (혜란을 본다)

혜 란   (태욱을 본다. 보며) 여기까지.. 너무 고마워.

태 욱   아직 선고 안 났어. 선고까지 방심할 수 없어..

혜 란   (본다. 보다가 태욱을 조용히 안아준다)
        걱정 안 해. 다 잘 될 거야.

태 욱   (말없이 꼭 안아준다... 정말.. 다 끝난 거라면 좋겠다는 소망으로)
        그래.. 그래야지..

S#44. 택시 운수회사 휴게실.

박성재, 커피 뽑아 들고 와서 기사들한테 나눠주는 가운데,

택시기사1   아이구 두 달도 더 된 일을,
         그렇게 오래된 일이 기억이 나나.. (두런두런 하는 가운데)

택시기사2   근데 형님. 최 기사 그 양반 그때 무렵에
         눈길에 외지인 하나 태웠다고 하지 않았나?

박성재   눈길에 외지인을요?

택시기사2   아, 그날 있잖아. 새벽에 엉뚱한 데 가자고 한 사람 하나 있었다고.

택시기사1   그랬나? (잠시 생각하다가) 아....(하는데)

박성재   최 기사가 누굽니까?

S#45. 택시 운수회사 마당 일각.

차를 닦고 있는 최 기사 앞으로 커피 뽑아 들고 다가서는 박성재,

박성재   안녕하십니까.
최 기사   (? 돌아본다)
박성재   (최대한 친밀한 미소로 바라보는 데서)

S#46. 법원 복도 다른 곳.

급하게 튀어나오는 강기준. 통화 중이다.

강기준   그게 언젠지 확인했어?
박성재   정확한 날짜까지는 기억이 안 나고, 암튼 눈이 많이 왔었답니다.
택시기사1   (INSERT〉 택시 승강장. 정차 중이다)
        내가 이 구역에서 운전만 15년인데,
        그 새벽에 거길 가자는 손님은 처음이었거든, 그래서 기억하지.
강기준   그래? (하면서 걸어오다가 멈칫..)

저쪽에서 걸어 나오는 태욱을 본다.
뚜벅뚜벅 걸어오는 태욱을 바라보는 강기준.

강기준   인상착의는 기억한대?
택시기사1   (INSERT〉 갸웃하면서) 일반 회사원 같지는 않았는데..
태 욱   (뚜벅뚜벅 걸어온다)
택시기사1   꽤 단정하고 옷도 비싸 보였고...
태 욱   (뚜벅뚜벅 점점 다가오는 모습)
강기준   (다가오는 태욱을 보며) 그 밖에 다른 건..
        아무 거라도 뭐 기억나는 거 없대?

택시기사1   (INSERT)) 글쎄요.. 벌써 두어 달도 넘은 일이라서..

강기준   (아... 미치겠다. 어쩐다? 핸드폰 귀에 댄 채 태욱을 본다)

태 욱   (강기준을 본다. 보면서 그대로 뚜벅뚜벅 지나쳐 간다)

강기준   (귀에 댄 핸드폰 천천히 내린다. 그리고 태욱을 돌아본다)

강기준을 지나쳐 오며 뚜벅뚜벅.. 발걸음 소리 점점 커지면서
태욱, 화면을 향해 걸어 나오는 표정,
그 어느 때보다 여유 있게, 그러나 냉정해 보이는 시선 위로

목소리E   변호인, 최후 변론 시작하세요!

쿵!

제 14 부

진실

眞實

S#1. 법원 전경 위로.

목소리E   변호인, 최후 변론 시작하세요!

S#2. 법정 안.

화면 가득 들어찬 강태욱의 얼굴에서

태 욱   고혜란. 그 이름 석 자는
성공한 여자, 신뢰하는 언론인의 상징이었습니다.
하지만 그 자리에 서기까지
그녀가 얼마나 치열하게 살아왔는지, 사람들은 모를 겁니다.

혜 란   (태욱을 본다)

태 욱   늪처럼 도무지 헤어나올 길 없는 불우한 가정환경.
미래가 없는 사람에게 선택은 두 가집니다.
그대로 주저앉든, 떨치고 일어나든.
피고인 고혜란은 후자를 선택했습니다.
그래서 치열하게. 독하게. 때로는 모질게.
언론인의 꿈을 향해 앞만 보고 달렸습니다.

조용한 눈빛으로 태욱을 바라보는 사람들.. 윤송이, 은주, 강기준,

태 욱	사회부 말단 기자로 출발한 지 12년.
	뉴스나인의 앵커이자 5년째 올해의 기자상을 독식할 만큼
	언론인으로서, 한 가정의 아내로서,
	고혜란은 그 누구보다 열심히 살아왔습니다.
혜 란	(본다)
태 욱	그러던 차에 뉴스나인의 특종을 위해 섭외했던 프로골퍼
	케빈 리에게 불의의 교통사고가 일어났고,
	마땅히 교통사고로 처리되어야 할 이 사고가
	어느 한순간 사건이 되면서 모든 의혹은 고혜란에게 향했습니다.
윤송이	(말없이 혜란 쪽을 본다)
혜 란	(담담한 척.. 듣고 있는 위로 계속)
태 욱	검찰에서 관심도 갖지 않았던 교통사고는
	왜 갑자기 살인사건이 되어야 했을까요?
	강해건설 입찰비리 의혹부터 목격자 위증 교사까지.
	이 모든 일련의 과정은 과연 우연이었을까요?
사람들	(조용히 숨죽인 채 태욱을 바라보는 위로)
태 욱	(한 사람씩 눈길 주면서)
	개인적 소견으로 피고인 고혜란을 범인으로 지정해놓고
	수사를 진행했던 담당형사.
	확인 절차 없이 선정성에만 기대 무차별로 보도했던 언론,
	직접적인 살인의 증거도 없이 피고인을 법정에 세운 담당검사.
	위증까지 하면서 개인적 분풀이를 하고자 했던 목격자,
	그리고 남편 잃은 원통함을 이렇게라도 보상받고 싶었던 유족까지
	어느 누구도 진실 따윈 상관없었습니다.
혜 란	(본다)
태 욱	각자 자신들만의 앙심과 분노, 이해관계 때문에
	양심을 버리고 눈을 감아버린 채 거짓을 진실로 포장해버렸습니다.
	그것은 참과 거짓, 옳고 그름, 정의와 불의
	그 모든 가치들이 전복되면서 일어난
	한 개인을 향한 인격적 살인이었습니다.

사람들	(그들 모두 태욱을 각자의 감정으로 바라보는 가운데)
태 욱	(재판장을 향해) 존경하는 재판장님.
	피고인 고혜란은 이 사건에 대해 처음부터 일관되게 주장했습니다.
	난 죽이지 않았다...! 나는 아니다!
	그렇습니다. 피고인 고혜란은 그 누구도 죽이지 않았습니다.
	그것이 이 사건의 진실입니다.
혜 란	(울컥! 하는 눈빛으로 태욱을 본다)
태 욱	(그런 혜란을 바라본다, 태욱의 그 시선에서)

S#3. 한강변 어느 일각.

일렁이는 강물 저편으로 낚시하는 남자1이 보이고.
가시나 정도 흥얼거리며 한가한 시간 보내는데 바로 그때!
훅!!!! 하고 수면 위로 떠오르는 누군가의 등짝!

남자1	(순간 입을 딱 벌린 채... 바라본다) ...!!!!!!!! (보다가)
	으아아아아아!!!! (놀라서 도망치는 뒷모습)

그 앞으로 물 위에 둥둥 떠 있는 백동현의 시신에서.
쿵!!!! 블랙 화면 위로
자막, 〈제14부 진실(眞實)〉

S#4. 뉴스나인 스튜디오 복도 – 스튜디오 안. N

다다다다. 한 손에 원고를 들고 달리는 FD, 그 위로,

재판장E	판결을 선고하겠습니다.

S#5. 뉴스나인 스튜디오. N

팟! 온에어 불 들어오면서 카메라 크게 무빙하고
그 위로 E. 시그널 흐르면서

웅 팀장T   (인이어) 한지원 스탠바이. 하이 큐!

지 원   (오프닝) 오늘 케빈 리 살해 혐의로 기소된 고혜란에 대한 1심
           선고공판이 있었습니다!

S#6. INSERT〉 법정 안.

방청석, 일동 합!
은주, 하명우, 강기준, 한지원 등 혜란을 보면
혜란, 태욱 본다. 태욱, 그녀의 손을 잡아준다.

재판장   피해자 차량에서 발견 된 피고인의 브로치가 고혜란이
           케빈 리를 살해했다는 직접적 증거가 되지 않는다는 점.
           피고인 고혜란이 케빈 리를 살해하는 장면을 목격하였다는
           증인 오민철의 증언이 있었으나
           그 증언은 객관적 상황과 모순되는 점들이 있고,
           그 증언을 뒷받침할 만한 증거가 없으므로,
           피고인 고혜란에 대해 증거 불충분 살인 혐의 없음,
           이에 무죄를 선고한다.

정기찬   (나도 모르게 벌떡 일어나 두 주먹 불끈!) 예쓰!!!
           (하다가 주위 시선 의식하며 도로 앉는다. 기분 째지는)

윤송이   (다행이다! 한숨 돌리는 가운데)

은 주   (쿵! 흑빛이 된 채 바라본다)

강기준   (예상했던 듯 자리 털고 일어나 밖으로 나가고)

혜 란   (태욱 본다. 눈물이 날 것만 같다)

태 욱   (고생했다, 혜란아.... 먹먹한 눈으로 보면)

S#7. 뉴스나인 부조. N

지 원   (카메라 정면으로 보면서) 한편 검찰은 오늘 재판에서
          위증을 한 혐의로 오 씨를 불구속 기소했는데요,
          오 씨가 피고인 고혜란에게 불이익을 주기 위해 사실과
          다른 진술을 했다는 겁니다. 신민서 기자가 보도합니다.

S#8. 강율로펌 대표실. N

강율 대표 (뉴스나인에 흘러나오는 뉴스를 보고 있다. 그때)

          지잉, 지잉 울리는 핸드폰.
          (화면에 발신자가 누군지는 잡히지 않은 상태로)
          강율 대표, 울리는 핸드폰을 물끄러미 바라보면.

S#9. 카페 일각.

          초조하게 테이블 앞에 앉아 어딘가로 전화 중인 목격자.
          핸드폰을 귀에 댄 채 초조하게 건너편 강율로펌 건물을 본다.
          (저쪽에서 전화를 받지 않겠다는 소리가 들리자)
          목격자, 다시 전화를 걸기 시작한다.
          그 저편으로 보이는 곽 기자, 무심한 척 커피를 마시면서
          테이블 위에 올려진 가방 안 몰카로 목격자의 모습을 담고 있는 중.

목격자   (연신 물만 계속 들이키는데 그때 저쪽에서)

강율 대표	여보세요,
목격자	아.. 강 대표님. 바쁘신데 이거 정말 죄송합니다.
	재판 결과가... 네, 예상하지 못한 방향으로 흘러가서요..
	이제 어떡하면 될까요?
	고혜란 쪽에서는 위증죄로 저를 걸어버릴 모양인데..
강율 대표	(INSERT) 강율 대표 사무실) 매뉴얼대로 하세요,
목격자	(멈칫...)
강율 대표	처음 얘기 나눴을 때 그 매뉴얼대로.. 그러는 게 좋겠습니다.
목격자	저기 대표님.. (하는데 E. 달칵! 끊기는 소리)

목격자, 살짝 망연자실한 눈빛으로 끊긴 핸드폰을 본다.
곽 기자, 그런 목격자를 살피듯 바라보는 데서.

S#10. 병원 영안실 앞 복도.

한쪽으로 다급하게 뛰어 들어오는 은주,
그 앞으로 강기준과 박성재가 보인다.

은 주	(강기준을 앞으로 와서 걸음을 멈춘다) 어떻게 된 거예요?
	동현이라구요? 동현이가 틀림없어요?
강기준	일차적으로 우리가 확인한 바로는 그렇습니다.
	가까운 사람 중에는 확인해줄 사람이 서은주 씨뿐이어서
	힘드신 중에도 이렇게 오시라고 했어요,
은 주	(고개 돌려 영안실 쪽 본다)
강기준	정 힘드시면...
은 주	(그대로 문을 밀고 안으로 들어간다)
강기준	(돌아본다)
박성재	(흘끗 고개 빼고 안 쪽을 들여다보는데 그 위로)
은주E	어우...! 어우 동현아...!!! 어뜩해...!!! 동현아아..!!!!

(그러면서 이어지는 흐느낌 소리)

박성재 (쓰윽.. 도로 고개 돌리며 강기준을 흘끔 본다)

강기준 ... (한숨 어린 시선에서)

S#11. 혜란의 집 샤워실. N

시원하게 샤워 중인 혜란의 모습..
하아..!!! 길고 긴 한숨을 토해내 듯 숨을 내쉬는 데서.
(실루엣만 보여도 상관없다)

S#11-1. 태욱의 서재. N (* 추가씬)

서 있는 태욱의 뒷모습.. 그가 내려다보고 있는 건
얼마 전 날아온 범칙금 고지서다.
그때 지잉지잉 진동하는 핸드폰.
태욱 쳐다보면 발신자 〈강기준〉이다.
(INSERT〉 영안실 복도 일각.
핸드폰을 귀에 댄 채 신호를 듣고 있는 강기준의 얼굴.)
태욱, 받지 않은 채 스륵 책상 서랍을 연다.
(그 안으로 다이어리, 페이퍼 나이프 등등이 놓여 있는 게 보이고)
태욱, 그 다이어리 밑으로 범칙금 고지서를 집어넣는다.
모퉁이가 살짝 비어져 나오는 채로 탁! 닫히는 서랍.
(E. 그 위로 계속 지잉지잉 울리는 태욱의 핸드폰)

태 욱 (받지 않은 채 나직이 한숨을 내쉰다. 시선 바깥쪽으로 돌리면)

S#12. 혜란의 집 주방. N

기분 좋은 음악이 흐르고 있고,
샤워를 마친 채 베쓰로브를 입고 나오던 혜란 멈칫.. 보면
태욱은 자축을 위한 샴페인을 준비 중이다.
(테이블 그에 맞게 세팅되어 있고, 간소하지만 근사하게)

태 욱 샤워 다했니?

혜 란 응, 당신은 뭐해? (하고 나오다가 세팅된 테이블을 본다)

태 욱 당신의 진실이 이긴 기념으루, 한 잔 하려구.. 괜찮지?

혜 란 (물론, 괜찮다. 그 앞으로 다가서면)

태 욱 (샴페인을 퐁..! 열고 잔에 쪼르르 따른다)

그중 하나를 혜란에게 넘기고, 자신도 손에 집어 드는 태욱,
가볍게 쨍.. 건배한 뒤 한 모금씩 마신다.

혜 란 고마워.

태 욱 너 지금 그거 정확히 스물한 번째 고마워야.

혜 란 (태욱을 본다) 그런 걸 다 세고 있어?

태 욱 (보며) 들을 때마다 기분 좋거든.

혜 란 (그래? 보며 미소로) 고마워 태욱 씨.

태 욱 (짐짓 미소로.. 그녀의 머리칼을 살짝 넘겨주며)
오늘로 모든 거 다 잊자.

혜 란 잊을 수 있을까?

태 욱 어. 난 잊을 수 있어.

혜 란 (본다)

태 욱 내일 아침이 되는 순간 나는, 오늘까지 일어난 모든 일들,
다 지워버릴 거야, 아무 일도 없던 거처럼 나는 그렇게 살아갈 거야.
널 처음 만난 것처럼..
요즘 젊은애들 말로 너하구 나, 1일인 것처럼, 그렇게

내일부터 다시 시작할 거야.

혜 란   생각해봤어. 나는 당신한테 잘한 게 하나도 없는데

당신은 나한테 어떻게 이렇게까지 할 수 있는 걸까...

내가 당신한테 뭐길래 대체...

태 욱   여전히 갖고 싶은 사람,

여전히 내 것으로 하고 싶은 사람,

혜 란   나는 가시가 많아. 자꾸 아프게 찔릴 거야.

태 욱   상관없어. 지금처럼 앞으로도 당신답게 살면 돼.

혜 란   (본다. 보다가 다가가 안기듯.. 그의 가슴에 기댄다)

겁난다..

태 욱   (가슴에 안긴 혜란을 본다) 뭐가?

혜 란   좋은데.. 그래서 자꾸 겁이 나.

태 욱   (팔을 들어 혜란의 등을 다독다독 해준다)

생각이 너무 많아서 그래, 아무것도 생각하지 말고 오늘은,

그냥 오늘은 우리 둘만 생각하자. 어?

혜 란   (그대로 꼭 태욱의 허리를 안는다)

태 욱   (같이 꼭 안아준다..)

그때 다시 테이블 위에서 무음으로 반짝이는 태욱의 핸드폰.

발신자 〈강기준〉이다.

태욱, 강기준의 이름을 본다. 보다가 무시하듯 쓱 시선 돌린다.

그 위로 음악이 잔잔히 흐르면서 깊어가는 밤..

S#13. 영안실 앞 복도.

〈지금은 전화를 받을 수 없어..〉 하는 안내음이 들리면서

강기준.. 툭, 핸드폰을 끊는다.

흐음, 깊어지는 눈빛에서..

S#14. 지검 부장검사실. (아침)

부장검사 (댓글들 읽는) 목격자는 어디서 구해왔나? 엑스트라 조합?
          재판 참 쉽다잉. 아무나 증인하구.
          이참에 싹 다 갈고 검찰개혁 들어갑시다. 목격자는 전 국민이다.

변우현, 얼굴 시뻘개져서 서 있고
부장검사. 태블릿PC 툭툭 넘기면서.

부장검사 검찰이 아주 동네 놀림감이 됐다? 니 덕분에?
변우현 (할 말 없고)
부장검사 변호사협회에서 정식으로 우리 쪽에 문제 제기 해왔어.
          범인 잡겠다는 의욕만 넘쳐서 무죄추정의 원칙도 위배하고
          신성한 법정을 거짓말로 모욕한 것에 책임을 묻겠대.
          너 이거 무슨 말인지 알지?
변우현 (면목 없다) 그 문제라면 강율 대표님과 상의해서
          원만히 해결해보겠습니다.
부장검사 강율 대표? (피식) 야! 전면에 나서서 진행하고 있는 사람이
          강율의 강인한 대표야.
변우현 (뭐? 놀라는)
부장검사 전 국민이 보고 있는데 국내 최대 로펌이 검찰한테 칼을 들었어.
          너 하나 때문에 대한민국 검찰이 동네 양아치만도 못한
          파렴치범이 됐다구!
변우현 (강율이 날 이렇게 버려..?) 뭔가 오해가 있을 겁니다.
부장검사 오해 좋아하구 있다! 지금 너 하나 때문에 까딱하다간
          나뿐 아니라, 차장검사도 줄줄이 옷 벗게 생겼어마! 알어?
변우현 면목 없습니다,
부장검사 됐고, 그냥 니 선에서 이번 일 확실하게 책임지고 물러나.
변우현 (멈칫..! 본다, 시선 위로)
장 국장 (플래시백〉 13부 39씬) 이대로 혼자 독박 쓰고 끝내시겠습니까?

아니면 내가 드린 제안대로 한번 해보시겠습니까?

부장검사   왜 아무 말이 없어?

변우현   (본다) 저한테.. 하루만 시간을 주십쇼,

부장검사   (찌릿! 본다)

변우현   (목례한 뒤, 돌아서서 나간다)

S#15. 혜란의 집 침실.

짐짓 잠에서 깨는 혜란, 햇살이 스며드는 침대 위..
옆에는 태욱이 자고 일어난 듯한 흔적들..
혜란, 그가 누웠던 자리로 손을 가져가본다.
기분 좋은 표정.. 나직한 한숨 내쉬며 일어난다.

S#16. 혜란의 집 거실 - 주방.

가운을 입으며 나오는 혜란, 주방으로 가는데
테이블 위로 준비된 간단한 아침식사.
혜란, 그 앞으로 다가가서 보면.
장미가 꽂혀 있는 물컵 앞으로 놓인 메모 한 장.
〈잘 잤어? 곤히 자길래 안 깨우고 먼저 나가.
오늘부터 시작되는 새로운 아침, 기분 좋게 즐기기를..
사랑해〉
혜란, 짐짓 미소로 준비된 아침을 본다.
그 앞에 앉는다. 먼저 우유를 한 모금 마신 뒤 식사를 시작하는.
묘한 행복감이 밀려온다. 짐짓 미소에서,

S#17. 태욱의 사무실.

　　　　띠링.. 문자가 들어온다. 태욱 들어서 보면
　　　　〈아침 고마워〉 혜란이다.
　　　　태욱, 그 문자를 보며 마냥 행복해질 수 없는 마음..
　　　　시선 들어 맞은편을 보면. 강기준이 앉아 있다.

태 욱　　무슨 일입니까? 아침부터 일찍 불러내신 이유가.
강기준　　백동현이 한강에서 발견됐습니다.
태 욱　　(본다. 한숨으로) 그래서요?
강기준　　이젠 실종이 아니라 사망사건이 된 겁니다.
태 욱　　그런데요?
강기준　　케빈 리가 죽은 지 얼마 안 된 시점에서 그의 매니저였던
　　　　백동현까지 미심쩍은 주검으로 발견됐는데 수사를 안 할 수가
　　　　없어서요,
태 욱　　돈줄이었던 케빈 리가 사망한 뒤 누나마저 잃고,
　　　　더구나 엄청난 도박 빚까지 있는 걸로 알고 있는데..
　　　　그런 자신의 처지를 비관해 자살했을 확률이 높지 않겠어요?
강기준　　백동현에 대해 많은 걸 알고 계십니다?
태 욱　　내 아내가 그 사람한테 협박을 받았었습니다. 그때 조사한 거구요.
강기준　　백동현 사망시점이 19일에서 22일 사이로 보이는데
　　　　그때 뭘하고 계셨는지 얘기해주실 수 있겠습니까?
태 욱　　19일은 아내의 첫 재판이 있던 날이었습니다.
　　　　계단에 굴러 잠시 응급실에 갔던 거 말고는 계속 법정에 있었고,
　　　　그 뒤로도 집과 사무실을 오가면서 재판 준비를 하고 있었습니다.
강기준　　(조용히 본다)
태 욱　　더 궁금하신 거 있습니까?
강기준　　(한숨.. 그러더니) 아뇨, 됐습니다. (일어선다)
태 욱　　(같이 일어서며) 앞으로는 두 번 다시..
강기준　　(멈칫.. 본다)

태 욱	케빈 리와 관련된 일로 절 찾아오지 않았으면 합니다.
	이미 우리는 재판에서 무죄 판결을 받았어요.
	이제 그 일과는 무관하다는 뜻입니다.
강기준	우리라.. (보며) 고혜란 씨가 아니라.. 우리라구요?
태 욱	네, 우리요. (당당하게 마주보면)
강기준	(빤히 보며) 한 가지 궁금한 게 있는데요,
	그때 법정에서 목격자 심문 때 말입니다.

플래시백〉 13부 38씬.

태 욱	고혜란이 타고 있던 차량은 어느 쪽에 있었는지 기억나십니까?
목격자	그러니까.. 저쪽이었나..? (살짝 자신 없어진 느낌)
태 욱	시체를 태운 차량과 나란히 있었습니까?

다시 현재〉

태 욱	뭐가 잘못됐습니까?
강기준	왜 시체라는 표현을 썼을까요?
태 욱	(멈칫..)
강기준	목격자는 죽었다라던가 시체라는 표현을 단 한 번도
	쓴 적이 없었는데 말입니다.

플래시백〉 13부 3씬, 목격자의 말들.

목격자	그 사람의 머리를 벽에다 박아버렸습니다.
목격자	더 이상.. 움직이지 않았습니다.
목격자	쓰러진 사람을 세워진 자동차 뒷좌석에 실었습니다.

다시 현재〉

태 욱	...! (표 안 나게 살짝 흔들리는 눈빛)
	이미 이재영이 죽었다는 사실을 인지하고 있었기 때문이겠죠.
	그래서 무의식적으로 나온 말일 겁니다.
강기준	무의식적으로 나온 말이다..? (보며)

케빈 리가 교통사고로 사망했다고 믿고 계신 거 아니었습니까?
더구나 그 목격자가 거짓말을 하고 있다는 걸 알고 있으면서도,
무의식적으로 시체라는 말이 나왔다니..
그게 무슨 의밀까요?

태 욱   지금 저랑 범죄심리학에 대해 논하자는 말입니까?

강기준   허허허, 범죄심리학이라.. 이거 점점 재밌어지네요.
그러니까 강태욱 변호사님께서 말한 시체라는 무의식적 표현이
범죄심리학과 관련돼 있는 겁니까?

태 욱   (젠장..! 말리면 안 된다, 끝까지 침착하게 냉정을 유지한 채)
미안합니다. 제가 일정이 있어서요..

강기준   네, 그러시겠죠.. 대화 즐거웠습니다. (돌아서서 문 쪽으로 나간다)

태 욱   (노려보면)

때마침 문 열고 안으로 들어오는 정기찬, 강기준과 맞닥뜨린다.

정기찬   아! 깜짝이야! 아.. 안녕하십니까...

강기준   (정기찬을 본다. 그저 눈으로 일별한 뒤 밖으로 나가면)

정기찬   (자리로 가며) 아니 저 사람이 아침 댓바람부터 어쩐 일입니까?
재판까지 다 끝난 마당에.. 안 그렇습니까?

태 욱   (딴 생각에 잠긴 채 창가 쪽으로 간다, 핸드폰을 들어 이름 누른다)

하명우다. 전화 걸면..
E. 지금은 전화를 받을 수 없사오니...
태욱, 다시 발신자 번호를 누른다. 건다.
E. 지금은 전화를 받을 수 없사오니...
태욱. 무거운 얼굴로 전화 끊으며 창밖을 내다본다. 젠장!
뒤에서 그런 태욱을 바라보는 정기찬, 묘하게 표정 무거워지는.
(** 강기준과 대화를 밖에서 들었을 수도 있겠구나 짐작만 할 수 있게)

S#18. 보도국 일각.

엘리베이터 문이 열리면서 들어서는 혜란,
태욱의 메모대로 새로운 아침, 새로운 날을 맞이하는 기분으로
쭉 걸어오는데 사람들 혜란을 반기듯 그녀에게 아는 척한다.
"안녕하세요!" "고생하셨어요!" "힘드셨죠?" "환영합니다!" 등등등
혜란 이런 분위기 살짝 어색한 듯 미소로 답하며 자리로 온다.

웅 팀장   (쓰윽 보며) 왔어? 며칠은 집에서 쉴 줄 알았더니만..

혜 란   (시크하고 쿨한 느낌으로) 왜? 재판 내내 안 보여서 속 시원했다가
        멀쩡히 살아 돌아오니까 벌써 지겹니?

웅 팀장   너는 진짜 말을 해도.. 암튼 이뻐할래야 이뻐할 수가 없어요,

혜 란   여자는 남자한테 이쁨 받으려고 태어난 존재가 아니거든?

웅 팀장   아우, 알았어 알았어! 너 잘났어!
        (하면서 탁! 책상 위로 내리치듯 뭔가 내려놓는다)

두유다.

혜 란   뭐야 이건?

웅 팀장   두부 대신이야, 두부 갖다줘봤자 먹지도 않을 거고,

혜 란   내가 지금 유치장 갔다왔니? 이게 무슨..

웅 팀장   좀 따지지 좀 말고! 그냥 좀 먹어주면 안 되겠니?

혜 란   (? 본다)

웅 팀장   솔직히 우리 같은 뉴스쟁이들,
        진실을 보도한다는 사명감 하나로 살고는 있다만..
        그래서 언제든 목숨줄 반쪽은 내놓고 살고는 있다만!
        아무리 그래도 그렇지, 지들 눈에 가시 같은 뉴스를 냈다고,
        사람 하나를 이렇게까지 아작을 내놓나 싶으니까, 어? (했다가)
        아니 뭐, 그렇다구 내가 널 막 무지막지하게 걱정하구,
        막 그런 건 아니고, 그러니까 거 뭐냐..

혜 란	그래서 요점이 뭐야?
웅 팀장	(쓱 보며) 고생했다고 암튼...
혜 란	(멈칫.. 웅 팀장을 보면)
웅 팀장	(흠흠!! 괜히 머쓱해져서 헛기침 하며)
	아, 근데 한지원이 얘는 또 어딜 가서 안 보여?
	아주 툭하면 자릴 비워 이건.. 에이 진짜!!! (하면서 가버리면)
혜 란	(가는 웅 팀장을 본다. 보다가 책상 위에 놓인 두유를 본다..
	역시 어색하지만.. 기분 나쁘지는 않은 표정에서)

S#19. 보도국 국장실.

탁! 빨대로 두유에 꽂으면서 쭉 마시는 혜란,

장 국장	강해건설 입찰비리로 시작된 재판이야.
	무죄 판결로 나왔으니 저쪽은 꼬리 자르기 들어가겠지.
	(보며) 잘못하면 몸통은 건드리지도 못하고 끝날지도 몰라.
혜 란	...
장 국장	(? 본다) 내 말 듣고 있는 거야?
혜 란	(쪼르르 마시는... 그러더니)
	내가 가야 하는 길은 앞으로만 나 있는 줄 알았어요,
	그래서 옆도 뒤도 돌아보지 않고 앞만 보면서 달려왔는데..
	그래서 놓친 게 참.. 많았겠구나, 그런 생각이 드네요.
장 국장	살다 보니 이런 구경하는 날도 있구만,
	고혜란이 입에서 그런 말이 다 나오구.
혜 란	(피식 웃더니) 그렇죠?
장 국장	계속할 거야?
혜 란	아뇨, 정신 차리고 가서 마무리 해야죠.
장 국장	강율, 자신 있는 거지?
혜 란	국장님이 밑밥 작업 잘해주신 덕분에 수월할 것 같습니다.

장 국장	가봐, 가서 쓸어버리고 와.
혜 란	(웃으며 나간다. 나가다가 돌아보며) 되도록 오래, 거기 있으세요
장 국장	(멈칫.. 보면)
혜 란	갑니다. (나간다, 문 닫히면)
장 국장	(닫힌 문을 본다. 보다가 피식 웃는..)
	짜식이 아주 악담을 하네. (기분 나쁘지 않은 미소에서)

S#20. 보도국 회의실 안.

혜 란	곽 기자 어떻게 됐어?
곽 기자	일단 목격자가 계속 강율 근처를 맴돌긴 하는데
	결정적으로 투샷이 영 안 잡히고 있습니다.
	계속 핸드폰으로 서로 연락 주고받는 거 같은데,
	이거 영장 받아 핸드폰 사용내역을 깔 수도 없구...
지 원	강율 쪽에서는 벌써 변우현 검사하고까지 철저하게 선 긋기 시작한 거
	같던데요? 변호사협회 차원에서 문제 제기를 한 모양인데
	거기 수장이 강율의 강인한 대표잖아요.
혜 란	잘못하다가는 변우현만 모가지 잘리고 끝날 수도 있겠는데..
이연정	(뒤에서 문 열고) 저기이... 자기야.
일제히	(혜란, 곽 기자, 지원 일제히 돌아보면)
이연정	(혜란을 본다. 살짝 긴장한 눈빛)

S#21. 회의실 앞 복도.

혜 란	(나오며) 무슨 일이에요?
이연정	저기 이거... (두툼한 파일 하나를 내민다)
혜 란	(본다. 이연정을 본다. 뭐냐는 듯 쳐다보면)
이연정	장 국장이 나한테 70분짜리 탐사보도 건으로 숙제 내준 건데..

그래서 나두 나름 이것저것 취재하다가,

혹시 자기한테 필요할지도 몰라서 가져와봤어. (순간 울컥..)

혜 란   (보면)

이연정   내가 볼 땐 아무래도 우리 변 검사가 당한 거 같아 강율한테..

그래서 말인데.. 우리 한 번만 도와주면 안 되겠니?

혜 란   (연정을 본다)

이연정   이번 재판에 대해서 늬들이 필요하다는 거 다 갖다줄게,

필요하면 우리 남편, 인터뷰도 따줄게..

우리 그이 잘못되면 나 진짜 못 살아,

검사 옷 벗는 거 그거 무서워서 이러는 거 아냐,

검사 못 하면 변호사하면 되지.. 그런데,

목격자 위증 교사라는 불명예를 안고 쫓겨나는 건 다른 얘기잖니.

그땐 옷 벗는 걸로 끝나는 거 아니잖아. 그냥 매장이잖아..

혜 란   변 검사.. 지금 어쩌구 있어요?

이연정   (다시 울컥..!! 말을 잇지 못하면)

혜 란   지금 좀 만날 수 있어요? (시선에서)

S#22. 강율로펌 일각.

한쪽 의자에 앉아 있는 변우현, 기다리고 DIS. 기다리고 DIS.

변우현의 표정도 처음엔 긴장감이었다가 DIS. 점점 초조했다가 DIS.

마지막으로 싸하게 식어가는...

여비서   (마지막으로 문 열고 들여다보며) 죄송합니다.

회의가 길어져서요.. 아무래도 오늘은 그냥 가셔야 할 것 같습니다.

변우현   ... (시선 들어 여비서를 본다. 표정 없는 눈빛에서)

S#23. 검찰청 앞.

뚜벅뚜벅 힘없이 걸어오는 변우현, 세상 끝난 기분으로 오는데
그때 그 앞으로 다가서는 이연정.

변우현 (멈칫.. 걸음을 멈추고 연정을 본다)

이연정 여보오, 어디 갔다 이제와.. 전화두 계속 안 받구.

변우현 (아내를 보는 순간 만감이 교차하는 눈빛으로) 왜 왔어?

이연정 (본다. 보다가 뒤 돌아보면)

변우현 (? 아내가 쳐다보는 쪽 같이 본다)

그 뒤편으로 서서 바라보고 있는 혜란,

변우현 (멈칫.. 본다)

혜 란 (그런 변우현을 본다)

변우현 (연정에게) 뭐야?

이연정 무조건 혜란이 말대로 해, 강율이라구 당신 몰랐다구.

변우현 그럼 나는 목격자가 위증을 하는지 진실을 말하는지
검증도 안 한 검사란 말야? 그걸 인정하라구?

이연정 왜 못 해? 당신 인생이 걸렸는데 그까짓 걸 못 해?

변우현 됐어, 비켜.. (그대로 연정과 혜란을 지나쳐 들어가려는데)

혜 란 변우현 검사님! 당신 아직까지는 대한민국 검사잖아, 아니야?

변우현 (멈칫.. 혜란을 지나치다 멈춰 선다)

혜 란 (변우현을 보며) 검사면 검사답게 마무리해.

변우현 (혜란을 본다)

혜 란 당신, 검사 한다고 했을 때 머릿속에 출세만 있었던 건 아니잖아.
나쁜 놈 죄진 놈 잡아넣고 그래도 한 뼘이라도 좀
살 만한 세상 만들어보겠다는 마음도 1프로쯤은 있었을 거 아냐!

변우현 그렇다고 뭐가 달라지나? 어차피 다 끝났는데.

혜 란 끝내더라도 검사로서 할 일은 하고 끝내!

적어도 강율 대표 같은 사람이 법을 주무르고 이 사회를 움직이게
두진 말란 말이야. 그게 법이 할 일이고 언론이 할 일이잖아.

변우현 (멈칫.. 보면)

혜 란 강해건설 입찰비리가 강율의 작품이라는 근거가 우리 쪽에 있어.
그걸 넘겨줄 테니까 당신이 강율 잡아.
대신 목격자를 메이드 한 게 강율이라는 증거 우리한테 넘겨.
나는 그걸로 언론을 지들 입맛대로 길들이려는 기득권 조합을
고발할 테니까.

변우현 거래를 하자는 건가?

혜 란 선택을 하라는 거야.
그들한테 이용만 당하다 버림받고 끝낼 건지,
죽을 때 죽더라도 할 일은 하고 끝낼 건지.

이연정 (혜란과 변우현을 보면)

변우현 (혜란을 본다)

혜 란 (변우현을 바라보면)

S#24. 지검 부장검사실.

부장검사 보면, 책상 위에 올려지는 사직서. 변우현이다.

변우현 옷, 벗겠습니다.

부장검사 두고 나가.

변우현 (책상 위에 파일 하나 더 올려놓는다)

부장검사 (눈으로. 뭐야?)

변우현 강해건설 입찰비리에 관한 내용입니다.
강해건설이 벨리시티 단독입찰을 받도록 하는 과정에서
강율로펌 강인한 대표와 정대한 의원 등이 중간에서 조율한 정황이
있습니다. 강율 쪽에선 이걸 덮기 위해서 입찰비리를 보도한
고혜란을 살인죄로 엮었구요.

부장검사	너는 그 판에서 놀아났고?
변우현	변명의 여지가 없습니다. 제가 어리석었습니다.
부장검사	알면 됐어. 나가.
변우현	저 하나 나간다고 달라지는 건 아무 것도 없습니다.
	저를 칼로 써주십시오.
	검사답게 강율로펌의 비리 수사하고, 땅에 떨어진 검찰 명예
	회복시켜놓고. 그리고 옷 벗겠습니다.
부장검사	(본다)
변우현	(비장한 얼굴로 부장검사 보면)

S#25. 보도국.

장 국장	(국장실 앞 계단 앞에 서서) 오늘자 헤드 어떻게 됐어? 아직이야?
혜 란	(들어오며) 변우현 측으로부터 목격자 녹취 파일 확보했습니다.
곽 기자	강율로펌하고 목격자 접촉하는 그림 확보했구요!
장 국장	강율로펌이 수면 위로 올라오면 강해건설 입찰비리도
	올라오는 거야. 다들 준비하고, (돌아보며) 고혜란.. 니가 할 거야?
지 원	(순간 멈칫.. 흘끗 혜란을 본다)
웅 팀장	(혜란을 보면)
혜 란	아뇨. 지원이가 할 겁니다.
지 원	(멈칫..!)
곽 기자	(돌아보면)
혜 란	이 기사, 지원이 거예요, 지원이가 시작했고 마무리할 겁니다.
웅 팀장	웬일이냐? 이렇게 큰 건을 넘기고?
	누가 봐도 올해의 기자상 감인데? 6년 연속 신기록 도전 안 해?
혜 란	(쯧..! 웅 팀장 째리면)
장 국장	좋아. 그럼 한지원이! 니가 맡아.
지 원	네. (순간 들뜬 표정으로 대답하면)
장 국장	강해건설과 정치권, 법조계까지 얽힌 커넥션이었어.

그걸 감추려고 절대로 건드려서는 안 되는 두 가질 건드렸어.
법질서하고 언론. 이건 최소한의 원칙과 상식이 무너진 거야.
거창하게 갈 것도 없어. 팩트 정확하게 보도하고
다른 건 몰라도 원칙과 상식 정도는 지키면서 살자.
그거 하나만 정확하게 전달해.

일 동　넵
장 국장　해산!

S#26. 강율로펌 앞 – 현관.

끼이익! 멈춰 서는 승합차량에서 우르르 내려서는 구둣발들..
압수수색 상자들을 든 지검 수사원들이다.

S#27. 강율로펌 대표실.

벌컥 문 열리고 들어오는 지검 수사관들.

여비서　(다급한 얼굴로 따라들어오면서) 이러시면 안 됩니다!
정식으로 영장 가지고, (하는데)
변우현　(맨 뒤에 들어오면서) 여깄습니다. 영장.
강율 대표　(전혀 미동 없이 앉은 채 변우현 보면)
변우현　(아주 사무적으로) 강인한 씨. 강해건설 입찰비리에 따른
뇌물수수죄로 압수수색 진행하겠습니다.
강율 대표　니가 이런다고 날 이길 수 있을 거 같으냐..?
변우현　(수사관들에게) 시작하세요.

수사관들, 척척척 서랍들 열고 압수수색 진행하고
여비서 옆에서 전전긍긍

강율 대표 딱 굳어서 변우현 노려보다가

S#28. 뉴스나인 스튜디오 안.

한쪽에 기대 선 채 뉴스나인 데스크를 바라보는 혜란,
그 옆으로 쓰윽.. 내미는 커피 한 잔.

혜 란   (? 돌아본다, 지원이다.. 받아든다)

지 원   왜 양보해주셨어요?

           그 기사. 선배, 뉴스나인 복귀하는 데 큰 도움이 될 수도 있는데

혜 란   (마신다)

지 원   선배 이제 원위치로 돌아왔잖아요. 나야 땜빵이었구.

혜 란   겨우 땜방 할려구 그렇게 열심히 했어?

지 원   (멈칫.. 보면)

혜 란   어떤 이유로든 기회가 왔고. 넌 그걸 잡았어.

           그리고 열심히 했고 지켜냈어.

           그럼 이제 뉴스나인은 한지원의 뉴스나인이야.

           (돌아보며) 너 그랬잖아. 원래부터 주인이 어딨냐구.

지 원   (살짝 민망한 기색 스치는..) 죄송해요, 제가 좀 싸가지 없었죠..

혜 란   어떤 언론도 강율을 전면으로 친 적은 없었어.

           무소불위. 치외법권. 그게 강율이야.

           너는 그런 강율의 비리를 최초로 보도하는 앵커가 될 거야.

           그러니까 책임감 갖고 끝까지 마무리해. 지지도 말고 쫄지도 말고.
           응?

지 원   (본다. 묘한 감동으로) 네.

혜 란   (웃음으로 어깨 툭툭 해주고 돌아서서 나간다)

지원, 혜란이 바라보던 뉴스나인 데스크를 바라본다.
이제 진짜 내꺼구나.. 감회가 새로운 듯 바라보는 눈빛에서.

S#29. 편집실.

　　　　곽 기자, 목격자 취재한 거 편집하고 있는 가운데
　　　　벌컥! 문 열고 들어오는 한지원.

곽 기자　(돌아보며) 어? 아직 편집 안 됐는데 삼사십 분쯤 더 걸릴 거야
　　　　　　(그러면서 일어나 다른 쪽에 있는 무언가를 집어 드는데)
지 원　(그대로 곽 기자 옷깃을 탁 부여잡고 키스한다)
곽 기자　(웁!!!!!! 두 손에 테이프 같은 거랑 자료 같은 거 든 채 입술만 웁웁!!)
지 원　(찐하게 한 방 날린 뒤, 떨어지며)
　　　　　　나두 고혜란같이 될 거야, 그러니까.. 앞으론 나도 존경해라.
　　　　　　리스펙트 없는 관계는 오래 못 가거든.
곽 기자　뭐야? 너 미쳤냐? 이거 지금 성추행인 거지, 그치?
지 원　어우 둔한 자식! 야! 너는 성추행이랑 멜로도 구분 못 하냐?
곽 기자　멜.. 로..?
지 원　안 되겠다, 너 드라마국에 가서 멜로가 뭔지 좀 배우고 와
　　　　　　편집은 삼십 분 안으로 끝내놓고, 알았지? (나가면)
곽 기자　(떵...?????? 양손에 들고 있는 채로 빤히 쳐다보는 데서)

S#30. 보도국 일각.

　　　　씩 웃으며 기분 좋게 자리로 돌아오는 지원, 그때 그 앞으로
　　　　부사장, 얼굴 시뻘개져서 지나쳐 간다.
　　　　지원, 뭐지? 하는 표정으로 쳐다보면.

S#31. 보도국.

　　　　혜란과 웅 팀장 및 직원들이 지켜보는 가운데

장 국장한테 버럭질 중인 부사장.

부사장	당신들 뉴스가 장난인 줄 알아요? 목격자 위증 교사에 대한 혐의가 밝혀지지 않았는데! 팩트 확인도 안 된 뉴스를 내보내겠다는 거야 지금?
혜 란	수사를 담당한 검사로부터 팩트 확인 했습니다.
부사장	이것 봐 고혜란 씨! JBC가 고혜란 전용 방송국입니까?
혜 란	(멈칫..)
부사장	목격자 위증에 관련해선 검찰이 밝힐 일이에요! 우린 결과만 내보내면 되는 거고!
혜 란	그건 검찰 브리핑 받아쓰기 하는 거고 의혹을 제기하는 것도 언론의 역할입니다. 부사장님!
부사장	어쨌든! 당신 개인의 사적 감정으로 시작된 뉴스. 못 나갑니다!
장 국장	(나서며) 아이템은 제 권한이고 제 소임입니다. 케빈 리 살인사건 재판의 진실이 뭔지. 뭘 덮으려고 언론인에게 살인죄라는 누명까지 씌운 건지. 오늘 뉴스나인에서 밝힙니다.
부사장	그래? 장 국장 당신까지 이렇게 나오겠다 그거야? 좋아 그래! 장 국장 이 시간부로 청주 총국으로 발령이야.
장 국장	(멈칫, 본다)
부사장	뉴스나인 전 직원. 다 대기발령이야.
직원들	(헐..!)
부사장	오늘 디렉팅, 교양국에서 차출 올 거니까 그렇게 알고,
웅 팀장	(당황하며) 하지만 부사장님,
부사장	그리고 너 한지원!
지 원	(입구 쪽에 서서 바라보면)
부사장	너 뉴스룸에 앉고 싶으면 아이템 선별하는 눈부터 길러. 앵커면 책임감을 갖고 있어야지? 어? 다들 그렇게 알고 내 허락 없이 함부로 뉴스 날리지 마! 어! (하더니 그대로 홱! 나가버린다)

순간 쎄한 정적이.. 보도국에 흐르고,

혜 란	(들고 있던 거 탁! 던지며) 뭐 저런 새끼가.. (하면서 나서려는데)
장 국장	됐어, 가만 있어. 다들 하던 대로 준비해.
	웅이 너도, 한지원 너도 가서 준비하고..
	(그러더니 부사장을 따라 저벅저벅 걸어 나간다)

혜란, 웅 팀장, 지원, 직원들 일제히 돌아보는 가운데.

S#32. 방송국 부사장실. N

벌컥 문 열리면서 들어오는 장 국장

부사장	(흠칫! 어딘가로 보고전화 하려다 말고 돌아보며)
	뭐하는 겁니까, 장 국장? 이젠 위아래도 없습니까?
장 국장	(순간 위협적으로 부서질 듯 있는 힘껏 쾅!!!! 문을 닫아버린다)
부사장	(놀란다) 이것 봐요 장 국장 당신 지금.. (하는데)
장 국장	(그 앞으로 바싹 다가서서) 어이 성낙준.
부사장	(뭐?)
장 국장	너 JBC 부사장 자리, 낙하산으로 내려온 지 2년은 됐나?
	그래서 지금 사태 파악이 안 되지?
부사장	야, 너 미쳤냐? 지금 이게 누구한테..
장 국장	나는 이 자리에서 지난 8년 동안,
	정권이 두 번이나 바뀌었고 너 같은 사장 부사장..
	수도 없이 갈아치웠어. 어떻게? 이렇게!
	(그러더니 탁!!! 테이블 위에 USB 하나 올려놓는다)
부사장	(뭐야 이게? 하는 눈빛으로 보면)
장 국장	나는.. 이 바닥에서 모르는 뉴스가 없어.
부사장	무슨 소리야?

장 국장	(한 걸음 더 바싹! 다가서서)
	보도국 단속은 내가 할 테니까 당신은 아들 단속이나 하란 뜻이야.
	마약 끊는 게 쉽진 않겠지만 허구한 날 환각파티나 해서 되겠어?
	얼굴 알 만한 연예인들도 몇 명 있는 거 같던데.
부사장	(표정 굳어지면서) 야! 장규석! 너 지금 내 가족을 건드려?
장 국장	그러니까 당신두 내 식구들 건드리지 마.
	니 아들 소중한 만큼 보도국 사람들, 내 자식 같은 애들이야.
	그럼에도 불구하고 오늘 뉴스 막겠다면 할 수 없지,
	니 아들꺼 틀든가..
	어쩌면 그게 시청률은 더 나올지도 모르겠네.
	(그리고는 쎄하게 돌아서서 나간다. 다시 쾅!!! 문 닫히면)
부사장	(이런 개새끼...!!!! 책상 확 쓸어버리는 위로)

E. 뉴스나인 시그널 흐르면서

S#33. 뉴스나인 스튜디오. N

온에어 불 들어와 있고 카메라 무빙하면서

지 원	시청자 여러분 안녕하십니까?
	뉴스나인의 한지원입니다.

S#34. 한정식집 룸 안. N

넓은 룸 안. 세팅된 테이블.
그러나 아무도 없고 강율 대표 혼자 덩그러니 앉아 있다.

강율 대표	(굳은 얼굴로 텅 빈 룸을 보다가 부사장에게 전화 건다)

E. 울리는 벨소리
INSERT〉 부사장실.
TV 화면에 뉴스나인이 나오고 있고, 핸드폰 울리고 있다.
발신자 〈강율 대표님〉 이라고 뜨고.
부사장, 본다. 보다가 거절 버튼을 누른다.
다시 한식당〉

강율 대표   (허.. 쎄하게 굳는 위로)
지원E   ... 지난번 저희 뉴스나인에서 벨리시티 입찰 의혹에 관련한
         보도가 나간 이후 법무법인 강율의 강인한 대표는
         뇌물수수와 관련된 의혹을 감추기 위해
         케빈 리 살해 공판에서 목격자 모해 위증 교사를 직접 지시했다는
         정황이 포착됐는데요,
         뉴스나인에서 단독 입수한 목격자의 녹취록입니다.

웅 팀장E   (INSERT〉 부조) 스타트!

S#35. 모자이크 된 인터뷰 화면.

목격자   강율 대표님께서는 고혜란이 죽이라고 시킨 거다..
         그렇게만 몰고 가주면 나머진 알아서 하신다고 했습니다.
         검사님 속일 생각은 없었구요, 정말 죄송합니다...

S#36. 뉴스나인 부조. N

웅 팀장   (입이 떡 벌어진다) 와.... 이건 뭐 어떤 동앗줄이 내려져도
         쉴드가 안 되겠는데?
기술팀장   어쩐지. 순식간에 살인자가 되더라니...

지원E	(모니터) 강해건설 입찰과 관련해 정재계.
	그리고 법조인까지 광범위하게 연결된 커넥션.
	그리고 그 사실을 은폐하기 위해 목격자 모해 위증 교사까지.
혜 란	(INSERT〉 스튜디오 일각. 카메라 옆에서 팔짱 딱 끼고 보는 가운데)

S#37. 태욱의 사무실. N

TV 에서 흐르는 뉴스를 바라보는 태욱의 얼굴 위로.

| 지원E | (TV) 이 모든 의혹은 JBC가 준비한 탐사보도 프로그램에서 |
| | 자세히 전해드리겠습니다. |

E. 시그널 흐르면서

S#38. 스튜디오 안 - 보도국.

분주하게 흘러가는 뉴스 보도 현장을 뒤로한 채
조용히 뒤돌아 나오는 혜란.. 보도국까지 쭉 걸어 나온다.
(스튜디오에 가득한 사람들.. 보도국은 텅 비어 있고)
혜란, 살짝 현기증이 몰려오는 듯 살짝 휘청... 하면서
잠시 벽을 짚고 선다. 숨 고른 뒤..
그대로 책상 앞으로 와서 외투와 가방을 챙겨든다.
그때 울리는 핸드폰, 혜란 본다. 받아들면

S#39. 보도국 국장실 & 보도국 사무실.

| 장 국장 | 수고했어. |

혜 란	(고개 들어 국장실 올려다본다) 네, 저 이번엔 진짜 수고했어요.
	그래서 저 당분간 휴가 씁니다.
	지난 7년 동안 한 번도 쓰지 않았던 거 다 몰아서 쓸 건데.. 괜찮죠?
장 국장	(핸드폰 귀에 댄 채) 그래.. 푹 쉬다 와.
혜 란	감사합니다. (끊는다)
장 국장	(끊는다. 쓱 돌아서서 자리로 가면)
혜 란	(그대로 보도국을 쭉 빠져나온다, 나오는 그 위로)
혜란E	이제 됐어..
혜 란	(플래시백) 리조트 바 안. 4부 9씬)
	나는 멈추지 않을 거야. 그게 집착이든 뭐든
	나는 악착같이 성공해낼 거고, 거기가 어디든 끝까지 올라갈 거야.
혜란E	이걸로 충분해.
웅 팀장	(플래시백) 1부 46씬) 아주 발악을 하는구나
태 욱	(플래시백) 1부 64씬) 고혜란! 너.. 대체 바닥이 어디니?
	어디까지 갈 거야!
강기준	(플래시백) 9부 1씬
	철컥, 혜란의 손에 수갑 채운다)
혜란E	정말... 수고했다 고혜란.. (하더니)

그렇게 복도를 쭉 빠져나가던 어느 순간.. 휘청! 하더니
그대로 꺾어지듯.. 털썩!!! 쓰러지고 만다.
그대로 기절해버리는 그녀의 모습, 달려가는 직원 두어 명 보이는
모습에서 화면 쭉.. 빠져나오는 데서.

S#40. 어느 바 일각. N

(11부에 태욱과 명우가 만났던 곳과 같은 장소)
태욱, 저벅저벅 들어와 바 앞에 선다.
그 옆으로 이미 한 잔 마시던 중인 하명우,

태 욱	거기까지는 안 하는 게 좋았어요.
하명우	(한 모금 마시고)
태 욱	(돌아보며) 재판까지 무사히 다 끝난 마당에 새삼
	긁어 부스럼 만들 필요 없었다구요.
하명우	두고두고 골칫거리 될까봐 내가 대신 해결해준 거예요.
태 욱	(본다. 하명우 옆으로 훅! 다가서더니)
	대체 언제까지 우리 주변에 서성일 겁니까?
하명우	확신이 들 때까지.
태 욱	무슨 확신?
하명우	(쎄하게 돌아보며) 당신이 혜란이를 지켜줄 거라는 확신.
태 욱	(? 본다) 무슨 뜻입니까?
하명우	당신, 처음부터 알고 있었잖아. 목격자가 가짜라는 거.
태 욱	(노려보면)
하명우	(쓰윽 태욱의 시선 가까이 다가서서)
	당신은 이 재판이 처음부터 무죄가 날 거라는 거 알고 있었어.
	그러면서도 계속해서 시간을 끌었지..
	시간을 끌면 끌수록 누가 괴로울까? 역시 혜란이겠지?
	그렇다면 왜 괴롭히고 싶었을까?
태 욱	(노려본다)
하명우	혜란이한테 화도 났을 테고 열도 받았을 테고 짜증도 났을 거야.
	평생 남한테 흠집 잡힐 만한 인생을 살아본 적 없는 당신한테..
	케빈 리라는.. 말도 안 되는 오점을 남겼으니까.
태 욱	무슨 말을 하는 건지 모르겠군요.
하명우	당신이 혜란이를 사랑한다는 건 알겠어..
	그런데 사랑하는 거랑 지켜줄 수 있다는 건 또 다른 얘기니까.
	그래서 내가 좀 지켜보겠단 뜻이야.
태 욱	앞으로도 계속 문제를 일으키겠다는 겁니까?
하명우	(태욱을 보며) 당신이 조금만 더 인내심을 발휘했더라면
	이 모든 일은 시작조차 안 됐을 겁니다 강태욱 씨.
태 욱	! (본다)

하명우	(그리고는 마저 술을 털어넣고는 일어나 나간다)
태 욱	(쿵!!! 내려앉는 표정으로 돌아본다. 그 위로 울리는 핸드폰에서)

S#41. 병실 안.

누워 있는 혜란, (링거 두어 개 정도 연결돼 있는 상태로)
그 옆에 앉아 물끄러미 쳐다보고 있는 장 국장과 그 뒤로 곽 기자.
그때 안으로 뛰어 들어오는 태욱

태 욱	어떻게 된 겁니까?
장 국장	(자리에서 일어난다. 보며) 괜찮을 겁니다.
	과로가 누적돼서.. 그래서 그렇다는군요.
태 욱	(얼른 혜란 옆으로 다가서면)
장 국장	주사 맞고 잠들었어요.. 그냥 푹 자게 두랍니다.
태 욱	(돌아본다) 감사합니다..
장 국장	(본다. 짐짓 미소로 끄떡해준 뒤 돌아서서 나가다가) 아 참..
	케빈 리 매니저가 자살했다고 들었는데..
	크게 별다른 사항 없으면 그냥 내일 아침뉴스에서
	짧게 단신으로 나가고 끝날 겁니다.
태 욱	(본다 보며) 네.. 알겠습니다.
장 국장	그럼, (일별한 뒤 나간다)
곽 기자	(태욱과 인사한 뒤 따라 나가면)
장 국장	(문 닫히기 마지막으로 한 번 더 돌아본다)

혜란 옆에 앉아 그녀의 손을 꼭 잡고 있는 태욱의 모습..
마지막으로 본 뒤 문을 닫으면
깊이 잠이 든 혜란의 모습..
이렇게 약하고 무방비한 그녀 얼굴을 본 적이 없다.
태욱, 나직이 괴로운 한숨으로 바라보는 데서.

S#42. 강력계 일각. (다음 날 오전 정도)

은 주   (빤히 쳐다본다) 그래서요?

강기준   부검 결과 타살로 보일 만한 흔적이 나오질 않았습니다.
당시 입고 있던 옷에서 졸피뎀이 다량으로 나온 걸로 봐서는
신변을 비관한 자살 쪽으로... 일단 부검의와 담당형사의 의견은
그렇게 가고 있습니다.

은 주   강 형사님은요?

강기준   (시선 들어 본다)

은 주   강 형사님도 동현이가 자살했다고 생각하세요?

강기준   지금 심정 많이 힘드신 거.. 압니다.
제가 제대로 수사를 해내지 못 한 불찰도 크구요,
죄송하게 생각합니다.

은 주   (허..! 눈물이 가득 고인 채)
내 남편이 죽었구.. 동현이까지 죽었어요.
공교롭게도 한 사람은 교통사고에 또 한 사람은 자살이라구요?
그렇게 믿고 살라구요?

강기준   (본다)

은 주   대답해보세요, 형사님이 그렇게 믿고 살라 그럼 그럴게요,
내 남편두 동현이두... 사고라고 자살이었다구,
그렇게 믿고 한 번 살아볼게요, 네?

강기준   (미안하고 안된 마음으로)
좀 더 수사 상황이 진행되면.. 다시 연락드리겠습니다.

은 주   왜 대답 못 해요!!! 그냥 나 마음이라도 편하게 말해보라니까요!!!
내 남편은 그냥 교통사곤가요?
동현이두.. 그냥 자살인 건가요? 그런 거예요!!!!

강기준   (본다. 보더니) 저는... 그렇게 생각하지 않습니다.

은 주   ..! (순간 울컥!!! 두 눈에 눈물이 고여온다)

강기준   저는.. 재판 결과와 생각이 달라요.

은 주   (흑..!! 투두둑 떨어지는 눈물)

강기준	죄송합니다. 단순 교통사고라고 말씀드리지 못해서..
	마음 편하게 해드리지 못해서 정말 죄송합니다.
은 주	(손으로 눈물을 닦아내며) 아뇨.. 제가 고맙습니다.
강기준	(본다)
은 주	강 형사님만이라도 알아줘서.. 그렇게 말해줘서... 고맙습니다.
	(끅끅 흐느낌이 새어 나온다 그대로 꾸벅 인사한 뒤 황망히 떠나면)
강기준	(안타까운 마음으로 그녀를 보는 데서)

S#43. 은주의 집 거실.

안으로 들어오는 은주, 잠시 멈춰 서서 돌아본다..
한쪽에 여전히 걸려 있는 재영과의 사진..

은 주	(빤히 바라본다. 보더니)

S#44. 방송국 앞.

피켓을 만들어 앞에 세운 채 서 있는 은주,
(단정하게 머리 묶고, 옷차림도 최대한 검은색으로 톤 맞춰서)
피켓 문구
〈고혜란은 내 남편을 죽였습니다!
그녀는 유죕니다. 나는 고혜란을 용서하지 않습니다!〉
지나가는 사람들, 그중에 몇몇은 사진을 찍기도 하고..
그 일각〉 지켜보는 명우의 시선, 나직한 한숨에서...

S#45. 혜란의 집 침실.

짐짓.. 눈을 뜨는 혜란, 아주 오랫동안 곤한 잠을 잔 것처럼..
침대에서 일어나면 밖에서 달그락거리는 그릇 소리..

혜 란   (돌아본다. 시선에서)

S#46. 혜란의 집 거실 - 주방.

혜 란   (가운 차림으로 밖으로 나오면서) 여보.. 태욱 씨 당신 아직..
          (하고 쳐다보다가 멈칫.. 보면)

주방에서 상차림 중인 태욱모가 보인다.
(주방 안에 태욱모가 데려온 도우미 정도 하나 일하는 중)

혜 란   어머니..
태욱모   옷 차려입고 나와, 아버님도 와 계신다.
혜 란   (멈칫.. 돌아보면)

저쪽 거실 한쪽에 창밖을 내다보고 있는 태욱부,
(휠체어에 탄 채로...)

S#47. 혜란의 집 주차장.

와서 멈춰 서는 태욱의 차, 태욱 차에서 내려 집으로 들어간다.

S#48. 혜란의 집 드레스룸.

옷을 갈아입고 있는 혜란, 한숨을 내쉬는데 E. 똑똑..

혜 란   (돌아보면)
태 욱   (안으로 들어온다)
혜 란   당신.. 집에 있었어?
태 욱   아니, 나갔다 두 분 오신다는 연락받고 다시 들어오는 길이야,
           당신 불편하면 내가 나가서 얘기할까?
           다음에 다시 오시라구..
혜 란   (본다) 아니야, 괜찮아.
태 욱   나두 괜찮아. 말씀 드릴 수 있어. 당신 편할 대로 해.
혜 란   (진심인 거 안다) 정말 괜찮아. (하는데)
태욱모E   (밖에서) 멀었니? 아버님 기다리신다.
혜 란   나가자. (먼저 밖으로 나간다)
태 욱   (걱정스레 돌아보면)

S#49. 혜란의 집 거실 - 주방.

태욱 부모와 혜란, 태욱 마주 앉아 식사 중..
간간히 수저와 식기 부딪히는 소리 외에 조용한 가운데..

혜 란   (말없이 식사만 하는 태욱부를 본다)
태욱모   (그런 혜란을 한 번 쳐다보면)
혜 란   심려 끼쳐드려 죄송합니다.
태욱부   ... (조용히 먹기만 하는)
태 욱   (그런 아버지를 한 번 보면)
혜 란   일이 이렇게까지 커질 줄 저도 몰랐습니다..
태욱모   어쨌든 결과라도 정상적으로 나와줬으니 다행이지.

그렇죠 여보?

태욱부   ... (물을 마시는)

태 욱   (그런 아버지를 신경 쓰이는 듯 보면)

혜 란   앞으로는 제가 더 잘하겠습니다.

물론 아버님 어머님 보시기엔 부족한 것투성이겠지만..

태욱부   (중간에 자르듯) 그래서.

혜 란   (멈칫.. 고개 들어 태욱부를 본다)

태 욱   (같이 보면)

태욱부   너는 어디까지 해볼 셈이야?

혜 란   네?

태욱부   환일철강에 정대한, 강율까지.. 소위 니가 말하는 기득권들

그렇게 싹 다 쓸어버리고 니 존재감 확실히 보여준 거는,

어쨌든 그 다음 계획이 있다는 뜻 아니니?

태 욱   아버지, (하는데)

혜 란   어디까지 가면 될까요?

태욱모   (멈칫.. 혜란을 본다) 얘,

혜 란   제가 어디까지 올라가면 아버님이 흡족하시겠습니까?

태욱모   얘가 근데.. (하는데)

태욱부   올라가볼 생각이 확실히 있는 거냐?

혜 란   (본다)

태욱부   (속을 알 수 없는 눈빛으로 마주보면)

혜 란   (보며) 네.

태욱부   자신도 있고?

혜 란   (보며) 네.

태 욱   (그렇게 말하는 혜란을 돌아본다)

태욱모   (역시, 이게 뭔 상황인가 태욱부와 혜란을 번갈아 보면)

태욱부   (짐짓 미소로..) 여기 국 한 대접 더 갖구 와.

태욱모   예에? 더 드시게요?

태욱부   간만에.. 밥맛이 좋구만. (하면서 식사 계속하는)

태 욱   (본다)

혜 란   (본다. 그 위로)

S#50. 혜란의 집 앞.

뒷좌석에 앉아 있는 태욱부.
(운전기사가 휠체어 뒷좌석에 싣고 있고)
태욱모 마지막 타기 전 혜란과 태욱을 돌아본다.

태욱모   얼굴 꼴이 말이 아니구나. 약 한 재 지어 보내마.
혜 란   (고개 들어 태욱모를 보면)
태욱모   (올라탄다)

출발하는 태욱 부모의 차, 혜란 목례로 인사한 뒤 보면
멀어지는 차.. 바라보며

혜 란   나.. 아버님한테 통과된 거니?
태 욱   (짐짓 웃음으로 넘긴 뒤) 아직 날이 차다, 그만 들어가.
혜 란   당신은?
태 욱   사무실에 마저 정리해야 할 일들이 있어..
          당신 사건 맡은 덕분에 지금 일이 너무 밀려들어온다.
혜 란   광고효과는 제대로 본거네?
태 욱   어서 들어가. (차 쪽으로 가는데)
혜 란   태욱 씨..
태 욱   (? 돌아본다)
혜 란   운전 조심하구. 저녁때 봐.
태 욱   (처음 들어보는 따뜻한 말.. 그런데 마음은 왜 이렇게 메이는지)
          그래.. (차에 올라탄다)
혜 란   (바라봐준다)
태 욱   (시동 건다. 혜란을 본다. 그대로 차 출발하면)

혜 란   (멀어지는 차를 본다)

혜란을 뒤로한 채 운전해서 오는 태욱의 복잡한 표정 위로,
플래시백〉
아주 짧게 스치는 그날 밤의 몇 컷트들.. (편집으로 부탁)
참지 못했던 태욱의 어느 순간들..,
(실제 상황이 어떻게 진행됐는지 모르게 아주 짧게 짧게,
태욱의 모습만 보이게 서너 컷! 보여지는 위로)

하명우E   당신이 조금만 더 인내심을 발휘했더라면
          이 모든 일은 시작조차 안 됐을 겁니다 강태욱 씨.
태 욱   (운전하는 그의 두 눈, 울컥..! 해져오는 그 뒤로)

혜란, 기분 좋은 한숨 내쉰 뒤 집으로 들어가면.

S#51. 혜란의 집 거실 - 주방.

혜란, 안으로 들어와 소파 앞에 앉는다.
테이블 위에 그동안 열어보지 못한 우편물들 가득하고..
가만.. 그게 어딨더라? 찾는 혜란의 표정.

S#52. 태욱의 서재.

혜란, 문 열고 안으로 들어온다.
태욱의 책상 위를 보는데 찾는 게 없는 듯..
서랍 하나 열면, 없다.
두 번째 서랍 열면, 비로소 보이는 페이퍼 나이프.
혜란, 파일들 틈에 끼어 있는 페이퍼 나이프 꺼내다가 멈칫,

혜 란   뭐야? 주차딱진가..?

그러면서 혜란, 아무렇지도 않게 범칙금 용지를 꺼내들어 본다.
별 생각없이 교통위반 내용 훑어보다가 순간 멈칫..
두근두근두근두근...!!!
심장박동이 세게 뛰기 시작한다. 순간,

S#53. 지하철 역사 안.

빠아아아앙!!! 소리를 내며 빠르게 지나쳐 가는 지하철.
그 너머로 멍하니 앉아 있는 은주,
방송국 앞에서 들고 있던 피켓이 그녀 옆에 놓여 있는 게 보이고.
(뚜벅뚜벅.. 그녀를 향해 가는 발)
무언가 생각을 정리 중인 듯.. 긴 한숨으로 시선 드는 은주,
(뚜벅뚜벅 그녀를 향해 다가서는 뒷모습..)
은주, 느낌에 고개 돌려 다가서는 그를 본다. 멈칫..
그 앞에 멈춰 서는 그, 잠시 서서 은주를 보더니 말없이
그녀 옆에 앉는다. 하명우다.

은 주   ...! (하명우를 빤히 쳐다본다)
하명우   ... (조용히 그녀 옆에 앉아 있다. 그러다 쓰윽 고개 돌린다)
하명우E   나는 무슨 짓이든 할 겁니다.
은 주   (빤히 쳐다보는 눈빛에서)

S#54. 태욱의 서재.

다리에 힘이 풀리는 듯.. 주저앉는 혜란,
그녀의 손에 불법유턴으로 찍혀 있는 태욱의 차량번호를 보면서,

1월 18일 그날짜...
01시 45분. 하필 그 시간..
한남동 어느 곳.. 하필 그 장소.

INSERT〉 그날 밤 씬.
재영과 대치하던 태욱의 시선,
재영의 차가 지나치면서 태욱, 그대로 불법 유턴하면서.

혜 란   아니야.. 설마, (했다가... 허..! 두 눈에 울컥! 눈물이 고이며
         다시 범칙금 용지를 들여다본다.. 눈빛에서)

         INSERT〉 두려운 눈빛으로 앉아 있는 은주와,
         그리고 그 옆에 앉아 물끄러미 표정 없이 은주를 바라보는 하명우.
         INSERT〉 운전하고 있는 태욱의 눈빛.
         다시 태욱의 서재〉

혜 란   (허..!! 절망으로 눈빛 바뀌면서 고개 드는 데서)

제 15 부

무망

務望

S#1. 혜란의 집 거실 - 주방.

혜란, 안으로 들어와 소파 앞에 앉는다.
테이블 위에 그동안 열어보지 못한 우편물들 가득하고..
가만.. 그게 어딨더라? 찾는 혜란의 표정.

S#2. INSERT〉집 앞 도로 횡단보도 앞.

운전하는 태욱, 무심코 신호등 위에 걸려 있는 단속카메라를 본다.
순간 퍼뜩 생각나는...
(짧은 플래시백〉14부 11-1씬
태욱, 책상서랍 다이어리 밑에 넣어둔 범칙금 용지)

태 욱   (깜빡했었다.. 얼른 핸들을 돌려 유턴차선으로 들어가 유턴하는)

S#3. 태욱의 서재.

혜란, 문 열고 안으로 들어온다.
태욱의 책상 위를 보는데 찾는 게 없는 듯..
서랍 하나 열면, 없다.
두 번째 서랍 열면, 비로소 보이는 페이퍼 나이프.

혜란, 파일들 틈에 끼어 있는 페이퍼 나이프 꺼내다가 멈칫,

혜 란   뭐야? 주차딱지인가..?

그러면서 혜란, 아무렇지도 않게 범칙금 용지를 꺼내들어 본다.
별 생각없이 교통위반 내용 훑어보다가 순간 멈칫..
두근두근두근두근...!!!
심장박동이 세게 뛰기 시작한다. 순간,

S#4. INSERT〉혜란의 집 앞.

와서 멈춰서는 태욱의 차. 태욱, 차에서 내려 집 쪽으로 간다.

S#5. 태욱의 서재. (14부 54씬)

다리에 힘이 풀리는 듯.. 주저앉는 혜란,
그녀의 손에 불법유턴으로 찍혀 있는 태욱의 차량번호를 보면서,
1월 18일 그 날짜...
01시 45분. 하필 그 시간..
한남동 어느 곳.. 하필 그 장소.
덜덜덜 떨려오는 손끝, 혼란에 빠진 채 용지를 들여다보는데 그때,
INSERT〉거실.
달칵! 현관문 열고 들어오는 태욱.
다시 서재〉
혜란, 멈칫.. 그 소리 들었다. 고개 들어 문 쪽을 본다.

S#6. 혜란의 집 거실.

태욱, 쭉 들어오며 거실과 주방 쪽 돌아본다. 혜란이 안 보인다.

태 욱   혜란아. 혜란아?

혜 란   (INSERT〉재빨리 일어나 들고 있던 범칙금 고지서를 도로 서랍에
　　　　넣는다. 덜덜덜 떨리는 손.. 그러다 무언가 건드린다, 달칵!)

태 욱   (멈칫.. 소리를 들었다. 서재 쪽 돌아본다)

혜 란   (INSERT〉어떡하지? 흘끗 서재 문 쪽을 쳐다보면)

태욱, 서재방 문이 꽉 닫히지 않은 채 비스듬히 열려 있는 걸 본다.
태욱, 순간 묘하게 굳는 얼굴.
천천히 서재 쪽으로 걸음을 옮긴다.
점점 그 문 쪽으로 다가서서 막 손잡이를 잡고 들어가려는 순간!
벌컥! 안쪽에서 먼저 문을 열며 나오는 혜란,
(손에 소설책 같은 거 한 권 정도 집어든 채)

태 욱   (멈칫.. 본다)

혜 란   (역시 멈칫..! 태욱을 보며) 태욱 씨..

태 욱   (혜란을 본 뒤, 그녀의 손에 들린 소설책 한 번 본다)

혜란이 막 집어 들고 나온 그 책이 하필
〈정의正義의 길로 비틀거리며 가다〉
태욱, 물끄러미 그 제목을 바라보면,

혜 란   막상 쉬려니까 뭘 해야 할지 모르겠어서 책이나 보려구.
　　　　근데 당신은? (왜 도로 왔어?)

태 욱   (다시 혜란을 보며) 뭘 좀 두고 나간 게 있어서.

혜 란   그래? 그럼 얼른 챙겨가. (태욱을 지나쳐 거실로 향한다.)

혜란, 최대한 아무렇지 않은 척 소파에 앉아 소설책 편다.

태욱, 그런 혜란의 뒷모습 본다.

그 옆으로 테이블 위엔 수북한 우편물들이 눈에 들어온다.

태욱, 그 우편물들을 한 번 본 뒤 다시 혜란을 본다.

그리고는 말없이 서재로 들어가는 그이 쪽으로

혜란.. 책을 펼쳐든 채 완전 긴장하는 눈빛.

S#7. 태욱의 서재.

안으로 들어온 태욱, 책상 앞으로 온다.

태욱, 스륵... 두 번째 서랍을 열고 그 안을 본다.

다이어리 위로 올라와 있는 범칙금 용지가 눈에 들어온다.

그 옆으로 보이는 페이퍼 나이프..

순간 태욱.. 묘한 패닉이 밀려온다. 봤나? 본 건가..?

표정 없이 빤히.. 그 용지와 페이퍼 나이프를 바라보는 태욱,

그러다 쓰윽 시선 들어 닫힌 문 쪽을 쳐다보면,

S#8. 혜란의 집 거실.

혜란, 눈은 책에. 그러나 온통 정신은 서재 쪽에 가 있다.

그때, E. 달칵.. 서재 문이 열리는 소리.

혜란, 책장을 한 장 탁, 넘긴다.

시선은 책에 둔 척하지만 온 신경이 곤두서 있는..

그 옆으로 걸어오는 태욱.. 그의 손에 들린 페이퍼 나이프..

혜 란   (점점 다가오는 태욱의 기척을 느낀다)

태 욱   (말없이 혜란의 뒤로 다가서는.. 그리고 멈춘다)

혜 란   (어쩌지..? 싶은 눈빛으로 태욱 쪽 의식하는데 그때)

탁..! 우편물들 옆으로 페이퍼 나이프 올려놓는 태욱.

혜 란   (멈칫.. 테이블에 올려진 페이퍼 나이프를 쳐다보다,
         쓱 고개 돌려 태욱을 쳐다보면)
태 욱   필요한 거 같아서.
혜 란   (그런 태욱을 잠시 빤히 보더니, 이내 짐짓 미소로)
         어.. 그래, 고마워. (다시 책으로 시선 돌리는데)
태 욱   이따 저녁 때 뭐하니? 밖에서 같이 밥 먹을까?
혜 란   아니.. 오늘은 좀 쉬고 싶은데.. 음악도 좀 듣고 책도 보고..
혜 란   그래.. 그렇게 해 그럼, 일 끝나는 대로 들어올게.
혜 란   (짐짓 미소.. 로 태욱을 한 번 다시 보며) 음.
태 욱   (돌아서서 나간다)
혜 란   (그가 나가는 뒷모습을 본다, 미소 점점 사라지는 표정..)

쿵, 닫히는 문
혜란, 시선 돌려 태욱이 올려놓은 페이퍼 나이프를 본다.
순간 눈빛 흔들리는 혜란.
설마.. 알았나? 내가 본 거..?
힘없이 등받이에 툭.. 몸을 기대는 혜란,
그나저나 내가 방금 서재에서 본 그건 뭐지..? 멍해지는 표정에서.
거기서 쿵!! 블랙 화면 위로
자막, 〈제15부 무망(務望)〉

S#9. 지하철 역사 안. (14부 53씬에 이어)

E. 빠아아아앙..... 빠르게 지나가는 지하철.
표정 없이 은주를 바라보는 하명우의 차가운 눈빛
은주, 그런 명우를 기가 막힌다는 표정으로 보면

은 주	뭐야 너?
하명우	이제.. 그만하지?
은 주	내 남편이 죽었어.
하명우	단순 사고라고 판결났잖아.
은 주	(그 말에 무섭게 노려보더니)
	지난 십 년을.. 내가 어떻게 살았는지 너는 모르지?
	내가 어떤 고생을 했고, 어떤 수모를 견뎠고..
	이재영 그 사람이랑 내가 어떤 시간을 버텨왔는지 모르지?
	사고사? 웃기지 마.. 그렇게 쉽게 죽을 사람 아니야 이재영!
	무죄 판결? 나는 인정 못 해! 그 재판 절대로 인정 안 해!
하명우	인정 안 하면 어쩔 건데? 뭐가 달라져?
은 주	괴롭혀줄 거야. 세상 모두가 혜란이한테 속아도 나는 안 속아.
	세상 모두가 혜란이를 용서해도 나는 용서 안 해!
하명우	혜란이는 아무것도 잘못한 게 없어.
	언제나 혜란이를 오해하는 사람들이 일을 크게 만든 거야.
은 주	(허..,!) 바보 같은 놈! 혜란이한테 이용당한 줄도 모르구..
	혜란이 땜에 지 청춘 쓰레기 만들어놓구, 아직도 미련이 남았니?
하명우	(본다)
은 주	정신 차려! 이 등신아! (탁! 일어나 피켓 들고 가려는데)
하명우	(일어나 은주의 앞길을 막는다)
은 주	(본다. 그대로 탁! 하명우를 밀치며 가려는데)
하명우	(그대로 은주를 막으며 손에 들린 피켓을 탁! 뺏어든다)

약간 실랑이 같은 몸싸움이 툭탁툭탁 벌어지다가
명우, 끝내 피켓을 빡!!! 부서뜨린다. 순식간에 두동강이 나버리는

은 주	뭐하는 짓이야 너 지금!!!!
하명우	그만해.
은 주	싫다면? 그만 안 두겠다면! 그만 못 두겠다면 어쩔 건데?
	날 죽이기라고 할 거니? 그러기라도 하겠단 거야 너 지금?

하명우	(순간 쓱 돌아본다. 서늘하게) 어쩌면..
은 주	(둥!!! 하명우를 본다, 하명우의 서늘한 눈빛에 얼어붙으며)
	뭐야.. 너? (흔들리는 눈빛.. 떨리는 목소리로)
	동현이........ 설마 니가 그런 거니?
하명우	(표정 없이 본다)
은 주	하명우, 니가 그런 거야?
하명우	뭐든지 한 번이 제일 어려워, 그 다음 두 번.. 세 번은..
	생각보다 어렵지 않아 은주야.
은 주	...! (본다)
하명우	그러니까 그만해. (그리고는 돌아서는데)
은 주	미친 새끼..!
하명우	(멈칫.. 하더니, 그대로 쭉 발걸음을 옮겨 멀어지는 그 뒤로)
은 주	하명우 이 미친 새꺄!!!!! (외치면)

하명우, 들고 있던 피켓 조각을 휴지통에 구겨넣듯 쳐박아놓고
뚜벅뚜벅 멀어져가는 그 위로.
E, 빠아아아앙... 열차가 들어온다.
은주, 울컥!! 눈물 고인 채 멀어지는 명우의 뒷모습을 본다.
불어오는 지하철 바람에 은주의 머리칼 흔들리는 데서.

S#10. 태욱의 서재.

스륵, 열리는 서랍 안을 살펴보는 시선. 혜란이다.
모든 것이 제자리에 있다. 있어야 할 범칙금 고지서만 없다.

태욱E	뭘 좀 두고 나간 게 있어서.
혜 란	(그대로 탁! 서랍을 닫는다, 걷잡을 수 없는 기분)
	우연이야..
	그냥 우연히 그 시간에 그 앞을 지나간 거야..

(떨쳐내려는 듯.. 그대로 서재를 나섬과 동시에)

S#11. 혜란의 집 거실.

위잉!!! 청소기를 돌리는 혜란,
활짝 열린 커튼. 혜란, 잡념을 떨치듯 열심히 청소기 돌린다.

S#12. INSERT〉 은행 공과금 수납창구.

태욱, 수납창구에서 그 범칙금 고지서를 내민다.

여직원 수납하시게요?
태 욱 네.

S#13. 태욱의 서재.

옷장문 활짝 열려져 있고 혜란, 청소에 이어 옷 정리 중이다.
종류별로 태욱의 옷을 가지런히 옷을 거는 중인 혜란,
그러다 문득 옷걸이에 얌전히 걸려 있는 코트 하나 본다.
(** 사건 당일 태욱이 입고 있던 그 코트다..)
혜란 그 코트를 바라보는 눈빛..
아직 그날의 옷이라는 걸 기억 못 한 채,
천천히 손을 뻗어 매달려 있는 텍을 본다.. 새로 샀나?

S#14. INSERT〉 은행 공과금 수납창구.

여직원   (수납 업무 보고) 네, 다됐습니다.
태 욱   (미소로) 수고하세요 (돌아 나오는데)

S#15. 혜란의 집 현관.

신발 박스들 다 열려 있고, 혜란 신발들 신어보면서 정리 중이다.
그중의 운동화 하나 신어보고 다시 박스에 넣어 신발장에.
태욱의 구두들도 다시 자리 잡아 제자리에.
그러다 구두 하나(* 사건 당일 신었던 구두와 똑같은..) 집어
신발장에 넣다가 문득 ? 해서 보면 다시 꺼내 뒤집어보면
밑창이 깨끗한 새 구두다.

혜 란   ... (이것도 새거다..? 쎄한 기분으로 그 구두를 물끄러미
쳐다보는데 그때)

울리는 핸드폰. 혜란 흠칫.. 소리 나는 쪽 돌아본다.

S#16. 혜란의 집 거실.

거실, 테이블 위에 놓여 있는 핸드폰을 집어 드는 혜란의 손.

혜 란   여보세요..?
목소리F 고혜란 씨죠?
혜 란   네, 맞는데요.
목소리F 여기 서초지검입니다.
혜 란   (멈칫.. 시선 드는 데서)

강기준E   케빈 리 살인사건의 참고인 조사차 모셨습니다.

S#17. 경찰서 조사실 옆 참관실.

수염이 꺼칠하게 자라 있는 강기준, 책상 앞에 앉아 있고
한쪽에 케빈 리 사건파일들이 쌓여 있는 채로,
한쪽 모니터를 들여다보고 있는 강기준, 그 위로 계속.

강기준E   성함부터 말씀해주시겠습니까?
태욱E   강태욱입니다.
강기준E   직업은요?
태욱E   변호삽니다. 주로.. 국선을 맡아 하고 있습니다.

강기준, 모니터로 사건 당시 참고인 조사 녹화 장면을 보고 있다.
강기준, 조용히 들여다보는 모니터 안으로 보이는 태욱의 얼굴 위로

강기준E   고혜란 씨와 결혼하신 지는 얼마나 되셨죠?

거기서 화면, 모니터 속 상황으로 들어가면서,

S#18. 건너편 조사실.

캠코더의 레코딩 빨간 불빛 반짝이고
강기준 앞에 마주 앉은 태욱. 담담한 얼굴로 강기준 마주 본다.

태 욱   7년 됐습니다.
강기준   부부 사이는 원만하신 편이었나요?
태 욱   (조용히 시선 들어 강기준을 본다)

강기준	(눈빛만으로 충분히 대답이 됐다)
	어젯밤, 아내 되시는 고혜란 씨를 만나러 방송국에 가셨다고
	들었습니다. 맞습니까?
태 욱	그렇습니다.
강기준	그때가 몇 시쯤이었습니까?
태 욱	뉴스 끝나고 바로 만났으니까 10시 좀 넘었을 겁니다.

플래시백〉 4부 47씬.
그날 밤, 혜란을 찾아갔던 태욱의 모습 (그 코트, 그 구두) 위로,

강기준E	그 이후에도 같이 계셨습니까?
혜 란	미안. 아직 회의가 남아서. 그만 가봐야 해.
	(시선 피하듯이 돌아서서 가는)
태 욱	(모퉁이 너머로 사라지는 아내를 본다. 그 시선에서)

다시 조사실〉

태 욱	아뇨,
강기준	고혜란 씨가 집에 돌아온 시각은 몇시 쯤이었습니까?
태 욱	모릅니다. 그날 밤 일이 있어서 사무실에 있었습니다.
	거기서 밤을 샜구요.
강기준	사무실에서 밤을 새셨다구요?

S#19. 강기준의 회상 시점〉 편의점.

정기찬	네. (후룩후룩 컵라면을 먹어가며)
	제가 출근했을 때 사무실에 계셨습니다.
	일이 많을 때 종종 그렇게 사무실에서 밤을 새십니다.
강기준	그때 출근하신 시간이 몇 시쯤 됐습니까?
정기찬	모닝뉴스에서 케빈 리 사고 뉴스가 막 나오고 있었으니까

일곱 시 좀 넘었을라나?

S#20. 다시 경찰서 조사실 옆 참관실.

강기준   사고 추정 시간.. 새벽 3시에서 4시 사이...
    사무장이 사무실에서 본 건 7시 좀 넘어서라,
    (충분히 모든 게 가능한 시간이다, 생각하는데)
박성재   (벌컥! 문 열고 보더니) 선배님, 서초지검에서 연락왔는데요,
    저번에 강건대 강간사건 때문인 거 같은데요.. (했다가 보면)
강기준   ... (혼자만의 생각에 빠진)
박성재   (강기준이 보고 있는 화면 속 태욱을 보더니 후! 한숨, 그리고)
    팀장님. 정말 순수한 충심과 애끓는 사랑으로 말씀드립니다.
    손 떼세요. 케빈 리는 그냥 불의의 교통사고로 안타까운 생을
    마감한 겁니다. 재판 결과도 그렇게 났구요.
강기준   그날 첫차로 사고 현장을 떠난 남자가 있었어.
박성재   그게 강태욱인지 김 서방인지 모르겠다잖아요오....!
강기준   그러니까 확인해봐야 할 거 아냐, 강태욱인지 김 서방인지,
    (일어나 나가는데)
박성재   (뒤에 대고) 검찰에서 연락왔다구요,
강기준   알았다굼마! 지금 간다구. (나가면)
박성재   병이다! 병.. (고개를 절레절레하면서 자료들 챙기는 데서)

S#21. 검찰청 사건과.

압수물 담당자로부터 브로치를 건네받고 있는 혜란,

담당자1   여기 본인 서명 하시구요, 가져가시면 됩니다.
혜 란   (사인 뒤, 봉투에 담겨져 있는 브로치를 본다, 시선에서)

S#22. 검찰청 복도 일각.

걸어 나오는 혜란, 그녀의 손에는 비닐봉투에 담긴 채로 있는
브로치가 달랑달랑 들려져 있고..
힘없이 또각또각 걸어오는데 그때,
마침 저편에서 나타나는 강기준을 본다.

강기준   (혜란을 본다. 그녀가 손에 들고 있는 비닐봉투를 본다
           그 안에 들어 있는 브로치, 다시 혜란을 쳐다보면)

혜 란   (그대로 시선 외면한 채 지나쳐 오는데)

강기준   (돌아보며) 한 번 더 여쭤봐도 되겠습니까?

혜 란   (멈춰선다. 돌아본다)

강기준   그 브로치 말입니다.
           대체.. 그게 왜 죽은 케빈 리 차 안에 있었을까요?
           다른 건 대충 연결이 되는데..
           그 부분이 계속 연결이 안 돼서 말입니다.

혜 란   여전히, 절 의심하고 계신 건가요?

강기준   솔직히 그 의심에 가장 결정적인 역할을 한 게
           바로 그 브로치였습니다. 대체 왜 그게 거기 떨어져 있었을까..
           (혜란을 보며) 고혜란 씨는 한 번도 생각해보신 적 없으십니까?

혜 란   (보며, 자르듯) 글쎄요.

강기준   혹시 그 브로치를 집에 오는 중간 어딘가에..
           떨어뜨린 기억이 있습니까?

혜 란   아니요, 제 기억으로는 없습니다.

강기준   그렇다면 집까지 무사히 착용하고 귀가하셨다는 건데..
           (보며) 고혜란 씨 말고 그 집에 정말 아무도 없었습니까?

혜 란   (멈칫.. 그 말에 강기준을 본다, 강기준도 내 남편을 의심 중인가?)

강기준   (그런 혜란의 눈빛을 본다)

혜 란   (빠히 보더니) 참고인 조사 때 이미 말씀드린 걸로 아는데요,
           그날 밤, 집에는 나 혼자였습니다. 아무도 없었어요.

강기준	(거기서 또 연결이 끊긴다...) 그렇군요..
혜 란	강기준 형사님, 이미 당신들한테는 두 번의 기회가 있었어요
	긴급체포 때, 그리고 날 법정에 세웠을 때..
	두 번 다 당신들은 아무런 증거도 찾지 못 했구요,
강기준	고혜란 씨가 가장 유력한 범인이라고 생각했기 때문입니다.
	그게.. 이번 수사의 가장 큰 패착이었죠. 그래서 진범을 놓쳤구요.
혜 란	(진범...!) 무슨 말인가요? 진범이라니..
강기준	고혜란 씨를 가장 유력한 용의자로 메이드 해놓고,
	안전하게 뒤로 숨어버린 사람,
혜 란	(쿵! 흔들리는 눈빛...)
강기준	고혜란 씨의 브로치를 손에 넣을 수 있을 만큼,
	어쩌면 우리가 생각했던 것보다 훨씬 더 가까운 관계일 수도 있는,
	진짜 범인 말입니다.
혜 란	(브로치 든 손에 힘이 꾹.. 들어간다.. 강기준을 쳐다보는 데서)

S#23. 수산시장 일각. (또는 고급 횟집도 괜찮음) N

탁!!! 생선의 머리뼈로 내리치는 회칼!
퍽퍽! 머리 부분을 동강내고,
살을 옆으로 째서 내장 발라내고, 피 빼고, 탁! 탁! 지느러미
쳐낸 뒤, 생선뼈를 발라내는 손,
싹싹 생선살을 저미는 손동작들 빠르게 이어지면서.
태욱, 그 한쪽에 서서 생선회를 치고 있는 모습을 보고 있다.

S#24. 혜란의 집 거실. N

태욱, 생선회 담은 봉지를 들고 들어오다가 멈칫..
불이 꺼진 실내를 본다.

불 꺼진 채 텅 빈 침실, 드레스룸.. 텅 빈 주방.
그 테이블 위에 생선회 봉지 올려놓는 태욱, 돌아보면

S#25. 시끄러운 호프집. N

왁자지껄한 분위기의 호프집 일각.
울리는 혜란의 휴대폰., 집어 드는 손. 윤송이다.

윤송이   여보세요? 태욱 씨?

태 욱   (INSERT〉집, 거실〉멈칫하는 표정으로 핸드폰을 본다)

윤송이   나예요 윤송이!

태 욱   (INSERT〉아..!) 안녕하세요? 집사람 지금 같이 있습니까?

윤송이   네! 같이 있어요, (돌아보면)

저편으로 지원과 곽 기자, 그리고 미주 등과 어울려
왁자지껄 건배를 하고 있는 혜란.

윤송이   코디하던 친구랑 동료 기자들 몇몇 불러 같이 한 잔 하는 중인데.,
         혜란이 바꿔드려요?

태 욱   (INSERT〉얼른) 아닙니다, 괜히 흥 깨지 마세요.
         윤 기자하구 같이 있는 거 알았으니, 됐어요, (하는데)

웅 팀장   (큰소리로) 야! 곽 기자!!! 너 아직두 주량이 그것밖에 안 돼?
         얘가 입사할 때부터 영 비리비리하더니 아직까지 그 모양이네?

곽 기자   아닙니다! 마십니다!

미 주   (응원하듯) 마셔! 마셔! 마셔!

곽 기자   (술 보고 망설이는데)

지 원   흑장미요! (손 들더니, 곽 기자가 들고 있는 술 쭉 들이킨다.
         탁! 술잔 내려놓으면)

미 주   와! 대박! 지원 언니 대박 멋져요!!

곽 기자	(뭐야? 머쓱해져서 지원을 보면)
윤송이	(웃으며) 태욱 씨도 오실래요? 여기 지금 분위기 완전 좋아요.
태 욱	(INSERT) 괜찮습니다. 나중에 끝날 때 전화 달라고 해주세요, 데리러 간다구요.
윤송이	네, 그러죠, (끊는다. 끊고 혜란을 보더니) 어이! 복도 많은 년!!!
혜 란	(? 돌아본다)
윤송이	(핸드폰 가져다 주며) 니 남편님이시다.
일제히	오오오올!!!!
윤송이	나중에 끝날 때 전화하래, 모시러 오신다고.
일제히	(더 크게) 오오오오올!!!!!
혜 란	(그 말에.. 일순 표정 식는다)
윤송이	내가 너 다른 건 하나두 안 부러운데, 진짜 강태욱은 부럽다.
미 주	맞아요! 저두요!!! 강 변호사님 너무 멋쪄용!!!!
혜 란	... (표정 없는 위로)
웅 팀장	여기서 팩트 체크 하나만 하자. 여자들 눈엔 강변이 잘생겼냐? 곽 기자가 잘 생겼냐?
미 주	저는 강 변호사님요! (곽 기자 보며) 죄송해요 곽 기자님.
곽 기자	괜찮아요 미주 씨. 저두 강 변호사님입니다! (손들면)
웅 팀장	남잔 빠지고. 지원이 너는?
지 원	어우 유치해.. (마시면)
웅 팀장	뭐 임마? 아놔 진짜! 내가 잘해주니까 이것들이 선배 알기를!
혜 란	웅 팀장!
웅 팀장	왜!
혜 란	후배들하구 술 마실 땐 쓸데없이 길게 떠드는 거 아냐, 그냥 마셔.
웅 팀장	그래? 그런 거냐 또? (쩝..!) 대세가 그렇다면 그런 거지 뭐, (혜란이 드는 잔과 쨍! 한 뒤 마신다)
혜 란	(같이 쭉 쭈욱 들이킨다)
다 들	예에에!! (분위기 한껏 고조되며 즐거운 분위기 가운데)
혜 란	(탁! 술잔 내려놓는다. 혼자만 푹.. 가라앉은 분위기)
윤송이	(그런 혜란을 본다. 왜 저래? 하는 표정에서)

S#26. 혜란의 집 주방. N

회 떠온 봉지 그대로 테이블에 놓여진 채 (펼쳐놓지 않은 채로)
그 앞에서 정종(또는 소주)을 따라 마시는 태욱.

태 욱   ....
          (한숨. 머릿속 복잡한 느낌으로, 그 모습조차 단정한 느낌에서)

S#27. 달리는 윤송이의 차. N

윤송이   이게 뭐야, 너 때문에 술도 못 마시구..
          내가 이 나이에 남편까지 있는 년, 운짱이나 해야 되겠니?
혜 란   ...
윤송이   뭔데 그래? 설마 혹시 너 태욱 씨랑 무슨 일 있는 건 아니지?
혜 란   ...
윤송이   정말 말 안 할래?
혜 란   잘 모르겠어서..
윤송이   뭐가?
혜 란   강태욱이 누군지...
윤송이   (허..! 살짝 어이없는 웃음으로)
          고혜란 씨, 치매 오세요?
          무슨 말이야 쌩뚱맞게, 강태욱이 누군지 모르겠다니?
혜 란   (한숨 길게 내쉬며 눈을 감고 머리를 기댄다)
윤송이   (? 한 번 흘끔 돌아본다. 이상하네 진짜? 하는 눈빛에서)

S#28. 혜란의 집 앞. N

태욱, 문 열고 나온다. 한쪽을 돌아보면

윤송이	(차에서 태욱을 보고 내린다)
태 욱	(다가선다) 혜란이는요?
윤송이	완전 인사불성, 실신이에요.
	갑자기 오후에 나올 수 있는 사람 다 불러내
	거하게 사겠다고 큰소리치더니 지가 먼저 뻗었네요.
	지가 술이 마시고 싶었던 건지 어쩐 건지..
태 욱	(차 안에 잠들어 있는 혜란을 본다)
윤송이	(그런 태욱을 보며) 근데 태욱 씨, 혜란이랑 별일 없죠?
태 욱	(? 윤송이를 본다) 혜란이가 무슨 말 합니까?
윤송이	아뇨, 그냥 혹시나 해서요,
태 욱	(말없이 다시 혜란을 본다. 그러더니 차 문을 연다)
	혜란아.. 혜란아?
혜 란	(짐짓.. 눈을 뜨고 태욱을 본다, 꿈뻑꿈뻑.. 태욱을 빤히 보는)
태 욱	집이야. 내려야지 그만.
혜 란	(본다. 보더니 힘겹게 차에서 내리는 그러다 휘청! 하면)
태 욱	(재빨리 혜란을 부축한다) 괜찮아?
혜 란	어.. 괜찮아.. 괜찮아. 괜찮아. 나 혼자 걸을 수 있어..
	(태욱의 팔을 쭉 밀어내며) 정말 괜찮아.. 나 혼자.. 괜찮아.
	(그러면서 비틀비틀 집으로 간다)
윤송이	(그 모습을 본다. 아무래도 뭔가 이상한 느낌..)
태 욱	(윤송이 시선 의식한 듯, 얼른 일별한 뒤 혜란을 따라간다)
윤송이	부부싸움을 크게 했나..? 재판도 이겼는데 싸울 일이 뭐야?
	(살짝 걱정스런 시선에서)

S#29. 혜란의 집 현관 - 거실. N

혜란, 계속 비틀거리며 들어오고
태욱 몇 번이나 휘청하는 혜란을 잡아주지만
그때마다 혜란 태욱의 팔을 조용히 뿌리친다.

혜 란	괜찮다구.. (하는데 또 휘청)
태 욱	(그런 혜란을 잡는데)
혜 란	(그대로 뿌리치듯 태욱을 밀쳐낸다) 됐다구! 괜찮다구!!!
태 욱	(멈칫.. 혜란을 본다)
혜 란	(태욱을 빤히 쳐다본다)

두 사람.. 잠시 어색한 침묵 흐르다가...

혜 란	미안해.. 그냥 좀.. (울컥..!)
	그냥 내가.. 혼자 있고 싶어서 그래, 미안해..
	(하더니 혼자 휘청거리며 드레스룸으로 들어간다)
태 욱	... (본다. 시선에서)

S#30. 혜란의 집 드레스룸. N

털썩.. 가방 아무 데나 집어 던진 채 한쪽에 주저앉는 혜란,
마음이 너무 힘든 그녀.. 그 위로.

강기준E	고혜란 씨 말고 그 집에 정말 아무도 없었습니까?
혜 란	... (말없이 문밖에 서 있을 그를 본다)

INSERT〉 드레스룸 앞. 닫힌 방문 앞에 서 있는 태욱,
어딘가 묘하게 슬픈 눈빛으로 닫힌 문을 바라보고 있다.

강기준E	고혜란 씨를 가장 유력한 용의자로 메이드 해놓고,
	안전하게 뒤로 숨어버린 진범.

다시 드레스룸 안〉

혜 란	(말없이 닫힌 방문을 바라보고 있는 눈빛 위로)

강기준E	어쩌면 생각했던 것보다 훨씬 더 가까운 관계일 수도 있는,
	진짜 범인 말입니다.
혜 란	(아...! 미치겠다 진짜...! 두 팔에 얼굴을 묻는 데서)

S#31. 방송국 앞. (다음 날 아침)

장 국장, 택시에서 내려 방송국 쪽으로 쭉 걸어간다.
걸어가다가 무심코 지나치는 사람..
흘끗 돌아보다가 멈칫.. 다시 쳐다보면
서은주다. 은주, 다시 만들어온 팻말을 앞에 세워둔 채
거기 서서 방송국을 쳐다보고 있다.
〈고혜란이 내 남편을 죽였습니다!〉

장 국장	(서은주를 알아보는 듯.. 시선에서)

S#32. 보도국.

장 국장	(쭉 걸어 들어오고 있고)
웅 팀장	(한쪽에서 나오다가) 아! 지금 출근하십니까?
장 국장	어, 굿모닝.. (지나쳐 오다가) 참 웅아.
웅 팀장	예? (돌아본다)
장 국장	밖에 서 있는 여자 말야, 케빈 리 와이프 맞지?
웅 팀장	안 그래도 경영관리실에서 몇 번이나 가서 타이르고 알아듣게
	얘기한 모양인데 도무지 말을 안 듣는다네요,
	재판에서 이미 끝난 게임인데 왜 저러나 모르겠네요,
장 국장	(그래? 생각하는 눈빛에서)

S#33. 윤송이의 사무실.

윤송이　네? 제가요?

장 국장　(INSERT〉 국장실, 옷을 걸어 한쪽에 걸어두며 스피커폰으로)

　　　　어, 자네가 함 가서 얘기 좀 들어봐.

윤송이　국장님, 저 이제 JBC 사람 아니에요.

장 국장　(INSERT〉 국장실) 그래서 부탁하는 거야.

　　　　여성지에서도 좋아할 만한 소스고.

윤송이　원하시는 게 뭐예요?

장 국장　(INSERT〉) 내가 원하는 거야 항상 뉴스지.

　　　　(미소로) 그럼 수고 좀 해줘

　　　　(탁! 책상 위에 놓여 있던 핸드폰 버튼 끈다. 시선에서)

윤송이　(한숨) 고혜란이 알면 또 길길이 뛸 텐데.. (돌아보면)

S#34. 방송국 앞.

　　　지나가는 사람들의 시선을 받으며 꿋꿋하게 서 있는 은주.

　　　그 앞으로 쓱 내밀어지는 명함 한 장,

은 주　(? 보면)

윤송이　여성잡지 우먼 매거진의 윤송이 기자라고 합니다.

은 주　기자요...? (명함 한 번 윤송이 한 번 보면)

윤송이　뭔가 하실 말씀이 있으신 거 같은데.. 제가 좀 들어도 될까요?

은 주　(본다. 그 시선에서)

　　　일각〉 지켜보고 있는 하명우에서,

S#35. 카페 안.

테이블 옆엔 피켓 세워져 있고, 은주와 윤송이 마주 앉아 있다.
윤송이, 은주 앞에 커피잔 놓아준다.

윤송이   드세요. 계속 서 계시느라 힘드셨을 텐데..
은 주   (커피잔 두 손으로 감싸쥔다. 이런 작은 위로에도 울컥 하는데)
윤송이   (흘끗, 피켓에 쓰여진 문구 본다)
          이미 고혜란 씨는 무혐의로 끝난 사건인데
          이러시는 이유가 뭔지.. 여쭤봐도 될까요..?
은 주   나라도 진실을 말해야죠.
          그래야 죽은 제 남편도 편하게 눈 감을 수 있지 않겠어요?
윤송이   서은주 씨가 말하는 진실이 뭔가요?
은 주   고혜란이 우리 남편을 죽였어요.
윤송이   (살짝.. 저항감이 생기는 눈빛, 그래도 표 안 나게, 기자답게)
          그렇게 생각하시는 이유가 따로 있습니까?
은 주   혜란이 차 블랙박스 칩이 나한테 있었어요.
윤송이   (살짝 놀라는, 그러나 계속 차분함 유지한 채)
          고혜란 차량에서 없어졌다는.. 그 블랙박스 칩 말인가요?
          그런데 왜 검찰 쪽 증거로 내놓지 않으셨어요?
은 주   강태욱이 없애버렸거든요.
윤송이   네? (강변이..?)
은 주   변호사라는 사람이.. 증거를 인멸했다구요.
          그게 무슨 뜻일 거 같아요?
윤송이   (그러게, 그게 무슨 뜻이지...? 빤히 쳐다보다가)
          혹시 거기에.. 고혜란이 케빈 리를 살해하는 증거라도 있었나요?
은 주   (살짝 흔들리며) 직접적인 장면이 있었던 건 아니지만..
          어쨌든 그날 밤 두 사람은 혜란이 차에 같이 있었어요.
윤송이   뭔가 앞뒤가 안 맞는데요?
은 주   뭐가요?

윤송이	고혜란의 브로치는 남편분 사고 차량에서 발견됐잖아요,
	근데 두 사람이 같이 있었던 게 고혜란의 차량이었다면..
	뭔가 말이 안 되지 않나요?
은 주	그야 혜란이가 남편 차량으로 옮겨 탔다가 떨어뜨렸을 수도 있구..
윤송이	아니면 누군가 일부러 떨어뜨렸을 수도 있구요,
은 주	(멈칫.. 그 말에 윤송이를 본다)
윤송이	(본인이 말해놓고도 순간 묘하게 기분이 언짢아져 오는 느낌으로)
	혹시 강변이.. 그러니까 강태욱 변호사가 없애버렸다는
	그 블랙박스 칩 안에 어떤 내용이 들어 있었는지..
	자세히 설명해주실 수 있겠어요?
은 주	(얼마든지, 하는 눈빛으로 윤송이를 보는 데서)

S#36. 혜란의 집 드레스룸 일각.

흠칫! 꿈이라도 꾼 듯 놀라며 잠에서 깨는 혜란,
부스스 일어나는데 그녀 위에 덮여 있는 이불 담요 하나..
혜란, 그 담요를 바라본다.
태욱이 덮어주고 나갔구나.. 시계를 보면 벌써 오후 2시경...
혜란, 긴 한숨을 푹.. 내쉬는데, 그때 울리는 핸드폰 벨.
보면 〈윤송이〉다.

혜 란	(받는다) 어, 무슨 일이야?
윤송이	(INSERT〉 본인 차 안) 어.. 별일 없지?
혜 란	(무슨 뜻이지? 하는 눈빛으로) 왜? 별일 있어야 해?
윤송이	(INSERT〉) 잠깐 나올 수 있니? 아니면 내가 니 집으로 갈까?
혜 란	무슨 일인데?
윤송이	(INSERT〉) 할 얘기가 좀 있어서..
혜 란	(뭔가 예감이 좋지 않은 기분에서)

S#37. 옥외 건물 주차장 일각.

윤송이, 핸드폰을 끊고 막 시동을 걸려는데 그때
톡톡톡... 누군가 창문을 두드리는 손. (가죽장갑)

윤송이   (멈칫.. 돌아보는 순간)

퍽!!! 쇠파이프 같은게 윤송이 쪽 유리창문을 내리치면서
빠직!!!! 거미줄처럼 산산조각 나는 데서.

S#38. 태욱의 사무실.

책상 위엔 수북한 자료들 펼쳐져 있고
태욱과 정기찬, 잠시 짬을 내서 컵라면 흡입 중이다.

정기찬   케빈 리 사건으로 변호사님 스타 되시면
             적어도 유산슬에 난자완스는 먹을 줄 알았습니다.
             그런데 여전히 컵라면이네요
태 욱   시간이 없잖아요
정기찬   제 말이요. 스타 변호사 되시면 뭐합니까?
             의뢰인이 없을 땐 돈이 없고 의뢰가 넘칠 땐 시간이 없고.
             결론은 컵라면이라는 이 현실이 저는 심하게 우울합니다.
태 욱   그것보세요. 성공해도 별거 없죠?
정기찬   네. 그러니까 도로 내려가십시다.
             컵라면이라도 편하게 먹게.
태 욱   (피식 미소로 후루룩 먹는데)
정기찬   (흘끗 보며) 강기준 형사가 아침에 또 다녀갔습니다.
태 욱   (멈칫.. 그 말에 정기찬을 보면)
정기찬   아니 뭐, 절 찾아온 건 아니구요 요 앞 주차장에서 잠깐..

태 욱   (보면)

S#39. 아침 상황〉 주차장.

정기찬, 차를 세우고 나오는데
강기준이 주차 박스에 가서 관리인과 무언가 얘기를 나누는 모습,
정기찬, 쓰윽 강기준 뒤 쪽으로 지나쳐 오는 그 위로,

강기준   그날 밤, 강태욱 변호사가 사무실로 돌아온 시간 기억나십니까?
          눈이 아주 많이 왔었는데요,
주차관리   (글쎄요.. 하는 표정으로 갸웃..)
정기찬   (흘끗 돌아보는 데서)

S#40. 태욱의 사무실.

정기찬   우리 고혜란 앵커님 쑤시고 다니면서 그렇게 힘들게 하더니,
          이젠 우리 변호사님까지..
          사고사로 결정 난 일을 왜 자꾸 살인사건으로 몰아갈라 그러는 건지,
          (보며) 혹시 여기엔 우리가 모르는 모종의 음모론 같은 게 도사리고 있
          는 건 아닐까요 변호사님?
태 욱   신경 쓰지 마세요, 그냥 우리는 우리 할 일 합시다.
          (담담하게 라면 먹는다, 진짜로 전혀 아무렇지 않은 표정)
정기찬   (걱정스런 눈빛으로 태욱을 본다.. 시선 위로)

S#41. 혜란의 집 거실.

쓰윽 프레임인 되는 혜란, 시계를 한 번 들여다본다.

왜 이렇게 안 오지? 그러면서 핸드폰으로 전화를 걸어본다.

〈윤송이〉라는 이름 누르는데.. 받지 않는다.

혜란, 묘하게 긴장되는 눈빛.. 왜 안 받지? 하는데 그때

남자F	여보세요?
혜 란	(멈칫..) 윤송이 씨 핸드폰 아닙니까?
남자F	아.. 윤송이 씨랑 어떻게 되시죠?
혜 란	(뭐지?) 친군데요. 실례지만 전화 받으시는 분은 누구시죠?
남자F	여기 병원입니다.
혜 란	(병원..? 놀라는 눈빛에서)

S#42. 병원 복도 일각.

허겁지겁 안으로 들어오는 혜란,

간호사 스테이션에 무언가 물어보는 듯한 모습,

간호사1, 한쪽을 가리키면 혜란 그쪽으로 허겁지겁 달려온다.

중환자실 앞.

혜란, 믿을 수 없는 표정으로 중환자실 팻말을 본다.

(INSERT〉 머리에 붕대를 감은 채 산소 콧줄을 차고 있는 윤송이.)

혜란 그대로 밀고 들어가려는데 탁! 잡는 손

혜 란	(흠짓.. 놀라서 돌아보면)
장 국장	어차피 지금 면회 안 될 거야, 나랑 얘기 좀 하자.
	(돌아서서 한쪽으로 간다)
혜 란	(장 국장을 보면)

S#43. 병원 내 (또는 외부) 일각.

혜 란   어떻게 된 거예요?

장 국장   경찰 말로는 삑치기로 보인다는데..

          막상 가방이랑 소지품들은 손도 안 댔다 그러니까..

          (보며) 혹시 윤 기자랑 전화로 무슨 얘기 한 거 없었어?

혜 란   저한테 할 얘기가 있다고만 했어요,

          그래서 집으로 오기로 했었구요. 거기까지가 다예요.

          (보며) 왜요? 국장님 뭐 아는 거 있어요?

장 국장   실은, 아까 낮에 서은주를 만나러 갔었어.

혜 란   그게 무슨 말이에요? 윤 기자가 서은주를 왜요?

장 국장   내가 부탁했어.

혜 란   (뭐라구? 보며) 왜요?

장 국장   고혜란이 지 남편 죽었다고 매일같이 회사 앞에서 피켓 들고

          시위하는데, 누군가는 그 여자 얘기를 들어줘야 한다고 생각했어.

          그래서..

혜 란   그러니까 왜 하필 윤 기자한테 그런 부탁을 하신 건데요! 왜!!!!

장 국장   자네 편에 서줄 사람이 가서 들어야,

          덮을 거 덮고, 담을 얘긴 담고, 그럴 거 아냐!

혜 란   (열 받아) 다 보여줬잖아요! 다 얘기했잖아요 국장님한테는!!!!

          그런데 뭐가 더 궁금하셨어요? 뭘 더 캐고 싶으셨는데요?

          겉으로는 내 편인 척 하면서 혹시 속으로는,

          내가 이재영을 죽였다고 생각하고 있었어요?

          그래서 서은주가 뭐 더 아는 거 없나, 떠보라고 윤 기자 보낸 거예요?

장 국장   목소리 낮춰! 여기 공공장소야 임마!

혜 란   국장님이 지금 저 열 받게 하고 계시잖아요!!!! (버럭질하는데)

장 국장   실은 어제 저녁 강기준 형사가 방송국에 찾아왔었어!

혜 란   (멈칫..! 쳐다보는 눈빛 위로)

장 국장   자네가 케빈 리를 만나러 간 그날..

          강태욱 변호사가 방송국에 왔던 걸 알고 있더군.

혜 란   (쿵!!!! 그날 밤...? 시선에서)

          플래시백〉 스튜디오 앞 복도 일각. 4부 47씬
          혜란과 태욱 팽팽히. 태욱, 남색 코트 입고 서 있다.

태 욱   너는!!! 내가 지금 무슨 맘으로 견디고 있는지.
          내가 너를 이해하려고 얼마나 미치게 노력 중인지..!
          너는 나를 보고 있긴 한 거야?

          다시 현재〉
혜 란   (마른 침 한 번 삼킨 뒤) 그게 왜요?
          태욱 씨가 그날 밤 날 만나러 온 게.. 그게 케빈 리 사건이랑
          무슨 상관인데요?

S#44. 플래시백〉 국장실.

강기준   고혜란을 제외했을 때..
          가장 유력한 용의자가 누굴지 유추하고 있는 중입니다.
장 국장   설마.. 그게 고혜란 남편이라는 얘깁니까?
강기준   아내를 만나러 방송국에 왔다가,
          다른 남자 만나러 나가는 걸 목격했다면요?
          (플래시백〉 4부 55씬. 혜란의 차가 밖으로 나오는 걸 보는 태욱)
          고혜란과 케빈 리가 외딴곳에서 만나는 걸 실제로 봤다면요?
          (플래시백〉 4부 60씬. 차 안에서 케빈 리가 혜란의 차에 타는 걸 보는
          태욱)
          그런데 하필 그 다음 새벽 케빈 리가 사망했습니다.
          고혜란이 범인이 아니라면 누가 가장 유력한 용의자가 될까요?
          (시선에서)

S#45. 병원 복도.

혜 란 지금 그걸 말이라구 하는 거예요 국장님?

장 국장 아주 말이 안 되는 건 아니지.

혜 란 아뇨!!! 전혀 말이 안 된다고 생각합니다!
강태욱은 절대로 그런 사람이 아니에요!!!

장 국장 절대로! 그럴 것 같지 않은 사람들은 없어!
오히려 절대로 그럴 것 같지 않은 인간들이, 얼마나 이기적인지!
자기 자신을 위해서 얼마나 더 끔찍한 짓들을 저지르는지,
누구보다 니가 더 잘 알잖아.
그런 인간들을 뉴스로 고발하고 까발려온 사람이 고혜란, 바로 너니까!

혜 란 (부들부들 떨려오는 몸... 애써 어금니 꾹 문 채 노려보면)

장 국장 만약에, (보며) 이건 정말 생각하고 싶진 않지만,
만에 하나 정말로 강태욱이 케빈 리를.. (하는데)

혜 란 (버럭!) 국장님!!!

장 국장 충분히 의심해볼 만한 상황인 건 사실이야.

혜 란 저하구 이대로 연 끊으실래요?

장 국장 혜란아,

혜 란 한마디만 더 하세요! 그땐 저.. 정말로 국장님 안 봅니다!
아니!!! (부들부들 노려보며) 인간으로 상대 안 할 겁니다!
(찍어누르듯 노려본 뒤, 홱! 돌아서서 가버린다)

장 국장 (흠..! 본다. 혜란이가 생각보다 많이 흥분하고 있다..!
뭔가 있긴 있는데..! 싶은 눈빛에서)

S#46. 방송국 앞.

끼익!!! 와서 멈춰 서는 혜란의 차.
시동 걸어둔 채 차 문 열고 나오는 혜란..
차 문도 열어둔 채 그대로 앞만 보며 성큼성큼 걸어오는 그녀,

저 앞으로 서 있는 은주가 보인다.

혜 란   (은주를 노려보며 그 앞으로 다가서서 홱! 팔을 낚아챈다)
은 주   (멈칫.. 놀라서 쳐다보면)
혜 란   나랑 얘기 좀 해. (잡아끄는데)
은 주   (그대로 탁! 뿌리친다) 너랑 할 얘기 없는데 나는.
혜 란   (보더니, 그대로 훅! 다가서더니) 윤 기자랑 너 무슨 얘기했어?
은 주   그게 왜 궁금한 건데?
혜 란   너랑 헤어지자마자 윤 기자.. 날 만나러 오다가 습격당했어!
          의식 잃고 지금 병원에 누워 있다구, 알아?
은 주   (멈칫..! 혜란을 본다)
혜 란   무슨 얘길 한 거야 너! 대체 무슨 얘길 했길래..! (하는데)
은 주   강태욱, 니 남편.
혜 란   (멈칫.. 본다)
은 주   니 남편 얘길 했어. 그리고 블랙박스에서 내가 본 것들두 같이.
혜 란   (노려보는 위로 계속)
은 주   솔직히 나는 니가 재영 씰 죽였다고 생각했어,
          그래서 강태욱이 블랙박스에 있는 내용도 지워버렸다구..
          오로지 널 지켜주기 위해서.
          그런데 윤 기자는 생각이 좀 다른 것 같더라.
혜 란   윤 기자가 뭐라고 했는데?

S#47. 다시 카페 일각. (35씬에서 연결)

윤송이   이상하네요, 그걸 왜 지웠을까요?
은 주   그게 세상에 나오면 혜란이하구 우리 남편,
          외도했다는 게 사실이 돼버리니까요. 그게 무서웠겠죠.
윤송이   물론 그렇기야 하겠죠. 그치만 살인 혐의는 벗을 수 있었을 텐데요, 아
          닌가요?

은 주	(뭐라구?) 그게 무슨...
윤송이	고혜란이 케빈 리한테 사랑으로 기억하고 싶다고 했다면서요?
	그렇게까지 말한 사람이 왜 케빈 리를 죽였을까요?
은 주	그야.. 혜란이가 거짓말로 달래려구,
윤송이	그러니까 왜요?
	왜 그런 거짓말까지 하면서 케빈 리를 달랬을까요?
	잡음 없이 조용히.. 케빈 리와의 관계를 정리하고 싶어서 아닐까요?
은 주	(순간 멈칫..! 윤송이를 본다, 그 위로 계속)
윤송이	그렇다면 그 블랙박스는 고혜란한테 오히려 유리한 증거물이
	될 텐데.. 더구나 강태욱 변호사가 그걸 모를 리 없을 텐데..
	왜.. 그걸 지워버린 걸까요? 안 이상하세요? (보면)

S#48. 다시 방송국 앞.

혜 란	(쿵! 뒷통수 맞은 듯.. 그 말에 멍하니 은주를 보는 위로)
은 주	그래서 생각했어.
	어쩌면.. 그게 밖으로 나왔을 때 가장 참을 수 없었던 사람은..
	니가 아니라 강태욱일 수도 있었겠구나..
혜 란	(나직이) 아니야..
은 주	강태욱이란 사람은 아내의 유무죄를 가리는 것보다 본인의 수치심을
	가리는 게 더 중요했던 사람이었구나,
혜 란	아니야 그런 사람!
은 주	(묘한 조소로) 그렇게 믿고 싶겠지, 그 심정.. 내가 좀 알지.
	하지만 강태욱도 결국은 질투심 가득한 남자였던 거야.
	그걸 좀 더 젠틀하게 포장하고 있을 뿐이지. 아니니?
혜 란	(노려보며) 날 괴롭히고 싶어? 그렇다면 얼마든지 괴롭혀.
	하지만 강태욱 그 사람을 두고 함부로 이 말 저 말 지어내지 마!
	그 사람은..! (울컥..!) 그 사람은..!!!!
	나 같은 걸 참아주고 견뎌줬던 유일한 사람이야..

나보다 더 나를 이해하고.. 내 편이 돼준 사람이야! 알아?
함부로 말하지 마! 니가 그래도 되는 사람 아니야!!

은 주   그래? (묘하게 피식.. 비웃는 듯한 미소, 스치며)
그랬던 사람을.. 결국 니가 또 살인자로 만든 거구나, 그러니까.

혜 란   (쿵!)

은 주   19년 전.. 명우한테 그랬던 것처럼, 니 남편까지. (보며) 그렇지?

혜 란   (쿵!!!!!! 보면)

은 주   (들고 있던 피켓.. 그대로 툭! 던져버리더니)
이제 이런 거 더 안 해도 되겠다. (보며) 너.. 충분히 괴로워 보여.

혜 란   (가까스로 눈물을 꾹 누른 채 은주를 노려보면)

은 주   아 참.. 니가 뭘 잘못 알고 있는 게 있는데,
윤 기자, 나랑 헤어지자마자 너 만나러 간 거 아니야.
다른 사람 만나러 갔어.

혜 란   (? 보면)

S#49. 카페 건물 엘리베이터 안.

지하주차장으로 내려가는 엘리베이터를 기다리며,

윤송이   (핸드폰 귀에 댄 채) 여보세요, 태욱 씨?
지금 바쁘세요? 잠깐 만나서 할 얘기가 있는데...
(엘리베이터 도착하자 안에 올라타는 그 뒤로)

카페에서 나오는 은주, 윤송이 쪽을 돌아보면.

윤송이   네, 태욱 씨. 그럼 거기서 뵙죠, 네에..
(탁! 끊고 버튼 누른다, 엘리베이터 문 닫히면)

S#50. 방송국 앞 일각.

은 주   윤송이가 왜 저렇게 됐는지 궁금해?

           니 남편한테 가서 물어봐.

           (그러더니 그대로 돌아서서 걸어가버린다)

혜 란   !!! (쿵!!! 한순간에 모든 게 무너져 내리는 기분으로..

           멀어지는 은주를 본다. 시선에서)

S#51. 여행사.

        태욱, 쓰윽 집어 들어서 브로슈어를 본다.

        한눈에 봐도 휴양의 느낌 물씬 풍기는 곳의 그림이 펼쳐지고..

여행사직원   (브로슈어 보면서 설명하는) 휴식을 원하시면 리조트나

              풀빌라 쪽을 보시면 되구요. 투어를 원하시면 ...

태 욱   투어는 됐습니다. 쉬고 싶어서 떠나는 거니까..

여행사직원   출발 날짜는 언제로 잡을까요,

태 욱   가능한 가장 빠른 날짜가 언젭니까?

여행사직원   잠시만요, (타타타타.. 알아보는 위로)

태 욱   (조용한 눈빛으로 브로슈어 쳐다보는 데서)

태욱E   우리, 여행 가자.

S#52. 태욱의 회상〉 혜란의 집 침실. N

        태욱과 혜란 편안한 느낌으로 마주 보며 누워 있다.

혜 란   여행?

태 욱   결혼하고 7년 동안 여행 한 번 못 갔잖아.

오랜만에 휴가까지 냈는데.. 우리 둘이 어디든 가서 푹 쉬다 오자. 응?

혜 란   (태욱을 올려다보며) 그래, 가자. 어디가 좋을까?

태 욱   어디 가고 싶은데?

혜 란   그냥 따뜻한 데.. 아무 생각 없이 푹 쉴 수 있는 곳이면 좋겠는데..
          파도 소리도 들리고..

태 욱   좋지.

혜 란   아는 사람도 없고 우리 둘만 있을 수 있는 데..

태 욱   그래, 그런 데로 가자..
          (그러면서 혜란의 머리칼 넘겨주면서 이마에 입맞추는)

혜 란   (태욱의 품에 꼭 안긴다)

태 욱   (그런 혜란 꼭 안아주는 데서)

S#53. 다시 현재〉 여행사.

여행사직원 이번 주 주말 출발하는 거 가능할 거 같은데요,
           4일밖에 안 남았는데 괜찮으시겠어요?

태 욱   (그 말에 시선 들어 본다)

여행사직원 어떻게.. 비행기표랑 호텔 예약, 해드릴까요?

태 욱   (본다. 잠시 간격을 둔 뒤) 네, 해주세요. (시선에서)

S#54. 약국 안.

쓰러질 듯 문을 밀고 들어서는 혜란,

혜 란   여기.. 두통약 하나 주세요.

약사 건네면, 그대로 입에 털어놓고 물 한 모금 꿀꺽 삼킨다.
정신 차리자 혜란아..! 정신 차려야 해..!

계산 마친 카드 도로 가방에 집어넣다가 그대로 툭!
가방을 바닥에 떨어뜨리고 마는 혜란,
(** 이 가방은 검찰청에서 브로치 찾아왔을 때 들었던 가방과 동일해야
함)
그 바람에 가방 안에 넣어두었던 브로치가 툭..! 바닥으로
굴러 떨어진다. 혜란 순간 멈칫.. 내려다보는 위로.

강기준E   그 브로치 말입니다.

S#55. 그날 밤 사고 당일〉 혜란의 집 거실.

한쪽에 툭.. 코트를 던져놓는 혜란,
그 코트에서 툭.. 떨어지는 브로치를 혜란의 발끝이 툭..
건드린다.

강기준E   대체.. 그게 왜 죽은 케빈 리 차 안에 있었을까요?

혜란.. 주울 생각도 못한 채 그대로 소파에 털썩 앉는다.
덜덜 떨리는 기분.
말없이 손에 낀 장갑을 내려다보는 그녀의 눈빛. 그때
지잉지잉 진동으로 울리는 그녀의 핸드폰 꺼내 보면 〈서은주〉다.
혜란 물끄러미 울리는 핸드폰을 바라보다가.
그대로 힘없이 쓰러져 눕는다.
(시간 경과로)
DIS. 정갈한 주방 한쪽에 놓인 컵 하나..
DIS. 현관에 아무렇게나 벗겨진 혜란의 구두 옆으로
단정하게 놓인 태욱의 구두...
DIS. 소파에 잠든 혜란 위로 째깍째깍 시계 소리 가득하다.
그 위로

강기준E   고혜란 씨 말고 그 집에 정말 아무도 없었습니까?

그때.. 서재 문이 열리면서 나오는 발 하나..
혜란이 누워 있는 소파 앞으로 와서 멈춰 선다. 태욱이다.
잠든 혜란을 물끄러미 내려다보는 태욱,
분노와 배신감.. 아픔과 슬픔이 교차되는 눈빛으로 혜란을 보다가
그대로 돌아서는데 순간 멈칫.. 발밑에 밟히는 무언가..

태 욱   (내려다보면, 브로치다)

태욱, 말없이 그 브로치를 손으로 집어 든다.
내려다보는 태욱의 모습..
그 뒤로 천천히 프레임인 되면서 거실로 들어서는 현재의 혜란.
(과거와 현재 시점이 동시에 진행되면서)
그날 밤, 소파에 드러누운 혜란을 내려다보는 태욱의 뒷모습을..
현재 시점의 혜란이 목격하듯 바라본다.
태욱의 손에 들려 있는 그 브로치를 보는 현재 시점의 혜란,
그날 밤 태욱이 입고 있던 검정 코트를 본다..
고개 돌려 현관에 가지런히 놓여 있던 그날 밤의 구두를 본다.

혜 란   ....! (순간)

S#56. 태욱의 서재. N

쿵! 문을 밀고 안으로 들어오는 혜란
옷장 문을 열고 텍이 붙어 있던 새 코트를 꺼내 든다.

S#57. 혜란의 집 현관. N

신발장 문을 열고 태욱의 새 신발을 집어든다.

S#58. 혜란의 집 드레스룸. N

꺼내 들고 온 태욱의 새 코트와 신발을 한쪽에 올려놓더니
화장대 한쪽 서랍을 연다.
그 안으로 가지런히 정리되어 있는 각종 영수증과 카드 내역서들.
그중, 1월달치 백화점 카드 내역서를 하나 찾아든다.
쭉 날짜를 찾아 내려가다가
1월 18일.. (사건 당일이다)
그 옆으로 찍혀 있는 동 브랜드 코트와 동 브랜드 구두까지..

혜 란   ....! (쿵!!!! 머리를 얻어맞는 느낌에서)

S#59. INSERT〉백화점.

   1. 매장 안.
      태욱, 매장 안에서 입고 있고 있던 코트와 동일한 모델로 집어 든다.
      구두도 동일한 것으로 집어 든 뒤 계산하는 태욱의 모습 스틸.
   2. 백화점 내 피팅룸.
      새 코트와 새 구두로 갈아신는 태욱,
      입고 있던 코트와 구두를 둘둘 말아 종이백에 넣는다, 스틸.
   3. 백화점 다른 일각.
      쭉 걸어오면서 커다란 휴지통에 종이백을
      아무렇지도 않게 툭! 버려버리는 데서 스틸.
      그 옆으로 태욱, 전혀 거리낌 없는 표정으로 쭉 걸어 나오는 데서.

S#60. 다시 혜란의 드레스룸. N

툭..! 내역서 들고 있던 손을 떨구는 혜란,

혜 란   (나직이) 아니야.. 그럴 리가 없어.

(INSERT〉 현관으로 쓰윽.. 들어오는 태욱의 발..)
혜란, 옆에 놓여 있는 태욱의 새 코트와 새 구두를 내려다보는 눈빛
붉어져 오는 눈시울...

혜 란   아니야.. (고개를 가로젓는다. 붉어져 오는 눈시울)

(INSERT〉 어둑한 가운데 유일하게 불 켜진 드레스룸 앞으로
다가서는 태욱의 뒷모습)
혜란, 어찌할 바를 모른 채 다시 한 번 카드 내역서를 들여다본다.
1월 18일... 하필 또 그날.. 어지러운 눈빛에서.
(INSERT〉 스윽.. 드레스룸의 문을 여는 태욱의 손)
혜란, 어쩔 줄 모르는 표정 위로.
(플래시백) 그녀가 태욱의 서재 서랍에서 봤던 범칙금 고지서의 날짜
1월 18일..)
그녀가 들고 있는 백화점 카드 내역서의 날짜 1월 18일..!

혜 란   (중얼거리듯..) 아니야.. 아니야...! (하면서 돌아서는 순간)

두둥! 바로 뒤에 서서 혜란을 바라보고 있는 태욱.

혜 란   (쿵..! 완전 놀란 눈빛으로 태욱을 본다)

태욱, 혜란이 들고 있는 카드 내역서를 본다.
그 옆으로 어지럽게 던져지듯 놓여져 있는

자신의 새 코트와 새 구두를 본다.
태욱, 순간 뭐라 말할 수 없는 슬픔이 짓눌러온다.
그리고는 다시 천천히 시선 돌려 혜란을 본다.

태 욱   혜란아.. (나직이 불러본다)
혜 란   당신이었어...?
태 욱   (혜란을 본다)

INSERT〉 그날 밤. 도로.
달리는 태욱의 차. 재영의 집 쪽을 향한다.
(아직은 눈이 내리지 않은 상태)
그때 빨간불로 바뀌는 신호. 태욱의 차 정지선 앞에 정차한다.
그러다 문득 반대편 차선을 보면 서 있는 차량 한 대..
운전석에 재영이 보인다.

태 욱   ...! (이재영이다. 굳어 보는데)

현재〉 혜란의 드레스룸.

혜 란   아니지..? (울컥...!)
태 욱   (점점 흔들리기 시작하는 눈빛)
혜 란   아니라고 말해... 응? 당신.. 아니잖아.
            당신이 그럴 리 없잖아...
태 욱   (대답하지 못한다. 내부로부터 천천히 무너지기 시작하는 무엇..)

다시 INSERT〉 그날 밤, 도로.
초록불로 신호 바뀌고 출발하는 재영의 차.
정차되어 있는 태욱의 차를 스쳐 지나가는데.

태 욱   (굳은 얼굴로 자신을 스치는 재영을 본다)

그때 뒤에서 E. 빠앙...! 경적 울리는 뒤차 (빨리 가라고)
태욱, 부웅.... 달려 나가는 듯하더니 그대로 불법 유턴한 후
빨간불로 바뀐 신호 무시하고 과속으로 질주.
(INSERT〉 횡단보도 근처의 CCTV/ 신호 위반. 속도 위반)
앞서 달려가는 재영의 차를 맹렬하게 뒤쫓기 시작하는데
다시 현재〉 혜란의 드레스룸.

혜 란   (대답하지 못하는 태욱을.. 믿을 수 없는 눈빛으로 빤히 본다,
        얼어붙는 표정 위로 툭...! 눈물이 떨어지고 마는)

태 욱   (그런 혜란을 본다. 보더니 최대한 동요되지 않은 채, 차분하게..)
        우리.. 여행 가자. 혜란아.

혜 란   (허...! 그를 바라보는)

태 욱   여기 말구.. 아무도 우릴 모르는 곳으로 같이 가자.. 음?
        (하는데 눈빛도 목소리도 떨리고 있다)

혜 란   (투두둑..!! 눈물이 떨어진다. 깊은 실망과 배신감..!
        끝까지 아닐 거라고 믿었던 마음에 대한 좌절, 분노가 밀려오며)
        이재영.. 당신이 죽였니?

태 욱   혜란아.. (다가서려는데)

혜 란   (훅! 뒤로 물러서며 간격을 둔다)

태 욱   (멈칫.. 시선 들어 혜란을 보면)

혜 란   말해! 이재영.. 당신이 죽였어?

태 욱   (본다)

혜 란   말하라구 이 자식아아!!!! (외치면)

태 욱   (표정 없이 혜란을 본다. 보다가 아주 건조하고, 짧게) 어.

혜 란   ....! (쿵...! 바라본다)

태 욱   (피하지 않은 채 혜란을 조용히 응시한다)

        툭.. 바닥으로 떨어지는 카드 내역서....

혜란E   강태욱... 너, 나한테 무슨 짓을 한 거니?

태 욱   (본다)
혜 란   (본다)

　　　　그렇게 파국을 향해 마주 선 혜란과 태욱, 두 사람의 모습에서.

제 16부

연무

煙霧

S#1. 혜란의 집 드레스룸.

혜 란   당신이었어...?
태 욱   (혜란을 본다)

플래시백〉 떨어진 혜란의 브로치를 집어 드는 태욱의 손.

혜 란   아니지?

INSERT〉 그날 밤. 도로.
빨간불로 바뀌는 신호. 태욱의 차 정지선 앞에 정차한다.
그러다 문득 반대편 차선을 보면 서 있는 차량 한 대..
운전석에 재영이 보인다.

태 욱   ...! (이재영이다. 굳어 보는데)

현재〉 혜란의 집 드레스룸.

혜 란   아니라고 말해... 응? 당신.. 아니잖아.
         당신이 그럴 리 없잖아...
태 욱   (대답하지 못한다. 내부로부터 천천히 무너지기 시작하는 무엇..)
         그때 나는 아무것도 보이지 않았어.

다시 INSERT〉 그날 밤, 도로.
초록불로 신호 바뀌고 출발하는 재영의 차.
정차되어 있는 태욱의 차를 스쳐 지나간다.

태 욱   (굳은 얼굴로 자신을 스치는 재영을 보는 위로)

찰나처럼 스쳐 지나가는 수많은 순간들.
플래시백〉
엘리베이터에서 만났던 케빈 리와 태욱. (3부 25씬)
케빈 리로부터 브로치를 건네받던 순간하며. (4부 18씬)
대교 밑에서 혜란의 차에 올라타던 케빈 리의 뒷모습까지.(4부 59씬)

혜 란   잤냐구? 안 잤어! 안 잤다구 이 개자식아!!! (5부 21씬)
태욱E   그리고 아무것도 들리지 않았어.
         순간 그때 뒤에서 E. 빠앙...! 경적 울리는 뒤차. (빨리 가라고)
         태욱, 부웅.... 달려 나가는 듯 하더니 순간 그대로 불법 유턴한 후
         빨간불로 바뀐 신호 무시하고 과속으로 질주.
         (INSERT〉 횡단보도 근처의 CCTV/ 신호 위반. 속도 위반)
         태욱 앞서 달려가는 재영의 차를 맹렬하게 뒤쫓기 시작하면서.

S#2. 다른 도로 재영의 차 & 태욱의 차. N

운전 중인 재영. 룸미러를 보면, 한 대의 차가 자신을 쫓고 있다.

재 영   (뭐지? 하는데)

저 앞 신호가 다시 빨간불로 바뀌고. 멈춰 서는 재영의 차,
백미러로 쫓아오던 차량을 쳐다보는데,
태욱의 차, 뒤에 서지 않고 차선을 바꿔 재영의 바로 옆에 멈춘다.

태 욱	(운전대를 잡은 채 고개 돌려 재영을 본다)
재 영	(보면, 그제야 태욱인 걸 안다)
태 욱	(본다)
재 영	(어쭈..? 하는 눈빛으로 보는데 그때)

다시 초록불로 바뀌는 신호등.
태욱, 쎄한 눈빛으로 재영보다 한발 앞서 부웅 출발하고.

재 영	(본다. 새끼... 엑셀을 붕 밟아 뒤따라가는 데서)

S#3. 아치울 교각 밑. (살해 현장) N

차를 세워둔 채 마주 선 두 남자.

재 영	(굳은 표정의 태욱 본다) 뭡니까?
태 욱	(시선 똑바로) 긴말하지 않겠습니다.
	혜란이 앞에 두 번 다시 나타나지 마세요.
재 영	(피식... 보면)
태 욱	(딱 굳어) 가정이 있는 사람입니다.
	나는 그 사람의 남편이고, 그 사람은 내 아냅니다.
재 영	그 전엔 내 여자였고.
태 욱	(보면)
재 영	(미소로) 그래 맞아. 혜란인 당신 와이프지.
	그런데 왜 나를 잊지 못하고 찾아왔을까?
	잘난 남편. 뻑적지근한 집안. 그래서 나 대신 당신을 골랐지만
	그걸로 만족할 수 없었던 거겠지. 혜란이가 원한 건 사랑이었으니까.
태 욱	(어금니를 꾹 물며 노려보는 위로 계속)
재 영	(도발하듯) 보고 싶고, 만지고 싶고. 안고 싶고....
태 욱	(점점 무섭게 표정 굳으며) 그만해,

재 영	아내? 가정? (피식) 그게 아니라 비즈니스라고 해야지, 그 결혼은
태 욱	그만하라구 했어요.
재 영	(딱 굳어) 종이쪼가리에 부부라고 적혀 있음 니 여자야?
	당신. 혜란이한테 사랑한다는 말, 들어본 적 없잖아.
태 욱	(자신도 모르게 주먹에 힘이 꽉...!)
재 영	(모르고. 비릿하게 웃으면서) 내 아내? 새끼... 웃기구 있네.
	(쎄해진 눈빛으로 태욱을 지나쳐 차 쪽으로 걸어가는 찰나)
태 욱	(그대로 뒷덜미를 잡아 낚아챈다)
재 영	(순간적으로 홱! 종아리가 뒤틀리듯 꺾이는 순간)
태 욱	(그대로 잡아챈 뒷덜미를 잡고 있는 힘껏 벽을 향해 쿵!!!)

순간 쿵!!!! 에이치 빔이 박혀 있는 그곳에 머리를 부딪힌다.
그러더니 그대로 주르르 주저앉는 그.
태욱, 분노로 씩씩거리며 재영을 노려본다. 보는데 뭔가 이상하다
재영, 움직이지 않는다...
너무나 순식간에 일어난 일에 태욱 멍한 눈빛으로 본다.

태 욱	(지금 무슨 일이 일어난 건가... 나는 무슨 짓을 한 건가....멍하니)
태욱E	그리고 모든 건 순식간에 일어나버리고 말았지.

어둠속. 망연자실 서 있는 태욱의 모습 길게..... 주다가

S#4. 도로 & 달리는 재영의 차 안.

운전 중인 태욱, 반은 넋이 나간 눈빛..
그 뒷좌석에 죽은 채 놓여진 재영이 보이고.
백미러로 뒷좌석에 죽어 있는 재영을 보는 태욱..
그러다 다시 앞을 보는 태욱, 점점 눈시울이 붉어져 온다.
착잡하고.. 금방이라도 무너져 내릴 것 같은 멘탈..!

안 돼! 정신 차리자 강태욱...!! 정신 차려야 해...!
그때 옆으로 샛길 하나가 눈에 들어온다.
차량 통행이 거의 없는 인적 없는 내리막길이다.

태 욱   .... (그 샛길을 본다)

태욱, 획 샛길로 핸들을 꺾는다.
내리막길을 향해 빠르게 달리는 태욱.
꾸욱,,,, 엑셀을 밟는다.
(INSERT) 빠르게 내리막길을 달려 내려가는 재영의 차 바퀴)
두 손으로 핸들을 꽉 잡는 태욱의 눈빛...
속도계 눈금이 점점 올라가고 있다.
그렇게 곤두박질치는 느낌으로 내려가는 재영의 차량,
터널 같은 것 속으로 빨려 들어가듯 그쪽을 향해 쭉 사라지더니
잠시 후, 어느 순간 E. 콰과과광 !!!!!!!
엄청 요란하게 무언가 들이받고 부서지는 소리.
(바퀴 끌리는 소리가 나면 절대 안 됨!)

S#5. 사고지점. N

가로등을 들이박은 재영의 차가 보이고.
찌그러진 채 반쯤 들린 보닛에선 연기가 솔솔 피어난다.
화면 보닛 쪽에서 운전석으로 이동하면
고개를 에어백에 박고 있는 태욱.

태욱E   그때 난 같이 죽을 생각이었지만.. 그것조차 내 맘대로 안 됐어.

잠시 그대로 있다 고통스러운 얼굴로 시선 들면
차창으로 톡... 톡... 떨어지는 눈발.

태욱, 잠시 그 눈을 본다.

그러다 타박상을 입은 듯 가슴 부위를 잡으며

고통스런 표정으로 나오는 태욱.

(*** 그 뒤로 조수석 쪽으로 떨어져 있는 브로치가 보이면서)

눈은 이제 본격적으로 내리기 시작한다.

태욱 뒷좌석 문을 열고 죽어 있는 재영의 사체를 들어올린다. (페이드
아웃)

운전석에 털썩 앉혀지는 재영의 사체. (페이드아웃)

태욱, 가슴 쪽에 통증이 계속 느껴진다... 숨을 몰아쉬며

주머니에서 손수건 꺼내 핸들, 문 손잡이 등을 닦는다. (페이드아웃)

태욱, 늘어진 재영을 본다.

그대로 쿵!!! 운전석 문을 닫는 데서 (페이드아웃)

펄펄... 눈송이가 내리기 시작한다.

돌아서서 사고지점과 반대 방향으로 걸어가는 태욱.

그 뒤로 재영의 차에선 하얀 연기가 피어오르고

태욱E   모든 게 다.. 거짓말 같이..

그 모든 것들을 뒤로한 채 걸어오는 태욱의 모습 그 위로

점점 거세지는 눈송이가 펄펄.. 흩날리는 위로

태욱E   그렇게 다.. 묻혀버렸어.

S#6. 마을 쪽 버스정류장. 다른 길. (새벽)

그 한쪽에 앉아 있는 태욱, 그 위로 쏟아지는 눈...

저 앞으로 소방차와 구급차들 정신없이 달려가는 게 보인다.

태욱, 조용히 시선 들어 멀어지는 소방차와 구급차들을 본다.

울컥..!! 하는 감정을 최대한 꾹 누르며 애써 참는 그의 모습.

그 앞으로 와서 멈춰서는 첫 버스.
철컥, 문이 열린다. 그 위로.

라디오E   57분 교통정봅니다.
어젯밤부터 간헐적으로 내리던 눈발이 새벽부터 굵어지기 시작해
오늘은 최대 6센티 이상의 눈이 내릴 것으로 예상됩니다.

잠시 후, 출발하는 버스에서.

S#7. 버스 안. (새벽)

움직이는 버스 창가에 앉은 태욱의 멍한 눈빛.
저 뒤로 점처럼 아스라이 멀어지는 소방차와 구급차의 불빛들...
태욱, 그대로 눈을 감아버리는 위로.

혜란E   먼저 밤사이 들어온 속봅니다.
오늘 새벽, 프로골퍼 케빈 리 씨가 교통사고로... 사망했습니다.
(혜란의 방송 목소리 아득히 페이드아웃 되면서)

S#8. 현재〉혜란의 집 드레스룸. N

태욱의 눈빛으로 연결된다.
그런 태욱을 바라보는 혜란, 믿을 수 없다. 있을 수도 없는 일이다.
망연자실..... 태욱을 보다 그대로 힘없이 툭..!
화장대 한편에 기대서는. (그 바람에 화장품들 우르르 쓰러지고..)

태 욱   (멈칫.. 그런 혜란을 보면)
혜 란   왜 말하지 않았어...?

태 욱	(본다)
혜 란	대체 무슨 의도루..! 어떤 맘으로 지금까지 말 안 하고 있었던 건데!
태 욱	혜란아,
혜 란	당신..! 정말로 나한테 다 뒤집어씌울 셈이었어?
	내가 세상 사람들한테 돌 맞는 게.. 그렇게 보고 싶었니?
태 욱	고통스러웠어! 어찌할 바를 몰라서 괴로웠다구 나두!
혜 란	넌 나한테 말했어야 했어 강태욱!!
	몇 번이나 기회가 있었어. 그런데 너는 끝까지 침묵했어.
	내가 묻지 않았다면 넌 끝까지.. 위선을 떨며 거짓말을 했겠지!
태 욱	들키고 싶지 않았어. 묻을 수만 있다면 묻어버리고 싶었어,
	아무도 모르게... 그렇게 하고 싶었어.
	그렇게 할 수 있다고 생각했어!
혜 란	차라리.. (흐흑..! 울음이 터지는 걸 누르며) 차라리 날 죽이지 그랬어!
태 욱	(그 말이 칼이 되어 그를 찌른다)
혜 란	너는.. 이재영이가 아니라 날 죽였어야 했어!
	(그리고는 그대로 지나쳐 나가려는데)
태 욱	혜란아..! (팔을 잡는데)
혜 란	(동시에 탁!!! 뿌리친다)
태 욱	(멈칫, 혜란을 보면)
혜 란	(차가운 분노로) 내 몸에 손대지 마!

혜란, 그대로 밖으로 나간다. 현관문 소리 쿵! 닫히는 소리와 함께
태욱에게 남아 있던 모든 불이 다 꺼져버린 느낌.
밀려오는 후회, 자책....눈시울이 붉어진다. 그 위로,

태욱E	나는.. 당신한테 어떤 말도 할 수가 없었어.

S#9. 혜란의 집 주차장. N

혜란, 입은 옷차림 그대로 나와 차에 올라탄다.
시동을 걸려다가 그대로 핸들을 꼭 끌어안듯 부여잡는 혜란,
그대로 고개를 묻어버리면서 쏟아지는 소리 없는 오열..
눈물이 뚝..! 뚝..! 떨어지고 있고...

태욱E   어떤 말을 해도 전부 변명처럼 될 테니까.
하지만 혜란아.. 모든 게 다 변명 같고 위선 같다고 해도
이것만은 진실이야.

S#10. 혜란의 집 드레스룸. N

우두커니 서 있는 태욱, 붉어진 눈시울로 돌아본다.

태욱E   나는 너.. 사랑이었어.

마지막 순간 툭..! 눈물이 떨어지는 태욱의 얼굴에서,
쿵!!! 블랙 화면 위로
자막, 〈제16부 연무(煙霧)〉

S#11. 은주의 집 거실.

트렁크 있는 대로 나와 있고 은주, 짐 정리 중이다.

은 주   네.. 네, 맞습니다. 제가 예약자 본인이에요.
네, 서은주요, 예약번호가 0626.. 네, 맞습니다.
네네.. 알겠습니다. (끊는다. 후우.. 한숨 돌리며 짐들을 본다)

한쪽에 세워져 있는 재영과의 사진 액자들과 짐들..
그 가운데 재영의 노트북도 보인다.
(플래시백) 재영의 서재. 6부 22씬
믿을 수 없는 눈으로 블랙박스 영상 보는 은주 위로)
그 앞으로 다가서는 은주, 그 노트북을 쓰레기통에 툭! 집어 넣는다

S#12. 병원 윤송이의 병실.

윤송이, 일반실로 옮기긴 했지만 여전히 깊은 잠에 빠진 상태.
혜란, 그 옆에 앉아 먹먹한 눈으로 윤송이 본다.

혜 란   (피곤하고 창백한 표정으로 보다가 조용히 일어선다)

S#13. 병원 복도.

밖으로 나오던 혜란, 그 앞으로 다가서던 은주를 본다.

혜 란   (은주를 본다)
은 주   (혜란을 본다, 시선에서)

S#14. 어느 일각.

(벤치 같은 데 나란히 앉아도 좋고)

은 주   아니라고 우기고, 아니길 바라고.. 그럴 땐 희망이라도 있지.
그것조차 무너지고 나면 아무 것도 없어져버려.
잔인할 정도로.. 허무함만 남더라구.

혜 란   ... (표정 없는)

은 주   나.. 다음 주 월요일 비행기로 떠나.

혜 란   (듣는..)

은 주   그리고 또 살아가겠지.

     끝이 어딘지도 모른 채.. 뭘 향해 가고 있는지도 모른 채..

혜 란   (그 말에 은주를 돌아본다)

은 주   실은.. 그때 말야, 한국에 들어올 때..

     그이가 일주일 정도 하와이에 들렀다 가자고 했었어.

     우리 두 사람 결혼신고만 했지, 신혼여행도 못 갔었거든.

     근데 내가 우겼다...? (울컥!) 빨리 한국에 들어오고 싶다구..

     내가 우겨서, 그 비행기를 탄 건데..

     (혜란을 보며) 그러지 말걸 그랬어.

혜 란   (은주를 본다)

은 주   그 비행기만 안 탔어두.. 그날 공항에서 널 만나지 않았을 거구,

혜 란   (점점 눈시울이 붉어지는 위로)

은 주   그이두.. 죽지 않았을 거구... (목이 멘다..)

혜 란   (미칠 것 같은 기분, 표정 없이 그대로 다시 시선 돌리는...)

     플래시백〉 1부 70씬.

     그때 그 공항에서 마주쳤던 혜란과 이재영과 은주..

     (아주 짧게 찰나처럼 스쳐 지나가면)

혜 란   (떨쳐내듯 자리에서 일어난다, 그리고 돌아서는데)

은 주   (보며) 이제 만족하니?

혜 란   (멈칫.. 멈춰 선다)

은 주   이게 다.. 너 때문이잖아 고혜란.

     나두, 우리 그이두.. 그리구 하명우랑 니 남편까지..

     전부 다 너 때문에 여기까지 온 거잖아..

혜 란   (나 때문이라구...? 흔들리는 눈빛으로 은주를 돌아보면)

은 주   (눈물 그렁그렁한 채 바라보며) 이제.. 만족해?

혜 란	(빤히 쳐다본다)
은 주	그래서 너, 지금 행복하니…?
혜 란	(그 말에 은주를 돌아본다)
은 주	(그렁그렁한 눈물로 보며) 꼭 물어보고 싶었어..
	너는.. 그래서 행복한지.
혜 란	(본다)
은 주	(본다)
혜 란	(보더니) 잘 가라 은주야. 두 번 다시 보지 말자.
	(그리고는 예의 그 냉랭함으로 돌아선다)

빤히 바라보는 은주를 뒤로한 채 차갑게 쭉 걸어오는 혜란..
눈빛은 공허하기 이를 데 없는 데서.

S#15. 혜란의 집 거실.

태욱.. 얼어붙은 듯 소파에 앉아 있는 모습,
그가 바라보는 저편으로 두 사람의 결혼사진이 보인다.
적막한 공간 속, 이질감마저 드는 혜란과 태욱의 그 결혼사진.
창문 너머로 해가 넘어가는 게 쭈욱.. 보여지다가
DIS. N
밤이 돼서도 여전히 태욱, 그 자리 그대로...
DIS.
점점 창밖으로 새벽빛이 스며드는 그때까지 태욱,
그 자리 그대로 꼼짝없이 앉아 있는 모습에서.

S#16. 보도국. N

새벽 3시를 가리키는 시간.

그 한쪽으로 출근하는 장 국장, 밤샘한 직원들 몇몇과
아침인사 나누며 가볍게 계단을 오른다.

S#17. 보도국 국장실. N

휘파람 불며 웃옷 벗어 옷걸이에 걸다가 문득 멈칫 보면
내려다보이는 스튜디오 안. 웅? 뭐지...?
저 아래 누군가 있다. 장 국장, 누구야? 하는 시선에서

S#18. 뉴스나인 스튜디오 안. N

문을 열고 안으로 들어서는 장 국장.
뚜벅뚜벅 걸어 들어오다 보면 두어 개의 소주병과 보이는 하이힐..

장 국장   대체 어떤 자식이 신성한 뉴스룸에서.. (하다가 멈칫..!)

혜란, 뉴스데스크 옆에 기댄 채 철퍼덕 주저앉아 있다.
그녀의 한손에는 마시다 만 소주병 하나가 더 잡혀 있고.

장 국장   (놀란 듯) 고혜란! 야 임마! 너 여기서 뭐하는 거야?
혜 란   (눈을 뜬다. 쓱 고개 돌려 장 국장을 본다) 오셨어요...?
장 국장   임마! 쫌 있다 6시 첫 뉴스 시작이야!
혜 란   아.. 맞다! 뉴스, 그렇지.. 뉴스 해야지..
            (조소하듯) 뉴스는 역시 고혜란이죠 국장님?
            고혜란이 해야 진짜 뉴스 같다 그랬잖아요, 국장님이. (보면)
장 국장   (본다. 보다가 그 옆에 자리 잡고 앉는다. 보며)
            왜 그래? 무슨 일 있어?
혜 란   (씁쓸하게 웃으며) 무슨 일이야 항상 있죠..

장 국장	윤송이 때문에 그래?
혜 란	그러게요, 윤송이가 저러고 있으니 같이 술 마셔줄 친구도 없구.
장 국장	들어가 낭군님하구 마셔, 그럼 되잖아.
혜 란	(씁쓸한 미소 스치더니) 나는.. 어쩌다 여기까지 온 걸까요 국장님.
장 국장	무슨 말이야?
혜 란	열심히 산다고, 뒤돌아보지 않고 열심히 달려온 거밖에 없는데..
	남들한테 뒤처지지 않으려구 애쓴 것밖에 없는데,
	기자로서도 앵커로서도, 진짜 무진장 노력했는데..
	왜 자꾸 모든 게 꼬여버리구, 엉망이 돼버리는 걸까요?
	뭐가 잘못된 걸까요 나는...
장 국장	뭐가 잘못된 건지 알고 사는 놈 얼마나 되겠냐?
	그냥 이렇게 사는 게 맞나보다 그러고 하루하루 살아내는 거지.
혜 란	그런가요? 왠지 슬픈데요..
장 국장	공평한 거지. 어차피 누구나 오늘밖에 못 사니까.
혜 란	국장님은 살면서 후회라는 거.. 해본 적 없으세요?
장 국장	(본다. 보더니) 나는 뼛속까지 뉴스쟁이야,
	뉴스 말고 다른 건 가치 없다. 재미도 없고.. 의미도 없고.
	(보며) 그건 너도 마찬가지 아냐?
	그래서 오늘의 고혜란이 있는 거고.
혜 란	(그 말에 다시 장 국장을 보면)
장 국장	(끙! 일어서며) 그러니까 이제 그만하구 일어나.
	애들 보기 전에, 어? (그리고 돌아서서 나간다. 뚜벅뚜벅)
혜 란	(멀어지는 장 국장을 본다. 울먹울먹하는 눈빛으로 바라보는 데서)

S#19. 보도국 국장실. N

안으로 들어온 장 국장, 잠시 책상 앞에 서서 생각하다가
다시 스튜디오 쪽 돌아본다.
잠시 그대로 앉아 있던 혜란, 비틀비틀 일어나 나가는 게 보인다.

장 국장   (흠..! 편치 않은 눈빛으로 바라보는 데서)

S#20. 방송국 앞 일각. N

비틀비틀.. 가방을 든 채 걸어 나오는 혜란, 그 위로.

은주E   이게 다 너 때문이야,
혜란E   왜? 내가 뭘 어쨌는데?
은주E   이제.. 만족하니?
혜란E   도대체 늬들이 뭘 해준 게 있어서!
은주E   그래서 너 지금 행복해?
혜란E   늬들이 내 불행에 대해 얼마나 안다구!!!!
         (순간 목이 탁..! 메더니)

젠장!!! 다시 휘청거리듯 걸음을 옮기다가
풀썩, 무릎이 꺾인다. 그 바람에 툭 가방을 놓친다.
우르르 쏟아지는 가방 안 물건들... 볼펜이며 수첩들 립스틱 등등
아.. 진짜! 짜증나는 듯 바라보는데 그때
저편에서부터 주섬주섬 떨어진 것들을 줍기 시작하는 손.
혜란, 멈칫.. 보면 명우다.

혜 란   (멍하니.. 나타난 명우를 바라보면)
하명우   (묵묵히 혜란의 가방에 쏟아진 것들 모두 담은 뒤 혜란을 일으킨다)
혜 란   명우야..
하명우   (혜란을 조용히 보며) 작별인사 하려구 왔어.
혜 란   (뭐...? 눈물 가득한 채 바라보면)
하명우   (혜란의 손에 가방을 다시 돌려준다. 그러더니)
         그거 알아? 나는 그때 내 선택을 후회하지 않아.
         단 한 번도 후회해본 적 없었어.

그럴 만한 가치가 있는 사람이니까.. 고혜란 너는.

혜 란   (점점 그렁그렁해지는)

하명우   그러니까 어느 누구한테도 미안해 하지 마.

    그 어느 것도.. 니 잘못이 아니야. 너 때문도 아니고,

    그냥 각자 자기 인생을 사는 것뿐이야.

    나도, 은주도.. 그리고 강태욱도.

혜 란   ...! (본다. 뭐지? 이 말은..) 명우야.. 너,

하명우   간다.. (그리고는 돌아서서 걸어온다. 그 위로)

하명우E   그래도 혜란아. 다행이라고 생각해 나는.

    아무것도 가진 게 없는 내가.. 그래도 너한테 내일을 줄 수 있어서.

혜 란   명우야..

하명우   (돌아보지 않은 채 쭉 걸어오는 그 위로)

하명우E   이번 휴가는 짧았지만 그래도 나한텐 행복한 시간이었어.

    그러니까... 너무 오래 울지 마라.

혜 란   하명우!!!

하명우   (돌아보지 않는다, 그대로 멀어지는 데서)

은주E   이제.. 만족해?

혜 란   (본다. 그 위로)

은주E   그래서, 너 지금 행복하니..?

혜 란   (투두둑...! 떨어지는 눈물로 바라보는 데서)

S#21. 다시 혜란의 집 거실. (새벽)

여전히 그 자세 그대로 앉아 있는 태욱,

창문 너머로 여명이 밝아오고 있다.

천천히 고개를 숙이는 태욱, 조용히 결심을 굳혀가는 느낌에서.

S#22. 태욱부의 집 거실. (이른 아침)

태욱모   (살짝 놀란 표정으로 빤히 보며) 태욱아..
태 욱   안녕히 주무셨어요?
태욱모   니가 이 시간에 어쩐 일이야?
태 욱   아침식사는요?
태욱모   이제 막 하려던 참이다만..,
태 욱   잘됐네요, 저두 아직이거든요. (그러면서 주방으로 간다)
태욱모   (? 보면)

S#23. 태욱부의 집 주방.

　　　　　태욱모와 태욱부, 그리고 태욱까지 조용히 식사 중이다.
　　　　　그 집의 세 사람은 언제나 그랬던 듯.. 조용하고 단정한 느낌.

태욱모   늬댁은? 휴가 받았다면서 같이 오지 왜?
태 욱   그냥 쉬라고 그랬어요 제가.
태욱부   ...
태욱모   두 사람 같이, 어디 조용한 데 가서 며칠 바람이라도 쐬고 와.
　　　　　변변히 여행 한번 못 다녔잖니, 결혼하고 쭉.
태 욱   그러게요, (그러면서 시선 떨구는.. 식사를 잘 못 하겠다)
태욱부   (그런 태욱을 흘끗 한 번 본다. 뭔 일이 있구나 직감하는 눈빛)

S#24. 태욱부의 서재.

　　　　　찻잔에서 따뜻한 김이 오르는 가운데

태욱부   무슨 일이야?

태 욱	...
태욱부	말해봐, 무슨 일인데?
태 욱	당분간.. 못 찾아뵐 거 같습니다 아버지.
태욱부	왜? 어디 가냐?
태 욱	네. 당분간.. 그럴 거 같아요
태욱부	(조용한 눈빛으로) 니가.. 책임져야 하는 일이냐?
태 욱	(시선 들어 태욱부를 보며) 사람을.. 죽였습니다.
태욱부	...! (본다, 순간 무슨 말인지 한순간에 알아들었다...)
태 욱	죄송합니다..
태욱부	(그 꼿꼿하던 표정이, 울컥..! 해진 채 태욱을 보더니) 못난 놈..
태 욱	죄송합니다. (시선 떨군다)
태욱부	(그런 아들을 본다. 시선에서)

S#25. 병원 윤송이의 병실.

외투도 벗지 않은 채, 그대로 한쪽에 쪼그리듯 누워 잠든 혜란,
그 옆으로 (산소마스크 땐 채) 누워 있던 윤송이, 짐짓 눈을 뜬다.
잠시 병실을 휘 둘러보다가.. 고개 돌리면.
그 옆으로 잠든 혜란이 보인다.

윤송이	(혜란을 본다. 피식.. 웃음이 나오는)
혜 란	(짐짓.. 눈을 뜨고, 윤송이를 보더니) 어? 윤 기자..
	(얼른 일어나 윤송이 상태 보며) 윤 기자.. 정신 좀 드니?
윤송이	(고개를 끄떡.. 하는 데서)
혜 란	있어봐.. 의사선생님 불러올게. (나가려는데)
윤송이	(혜란의 손을 탁..! 잡는다) 태욱 씨는..?
혜 란	(? 윤송이를 본다)
윤송이	태욱 씨.. 어떻게 됐니?
혜 란	무슨 말이야?

윤송이   태욱 씨가 자기한테 아무 말 안 하디?

혜 란   (? 빤히 본다. 뭐지 이 말은....?)

S#26. 병원 복도.

혜 란   (문을 박차고 쭉 걸어 나오는 모습 위로)

윤송이E   나.. 그때, 실은 태욱 씨 만나고 가던 길이었어.

S#27. 그날〉 태욱의 사무실.

정기찬   (믹스커피를 쭉 타서 테이블 앞으로 가져다 놔준다)

윤 기자   서은주 씨 만나고 오는 길입니다.

정기찬   (커피 놔주다 멈칫.. 윤 기자를 본다)

윤 기자   (태욱을 본다) 아무래도 설명이 좀 필요해서요, 강 변호사님.

태 욱   (시선 들어 윤 기자를 보면)

정기찬   아.. 저는, 잠시 요 앞에 좀 나갔다 오겠습니다.

        그럼 말씀들 편히 나누세요.

        (쪼르르 나간다. 나가면서 태욱 한 번 본 뒤 문 닫고 나가면)

        INSERT〉 사무실 문앞.

        밖으로 나오는 정기찬, 뭔가 걸리는 눈빛으로 한 번 본 뒤

        그대로 그 자리를 떠나면.

        다시 태욱의 사무실〉

윤 기자   서은주 씨가 블랙박스 칩에 대해 말해줬어요.

        전부 다 사실인가요?

태 욱   ... (한 모금 마신다)

윤 기자   그 내용을.. 왜 지운 거죠?

태 욱	그냥 싫었어요. 그 안의 내용을 다른 누군가 본다는 게..
윤 기자	물론 그 안의 내용이 세상에 나가는 게 싫었겠지만,
	하지만 고혜란 변호사로서 그렇게 없애버리면 안 되는 거였잖아요.
태 욱	그리고 고혜란의 남편이기도 하죠.
윤 기자	잘못했으면 살인죄를 뒤집어쓸 뻔한 상황이었어요.
태 욱	자신 있었어요. 혜란이는 아무도 죽이지 않았으니까.
윤 기자	(보며) 누가 죽였는지 알고 계신 말투네요?
태 욱	(멈칫.. 본다)
윤 기자	혹시.. 그 브로치가 사고 차량에 왜 떨어져 있는지도
	알고 계세요?
태 욱	(본다. 보다가) 네.. 알고 있어요.
윤 기자	...! (본다, 시선에서)

S#28. 혜란의 집 현관 - 거실.

혜란, 쿵! 현관문을 열고 안으로 들어선다.
거실로 들어오는 혜란,

혜 란	태욱 씨! (서재부터 가본다 벌컥! 문 연다. 없다!)

다시 거실 쪽으로 오면서 태욱에게 핸드폰을 건다. 그 위로.

윤송이E	여행을 다녀오고 싶다고 하더라.. 고혜란하구 단둘이.

S#29. 플래시백〉 윤송이의 병실.

윤송이	신혼여행 말고, 제대로 된 여행을 가본 적이 없다구..
혜 란	(듣고 있는 위로)

윤송이 　다녀와서.. 자수할 생각이라구.

혜 란 　(쿵..!!! 본다. 시선 위로)

S#30. 플래시백〉 혜란의 집 드레스룸. (15부 60씬)

태 욱 　우리.. 여행 가자. 혜란아.

혜 란 　(허...! 그를 바라보는)

태 욱 　여기 말구.. 아무도 우릴 모르는 곳으로 같이 가자.. 음?

　　　　(하는데 눈빛도 목소리도 떨리고 있다)

S#31. 다시 혜란의 집 거실.

　　　　신호는 가는데, 태욱이 전화를 받지 않는다..

　　　　혜란, 애가 타는 기분으로 껐다가 다시 핸드폰을 누른다.

　　　　신호가 가다가...

태욱F 　(받으며) 여보세요..

혜 란 　(멈칫.. 시선 들며) 지금 어디야? 어딨니 당신..? (눈빛에서)

S#32. 어느 갤러리.

　　　　혜란, 허겁지겁 한쪽으로 뛰어 들어온다.

　　　　이리저리 그림들 보는 사람들을 지나쳐 지나쳐 가다가

　　　　다시 되돌아와 저편으로 서 있는 한 사람을 본다. 태욱이다.

혜 란 　(숨을 몰아쉬며, 보더니 다가선다) 태욱 씨..

태 욱 　(조용히 그림만 들여다보고 있는) 내가 좋아하는 작가 그림이야,

혜 란	태욱 씨..! (다가서는데)
태 욱	마음이 힘들 때 이 작가 그림을 보면서 많이 위로받았어.
혜 란	(보며) 나 윤송이한테 얘기 듣고 오는 길이야...
태 욱	(고개 돌려 혜란을 보며) 우리 차 한 잔 할까?
혜 란	(본다. 시선에서)

S#33. 태욱의 사무실.

책상 앞에 앉아 한참을 빤히 내려다보고 있는..
그가 앉아 있는 책상 위에는 여행 티켓 두 장이 놓여져 있다.
멍하니 바라보는 데서.
조금 전 상황〉

정기찬	이게.. 뭡니까?
태 욱	(여행 브로슈어와 비행기 티켓 내민다)
	가족분들하고 바람이나 쐬고 오시라구요
정기찬	(아이고 황송. 일단 받으며) 뭘 이런 신경까지 쓰시고...
태 욱	그동안 애 많이 쓰셨어요. 박봉에 고생하신 거 압니다.
	늘 감사하게 생각하고 있었어요.
정기찬	(뭔가 느낌이 이상하다) 저기이, 일단 주시니까 받긴 받는데요,
	근데 변호사님... 무슨 일 있습니까..?
태 욱	(짐짓 미소로) 일은요. 그런 거 없습니다.
정기찬	정말입니까?
태 욱	네.
정기찬	알겠습니다. 그럼 티켓은 받을게요,
	근데요, 저 바로는 안 가겠습니다.
	잘 됐다가 여름휴가 때까지 별일 없으면, 그때 가겠습니다.
태 욱	그러실 거 없어요. 저도 당분간 쉴 겁니다.
정기찬	변호사님은 쉬고 오세요.

저는 그때까지 여기서 자리 지키고 있겠습니다.

태 욱   사무장님,

정기찬   죄송합니다. 이번만 말 안 들을게요. (본다)

태 욱   (바라보는데, 그때)

E. 똑똑똑.. 문 두드리는 소리에.
다시 현재〉 상념에서 훅! 깨어나듯 돌아보는 정기찬.
얼른 자리에서 일어나 문 열어주는데 강기준이다.

정기찬   (순간 표정 굳는...)

강기준   강태욱 변호사님 계십니까?

정기찬   아뇨, 안 계십니다! (그러더니 책상 앞으로 가서 탁탁 서류 챙기는)

강기준   (쑥 들어오며) 언제쯤 오실까요?

정기찬   글쎄요, 저도 모르겠는데요.

강기준   (보며) 어디 가시는 길입니까?

정기찬   네! 법원 갑니다! (하고 나서다가, 다시 돌아오더니)
                저기요 강 형사님, 이제 그만 좀 하시죠?

강기준   (? 본다)

정기찬   정말 해도 해도 너무하시네, 이미 끝난 일을 가지고,
                우리 고혜란 앵커님도 그렇게 괴롭히더니 미안하지도 않습니까?

강기준   전 그냥 제가 할 일을 하고 있을 뿐입니다만,

정기찬   (버럭!) 그럼 좀 똑바로 하시든가요!!!
                이게 뭡니까 대체! 사람 피 말리는 것두 아니구!!! 예?
                (가려다 다시) 우리 변호사님 절대로 그러실 분이 아닙니다!!!
                언제나 약자 편에 서서 어? (하는데 괜히 울컥!)
                항상 억울하고 없는 사람들 입장에서, 편들어주고 그런 사람인데
                살인이라뇨!!! 갖다 붙일 걸 갖다 붙여야지!
                똑바로 하세요 좀!!! (하더니 그대로 다시 간다 쿵! 문 닫으면)

강기준   (돌아본다. 시선에서)

S#34. 태욱의 사무실 앞.

쭉 걸어오는 정기찬, 울컥울컥 하는 눈빛.. 그 위로,

S#35. 플래시백〉 그날 태욱의 사무실.

청소하던 정기찬, 쓰레기통 비우다가 ? 본다.
비닐봉지에서 비죽이 나온 셔츠..

정기찬   아니, 멀쩡한 옷을 왜 버리셨지?
(하다가 이것저것 발견되는 약봉지랑 압박붕대 쓰고 남은 것들)
뭐지..? (하는 위로)

헤란E   (소리 페이드인 되면서) 경찰 관계자에 따르면,
새벽 3시쯤 강변북로에서 구리 방면 아치울 삼거리 인근 지점에서
가로등을 들이받는 충돌사고가 있어났으며,

그날 아침〉 태욱의 사무실 안. (4부 65, 66씬 연결 느낌으로)

헤란E   (TV) 이 사고로 운전 중이던 프로골퍼 케빈 리 씨가 현장에서
숨겨 있는 상태로 발견됐습니다.

태욱, 고통스런 얼굴로 타박상을 입은 갈비뼈 언저리에
압박붕대를 감는다. 입었던 셔츠를 검은 비닐봉투에
담아 쓰레기통에 툭 처넣고 새 셔츠를 입는다.
마지막 단추까지 채우고 모든 정리 말끔하게 끝낸 상황에서
겨우 한숨 돌리는데 그때 벌컥 문 열리고 들어오는 정기찬.

정기찬   어? 일찍 오셨네요? (하다가) 참! 뉴스 보셨습니까?
글쎄 케빈 리가 (하다가 TV 보고) 보고 계셨구나?

이게 뭔 일이랍니까? 글쎄... (뉴스 보면)

태욱   (묵묵히...굳은 얼굴로 TV 본다)

재영의 사망사고 소식을 전하는 TV 속 혜란과

그런 그녀를 바라보는 태욱의 시선.

정기찬, 그런 태욱을 흘끗 쳐다보는 데서.

다시 청소 시점〉

정기찬, 뭔가 찜찜하게 걸리는 표정으로 쓰레기통 안의 것들을 본다.

보다가 그대로 쓰레기봉투에 담아버리는 데서.

S#36. 다시 현재〉 주차장.

턱! 차 안에 올라타는 정기찬.. 아, 정말 미치겠네 진짜!

그러면서 핸들을 잡은 채 괴로운 눈빛인데 그때

누군가의 손이 똑똑똑! 창문을 두드린다.

화들짝! 놀라서 돌아보는 정기찬.. 빤히 창밖을 내다보면.

S#37. 현재〉 태욱의 사무실.

한쪽에 놓여 있는 여행 티켓 두 장을 말없이 보고 있는 강기준에서.

S#38. 어느 커피숍.

음악이 흐르고, 혜란과 태욱, 커피잔 마주 하고 앉은 채.

태욱, 편안한 얼굴로 커피를 마시고 창밖의 오후 풍경을 본다.

혜란, 그런 태욱을 본다.

혜 란	태욱 씨.. (말을 거는데)
태 욱	하루만이라도.. 이렇게 너하구 시간을 보내고 싶었어.
혜 란	(본다)
태 욱	생각했던 것보다 훨씬 좋네.
	왜.. 진작 이런 시간을 갖지 못 했을까 우리는..
혜 란	(보면)
태 욱	(보며) 나는.. 사랑이라고 생각했어. 그래서 자신 있었어..
	니가 어떻게 해도 결국 내가 널 바꿔놓을 수 있다고 생각했어.
	그런데 시간이 지날수록 너는 점점 멀어져갔구..
	나는 점점 초라해졌지.
	그 초라함이 견딜 수 없었고, 당신의 외면이 너무 힘들었어..
혜 란	당신.. 정말루 갈 거야?
태 욱	(시선 돌려 혜란을 본다) 와줘서 고마워. 그리구.. 미안해.
혜 란	(순간 그 말에 울컥..! 감정이 밀고 올라오는..)
태 욱	(본다. 보다가 그대로 일어선다)
혜 란	(움찔..! 정말 가는 건가? 쳐다보면)
태 욱	(차마 혜란을 보지 못한 채.. 그대로 뚜벅뚜벅.. 걸어간다)
혜 란	....! (쿵..! 혼자 남겨진 채.. 말할 수 없는 절망감으로 떨어지면)

S#39. 카페 앞 거리.

쭉 걸어 나오는 태욱, 미칠 것 같이 아프고 괴롭다. 그때!
벌컥! 문을 밀치며 따라 나오는 혜란, 뒤따라와 태욱의 팔을 잡으며

혜 란	태욱 씨!
태 욱	(멈춘다. 돌아본다.. 두 눈에 눈물 가득 찬 채로)
혜 란	잠깐만.. 우리, 우리 조금만 더 생각해보자, 응?
태 욱	(애써 미소 지어주려는 듯...)
혜 란	그래, 일단... 여행부터 가자... 같이 여행부터 가서,

그런 다음 어떻게 할지 생각해보자.. 그렇게 해,

태 욱   혜란아..

혜 란   (그대로 와락!! 태욱을 끌어안아버린다)

          내가 안 되겠어..! 내가 안 될 것 같아 이대로는...!!

태 욱   (툭..!! 눈물이 떨어지고 마는...)

혜 란   (같이 툭..!! 눈물이 흐르는..! 꼭 부둥켜안아버리면)

태 욱   (아프게, 그녀를 꼭 끌어안는 그..)

태욱E   우린 어쩌다 이렇게 된 걸까...?

혜란E   어쩌다 우린 여기까지 온 걸까?

          아프게 서로를 꼭 끌어안은 태욱과 혜란.. 그 너머로
          삐뽀삐뽀..! 무심히 지나가는 경찰차 한 대... 멀어지는 데서.

S#40. 하명우의 거주지.

          하명우, 벽면에 환하게 웃는 혜란의 사진을 한 장 붙인다.
          그 사진을 잠시 바라보고 있는 명우, 그러더니 결심을 굳힌 듯,
          그동안 스크랩해온 혜란의 사진들을 그 옆으로 그 위로..
          벽면 가득 붙이기 시작한다.
          표정.. 없다. 묵묵히 붙이고 붙여가는 모습에서.

S#41. 보도국 사무실 안.

          방송 준비가 한창인 사무실
          또각.. 또각.. 걸어 들어오는 혜란,
          지원도 곽 기자도 하나 둘 돌아보기 시작하는데
          혜란 어딘가 넋이 나간 듯.. 창백한 얼굴로 그들을 지나쳐 간다.

웅 팀장	어? 고혜란! 너 담 주까지 휴가라며, 왜 또 나왔어?
혜 란	... (그대로 지나쳐 간다)
웅 팀장	(입 모양으로, 왜 저래?)
지 원	(모르겠는데요, 눈빛..)
곽 기자	(돌아보며) 선배..! 괜찮아요? (하는데)
혜 란	(그대로 계단을 올라가 국장실로.. 간다)
일제히	(올려다보는 시선에서)

S#42. 보도국 국장실.

탁! 국장실 책상 위에서 종이 한 장 집어 들더니 뭐라 써내려간다.
그리고 탁! 장 국장 앞으로 내미는 혜란의 손.

장 국장	(? 본다. 받아서 내용을 보는 순간 멈칫.. 다시 혜란을 보면)
혜 란	오늘.. 뉴스나인 헤드예요.
장 국장	고혜란..
혜 란	속보는.. 띄우지 말아주세요.
	뉴스나인 헤드로 정확히.. 보도해주세요,
	나한테 그 정도는 해주실 수 있죠?
장 국장	(본다. 보다가 고개만 겨우 끄덕.. 하면)
혜 란	됐어요 그럼.. (그러더니 유령처럼 돌아서는데)
장 국장	너.. 정말 괜찮겠어?
혜 란	(잠시 멈춰 섰다가 그대로 문 열고 나간다. 쿵! 닫히면)
장 국장	(본다. 보다가 종이를 내려다본다)

휘갈겨 쓴 혜란의 손글씨로...
〈케빈 리 살해사건 진범.. 경찰에 자수,
고혜란 전 뉴스나인 앵커의 남편, 강태욱 변호사로 밝혀져...〉

장 국장   (빅뉴스다! 아! 미치겠다! 근질근질하는데 어쩌지? 돌아보면)

내려다보이는 보도국 안)
자리로 가서 털썩.. 앉는 혜란이 보인다.
웅 팀장을 비롯한 지원과 곽 기자 등등등 일제히 뭔 일이지?
하는 표정들로 혜란과 국장실을 번갈아 보고 있다.
혜란, 두 손으로 머리를 짚으며 고개를 숙이는 모습에서.

S#43. 경찰서 앞.

프레임인 되는 태욱.
횡단보도 너머 경찰서가 보인다. 잠시 후,
초록불로 바뀌면서 또르르르 또르르르 신호가 울리고
태욱, 잠시 망설였다가 그대로 뚜벅뚜벅 길을 건너서 경찰서를
향해 걸어 들어가기 시작한다.

S#44. 경찰서 앞 - 복도까지.

뚜벅뚜벅 계단을 오르는 태욱.
(INSERT〉 보도국) 머리를 쓸어 넘기며 심호흡을 해보는 혜란..)
경찰서 현관 입구를 지나 강력계 복도 쪽으로 걸음 옮기는 태욱,
(INSERT〉 보도국) 자리에서 벌떡 일어나 서성거리는 혜란,
걷잡을 수 없는 절망감이 그녀를 짓누르고 있다)
쭉 걸어 들어오는 태욱, 그런데.. 뭔가 이상하다.
복도 쪽으로 어지럽게 오가는 경찰들과 상주 기자들이
어딘가로 바삐 전화하며 오가고 있는..
태욱, 그들을 흘끗 돌아보며 쭉 걸어 들어오는 모습,

S#45. 보도국.

웅 팀장　(벌떡 일어나며, 핸드폰에 대고) 뭐? 진범...?

혜 란　(멈칫.. 책상 앞에 앉은 채 움찔! 한다. 드디어 올 게 온 건가..)

지원/곽 기자　(고개를 쭉 빼고 같이 쳐다보면)

웅 팀장　어, 말해 말해.. (수첩 꺼내 쭉 적어내려가는 가운데) 어, 어..!

혜 란　(점점 창백해져오는 그녀의 표정...)

웅 팀장　뭐어어어...? (놀란 듯.. 흘끗 혜란을 돌아본다)

지원/곽 기자　(뭐야? 왜 저러지? 하고 혜란을 같이 돌아보면)

혜 란　.... (미동조차 하지 않은 채... 앉아 있는 모습에서)

웅 팀장　어, 그래 알았다.. (달칵..! 끊는다)

지 원　뭐예요? 왜 그래요?

웅 팀장　케빈 리 사건 말야,

곽 기자　예? 케빈 리요? 그 사건이 또 왜요?

웅 팀장　(흘끗 혜란을 한 번 보더니) 진범이 나타났다는데?

지원/곽 기자　예에에???

웅킴장　방금 전 자수했대.

지원/곽 기자　(헐! 놀라서 본다, 동시에 혜란을 보면)

혜 란　(그대로 질끈 눈을 감는다. 아득하게 현기증이 밀려오는 데서)

지 원　누구래요? 자수했다는 그 진범이?

웅 팀장　어어, 그게 말야.. (흘끗 다시 혜란 쪽을 한번 본다)

혜 란　(눈을 질끈 감는 표정에서)

S#46. INSERT〉 조사실.

　　　강기준, 할 말을 잃고 맞은편 남자를 빤히 바라보면
　　　야구모자를 눌러쓴 그, 두둥! 바로 하명우다. 그 위로.

웅 팀장E　하명우.

S#47. 다시 보도국.

혜 란   (쿵..! 놀라는 표정, 홱! 고개 돌려 웅 팀장을 본다) 뭐?

지 원   하명우요..? 하명우라면.. (혜란을 본다)

곽 기자   (19년 전..? 그 사건의 그 하명우? 하는 표정으로 혜란을 보면)

혜 란   (자리에서 벌떡 일어나 웅 팀장 앞으로 다가서서) 이게 다 무슨 말이
          야? 진범이.. 하명우라니?

웅 팀장   어, 하명우래, 그 사람이 자기가 케빈 리를 죽였다구 제 발로 경찰서 찾
          아와 자수했대.

혜 란   ....! (본다. 시선 굳는 데서)

S#48. 경찰서 강력계 일각.

태 욱   (쿵!) 하명우가 말입니까?

최 과장   네에, 그래서 강기준 형사님 지금 취조실에 계십니다,
          나중에 다시 만나러 오세요, (일별하고 가면)

태 욱   (멍..! 한 눈빛으로 보는 데서)

S#49. 조사실 안.

강기준   이것 봐 하명우, 지금 본인이 무슨 말을 하는 건지 알고는 있어?

하명우   (보며) 네, 잘 알고 있습니다.

강기준   그래서, 정말로 케빈 리를 죽였다구?

하명우   네, 그리고 백동현도 제가 죽였습니다.

강기준   왜.

하명우   고혜란을 괴롭혔으니까요.

강기준   (허..! 기막힌듯 하명우를 바라보는데 울리는 핸드폰, 받으며)
          어, 어떻게 됐어?

S#50. 하명우의 거주지.

박성재, 사복형사 한명과 제복경찰 두어 명과 함께 안을 돌아보며

박성재   하명우 그 자식.. 완전 싸이코패스 같은데요?
강기준   (INSERT〉 흘끗 하명우 쪽 쳐다본다)
하명우   (INSERT〉 표정 없는 위로)
박성재   집안 전체가 다 고혜란입니다.

박성재, 한쪽 실내 벽면을 돌아보면 온통 고혜란 사진뿐이다.
젊은 시절의 앵커 모습부터, 결혼식 신문기사에..
혜란의 역사를 짐작케 할 사진들이 쭉... 붙어 있는 가운데.

웅 팀장   (INSERT〉 보도국 사무실) 살인전과로 19년 동안 복역했었는데
          감방에서두 완전히 고혜란 광팬이었다는데?
          모든 기사 다 스크랩하구 있었구. (보며) 알고 있었어?
혜 란   (INSERT〉 멍한 눈빛으로 보면)
박성재   (서랍 열면 가득한 약품들. 하나씩 들어보면서)
          서랍에서 졸피뎀도 다량으로 나왔습니다.
          백동현 사체에서 검출된 약물이랑 동일합니다.

S#51. 다시 조사실.

강기준   (미치겠다..! 핸드폰 든 손.. 내린 채, 하명우를 본다)
하명우   (조용히 시선 들어 강기준을 보면) 제가.. 죽였다니까요,
강기준   말도 안 되는 소리 하지마! 케빈 리는 니가 죽일 수 없었어!
          그때 넌 출소 전이었으니까.
하명우   그 안에서.. 청부했습니다.
강기준   (허! 본다. 보더니) 말해. 왜 이런 거짓말을 하는 거야? 어?

하명우	어떤 이유가 됐든 혜란이를 괴롭히는 것들은 용납할 수 없습니다.
강기준	야! 하명우!!!
하명우	그래서 제가 죽였습니다.
강기준	(벌떡 일어나서 먹살 확 쥐면서) 너 이 자식...! 진짜 이럴래?
	너 아니잖아! 아니잖아!!
하명우	(전혀 동요없이) 아뇨. 제가 죽였어요.
	케빈 리. 백동현. 다 제가 죽였습니다.
강기준	너.. 지난 19년을 거기서 보내놓구 거길 다시 들어가겠다구?
하명우	(본다)
강기준	어떻게.. 이렇게까지 니 인생을 버려 임마!!!
하명우	(본다. 순간 묘한 미소 스치더니)
	버린 적 없습니다. 버렸다고 생각한 적도 없구요...
	제가 죽인 겁니다. 됐습니까?
강기준	(허..! 본다. 먹살 잡았던 손 힘없이 턱..! 풀려서 보면)

S#52. 보도국.

혜란, 힘없이 턱.. 어깨가 떨어진다.
웅 팀장도 지원도 곽 기자도 모두 혜란을 쳐다보는데, 그때

장 국장	뭣들하고 있어!
일제히	(돌아보면)
장 국장	(계단에 서서 혜란을 그리고 웅 팀장과 지원, 곽 기자들을 보더니)
	케빈 리 진범이 자수했잖아. 빨리 안 움직여?
혜 란	(그 말에 장 국장을 돌아본다)
장 국장	(혜란을 본다. 보다가 손에 들고 있는 혜란의 기사.. 한 번 본다)
혜 란	(장 국장을 빤히 보면)
장 국장	(시선 들어 보며) 한지원, 니가 헤드 기사 써.
	곽 기자 너는 빨리 경찰서로 나가고.

곽 기자	네! (후다닥 준비해서 달려 나가면)
장 국장	웅아! 5분 줄 테니까 하명우에 대해서 최대한 자료 뽑아.
	고혜란, 니가 그 친구에 대해 잘 알 테니.. 소스 주고.
혜 란	국장님.
장 국장	(혜란이 준 종이 쓱 두 번 정도 접어 안주머니에 집어넣더니)
	진범이 직접 자수를 했다잖아. 지금의 팩트는 그거야.
	일단 나온 팩트대로 가자. (돌아서서 계단을 올라가버리면)
혜 란	....! (본다. 시선에서)

S#53. 경찰서 일각.

한쪽에서 멍하니.. 서 있는 태욱, 강기준을 기다리고 있는데
그때 사람들로 분주한 복도·너머로 나타나는 정기찬,
이리저리 기웃거리며 누군가를 찾다가

정기찬	어? 변호사님!!!! (쪼르르 달려오더니)
	아이구 변호사님! 왜 이렇게 전화를 안 받으십니까?
태 욱	(? 본다) 사무장님이 어떻게..
정기찬	(태욱의 팔을 잡고 한쪽으로 끌어당기며)
	하명우가 찾아왔었습니다.
태 욱	(? 본다)

플래시백〉 36씬 연결.
차문을 두드리는 손, 정기찬 놀라서 돌아보면 밖으로 나타나는 그,
하명우다. 정기찬 빤히 쳐다보면

하명우	강 변호사님한테 좀 전해주시겠어요?
정기찬	(??? 보면)

다시 현재〉 경찰서 일각.

정기찬, 태욱 앞으로 편지봉투 하나를 내민다.

태욱, 잠시 본다. 보다가 펼쳐보는 순간 멈칫....!

〈당신은 끝까지 혜란이 옆을 지키세요.

그게 당신이 받아야 하는 벌입니다〉

태 욱   ...! (본다, 흔들리는 눈빛으로 한참동안 빤히 쳐다보는 데서)

지원E   지난 1월, 불의의 교통사고로 짧을 생을 마감한 것으로 알려진
        프로골퍼 케빈 리 씨가 결국 살해된 것으로 드러났습니다.

S#54. 몽타주. N

1. 국장실〉 뉴스를 지켜보는 장 국장의 표정 위로
2. 입원실〉 윤송이, 완전 놀란 듯 TV를 보는 위로

지원E   스스로 진범이라고 밝힌 하모 씨는 살인전과로 19년간 복역했고,
        그동안 고혜란 씨를 계속해서 스토킹해왔던 것으로 밝혀졌습니다.

S#55. 은주의 집 거실. N

트렁크 짐들을 한쪽에 가지런히 세워둔 채,

그 옆에서 TV를 보고 있는 은주 위로 계속

지 원   (TV) 얼마 전 자살한 것으로 알려진 케빈 리의 매니저 백동현 씨의
        죽음도 하모 씨와 관련 있는 것으로 알려지고 있는데요.. (소리 페이드
        아웃)

은 주   (말도 안 돼...! 기가 막힌 표정 위로)

은주E   하명우. 너 무슨 짓을 한 거야?

S#56. 유치장 면회실. N

은 주	대체.. 왜? 니가 왜?
하명우	(담담하게 본다)
은 주	너두 나두.. 이렇게 된 건 다 혜란이 때문이잖아! 그런데 왜..
하명우	은주야.. (조용히 보며) 너였어.
은 주	(? 보면)
하명우	이 모든 것의 시작은 혜란이가 아니라, 너였다구..
은 주	(쿵.... 보는 데서)

S#57. 하명우의 회상〉 19년 전 버스정류장. N (11부 10씬 연결로)

어린 명우, 혜란이를 기다리고 있는 모습..
그 일각에서 보고 있는 여학생 하나, 어린 은주다.
(서은주라는 명찰을 달고 있는....)

어린 은주	명우야.. 너 여기서 뭐해?
어린 명우	(돌아본다) 어, 은주야, (같이 안 왔나? 보며) 혜란이는?
어린 은주	혜란이? 먼저 갔는데?
어린 명우	(? 은주를 본다)
어린 은주	너 몰랐니? 혜란이.. 엄마가 등록금 안 해준대서,
	금은방 아저씨한테 빌리러 갔는데..
어린 명우	금은방.. 아저씨? 일수하는 그 아저씨?
어린 은주	어어, 근데.. 좀 이상하지 않냐? 돈을 빌려주는데..
	왜 문 닫는 시간에 오라 그랬나 몰라..
	안 그래두 그 아저씨.. 여자들한테 엄청 추근거리는 거 같다구
	소문도 안 좋은데, (하는 순간)
어린 명우	(그대로 후다닥! 튀어간다)
어린 은주	(순간 멈칫..) 어? 명우야! 어디 가? 명우야아!!!!!

(당황하는..) 어? 어떡하지? 이게 아닌데... (보며) 명우야!!!

S#58. 낙원동 금은방 골목 – 금은방 앞까지. N

미친 듯이 뛰어가는 어린 명우. 숨이 턱이 닿을 듯 헉헉대는 위로
(11부 12씬)
E. 이요이요.. (싸이렌 소리와 함께 시간 경과로)
(13부 9씬, 강기준의 시각이 아닌 명우의 시각에서)
검식반 플래시 터지면서 죽어 있는 금은방 아저씨.
현장에서 잡힌 어린 명우 경찰차 뒷좌석에 앉혀지면
그 한쪽에서 잡혀가는 어린 명우를 바라보는 어린 혜란..
어린 명우, 혜란을 본다. 보다가 그 뒤로...
어쩔 줄 모른 채 손톱을 깨물고 있는 어린 은주와 시선 마주친다.

어린 은주   ...! (어린 명우와 시선 마주친 순간.. 얼른 홱! 돌아서는) 어뜩해.
어린 명우   (본다. 보다가 그대로 고개 앞으로 쓱 돌려버리는....)

S#59. 다시 유치장 면회실. N

은 주   (빤히 쳐다보는 표정 위로)
하명우   그때 니가 그러지만 않았어두 나는.. 그리구 혜란이는..
            전혀 다른 인생을 살고 있었을지도 몰라.
은 주   (두 눈에 눈물이 그렁 맺히더니) 그래서..?
            니 불행이.. 나 때문이라는 거야? 나 때문이라구?
하명우   아니.. 물론 누구 탓도 아니지.
            우린 그냥 각자의 인생을 살아갈 뿐이니까, 그러니까 은주야..
            이젠 너두 가서 니 인생 살아..
            다 잊구. 그만 미워하구. (응? 보면)

은 주   ...! (본다. 시선에서)

S#60. 면회실 앞. N

은주, 면회실을 나서는데 현기증이 몰려온다.
휘청, 벽을 짚으며 간신히 선다.
은주, 온 힘을 모아 똑바로 선다. 그리고 또각또각... 걸어간다.
그 뒷모습 길게 주다가.

S#61. 혜란의 집 거실. N

테이블 위에 놓여 있는 명우의 편지.
〈당신은 끝까지 혜란이 옆을 지키세요.
그게 당신이 받아야 하는 벌입니다〉
그 편지를 조용히 내려다보고 있는 혜란,

혜란E   왜 그러셨어요?

S#62. 플래시백〉 텅 빈 스튜디오. N

장 국장   뭘?
혜 란   (장 국장을 본다) 나는 분명히 국장님께 진실을 전달했어요.
장 국장   (혜란을 본다. 보더니)
          뉴스라는 건 말야.. 확인된 팩트만 전달하는 거야
          지금 확인된 케빈 리 사건의 진범은 다른 누구도 아닌 하명우야.
          심증만으로 범인을 잡을 수 없듯이,
          심증만으로 뉴스를 내보낼 순 없는 거라구 이 사람아.

게다가 대중은 19년 동안 스토킹 당한 채 살인범으로까지 몰렸던
고혜란과 그런 아내를 지킨 강태욱 부부를 다시 보고 있어.
동정과 연민을 넘어 열광 수준이라구.
나로서는.. 딱히 손해볼 게 없는 일이잖아.

혜 란   무슨 뜻입니까? 손해볼 게 없다니..

장 국장   (기획안 하나를 내민다)

혜 란   (본다. 받으면)

장 국장   자네만이 할 수 있는 쇼야. 정치권 인사들부터 줄줄이 게스트로
세워서 촌철살인할 수 있는 건 대한민국에서 고혜란 뿐이잖아.
틀림없이 자네는 JBC의 오프라 윈프리가 될 거야. 내 장담하지.

혜 란   (장 국장을 빤히 보면) 그럼 진실은요? 어떻게 되는 건가요?

장 국장   하명우의 진심이 진실을 덮은 거라고 해두자.
그러니까 자넨.. 그냥 주어진 오늘만 살아. 그게 답이다.

혜 란   (빤히 쳐다본다. 시선에서)

S#63. 다시 혜란의 집 거실. N

허..! 명우가 남긴 편지를 바라보던 혜란의 얼굴에 쓸쓸한 조소..

혜란E   그리고 우리는 또 살아가겠지.
그 끝에 뭐가 있는지도 모른 채.. 어딜 향해 가는지도 모른 채..

그러더니 그대로 자리에서 일어나 방 쪽으로 간다. 쿵! 닫히는 문
남겨진 태욱.. 조용히 시선 들어 닫힌 문을 본다.
그렇게 우두커니 앉아 있는 태욱의 모습에서,
천천히 프레임아웃

S#64. 혜란의 집 드레스룸. N

힘없이 화장대 앞에 주저앉는 혜란의 뒷모습..
천천히 고개를 숙인다. 가늘게 흔들리며 흐느끼는 그녀의 어깨..
천천히 프레임아웃

S#65. 보도국 국장실. N

퇴근 준비를 하던 장 국장, 문득 생각난 듯 안주머니에 있던
혜란의 자필 기사를 꺼내든다. 그러더니
맨 아래 서랍을 열면 그 안에 들어 있는 여러 가지 자료들..
목격자의 협박편지부터, 각종 USB 칩들..
그 한쪽으로 나란히 놓여지는 혜란의 자필 기사..
장 국장 탁! 서랍을 닫고 열쇠로 잠근다.
외투를 걸쳐 입고 잠시 스튜디오를 내려다보는 그,
아주 만족한 미소로 뚜벅뚜벅 걸어 나가면서 탁! 불 끄면..
화면, 천천히 장 국장의 창문 밖으로 보이는 스튜디오를 향해 간다.
불 꺼진 스튜디오.. 그 전경에서. 쿵! 암전.
블랙 화면 위로.

기상캐스터E 밤새 복사냉각이 활발히 진행된 탓에 안개가 짙게 껴 있습니다.

S#66. 혜란의 집 거실. D

(INSERT〉시간 경과로... 봄 전경 몇 개 지나가면서)
한 달 혹은 두 달 정도 시간이 흐른 뒤.
TV 화면으로 나오고 있는 기상캐스터 (완전 봄 분위기로)

기상캐스터 서울은 가시거리가 2km로 평소의 10분의 1 수준인데요
출근길, 또 늦은 퇴근길 안전운전 하셔야겠습니다.

태욱, 서재에서 나오다 보면 소파 위에 놓여져 있는 수트 한 벌.
그 옆에 메모 놓여 있다. 〈5시. 보도국〉
태욱, 감정 없이 준비된 옷 들고 나간다.

S#67. 혜란의 집 앞.

태욱, 뒷좌석에 양복 싣고 막 운전석 쪽으로 오는데, 멈칫..
그 앞으로 다가서는 강기준.

강기준 안녕하십니까? 어디 가시는 모양입니다?
태 욱 (본다) 아내 방송이 있어서요.
강기준 하명우 결심 공판이 내일로 잡혔습니다.
이미 사형까지 구형받았으니, 아무리 잘 받아도 무기겠죠.
태 욱 그 말을 하러 일부러 여기까지 오신 겁니까?
강기준 그냥 궁금했습니다. 강태욱 변호사님께서 이 얘길 들으면서
어떤 표정을 지으실지..
태 욱 (전혀 표정의 변화 없이 강기준을 보면)
강기준 (피식.. 웃으며) 저한테 케빈 리 살인사건은 여전히 진행 중입니다.
진실이고 나발이고 솔직히 잘 모르겠고,
그냥 나는 죄 지은 놈이 발 뺀고 편하게 사는 꼴을
잘 못 보는 성미라서요,
태 욱 할 말 끝나셨습니까?
강기준 안개가.. 아주 심하던데.. 운전 조심하시구요, (조소)
태 욱 (본다. 보더니 그대로 운전석에 올라탄다)

그렇게 강기준이 지켜보는 가운데 출발하는 태욱..

끝까지 포커페이스 한 채로 앞만 보며 운전하는 데서.

S#68. 방송국 분장실.

색조화장 케이스들 열려 있고 미주, 혜란 분장 중이다.
혜란의 얼굴 위를 오가는 브러시. 화사한 혜란의 얼굴에서

미 주   언니, 혹시 저 모르게 피부에 불로초 바르는 거 있어요?
        어쩜 이렇게 점점 피부결이 좋아져요?
혜 란   (미소로) 니가 다 잘해서 그런 거지.. (얼굴 살피면)
장 국장   (문 열고 들어오며) 준비 다 됐어?
미 주   네! 국장님! (보면)
장 국장   오케이, 그만 나갈까?

혜란, 다시 거울을 본다. 아름답고 당당하게 크게 심호흡한다
그 위로 E. 박수와 함성 터지면서

S#69. 스튜디오 안.

빼곡한 방청객들. FD. 두 손 높이 들어 박수와 함성 유도하면서

FD   고혜란 씨 나오면 이렇게 하시는 겁니다?!
방청객들   네~~!!!!

S#70. 도로 & 태욱의 차.

조용한 표정으로 운전하고 있는 태욱,

자욱한 안개. 터널이 나온다는 표지판 획! 지나가고.
조수석엔 화려한 꽃다발 놓여 있고,
그때 울리는 전화벨. 〈혜란이〉다. 수신 버튼 누르면.

혜란F   어디쯤이야?
태욱E   (나직이) 글쎄.. 우리는 지금 어디쯤에 와 있는 걸까..?
태욱   거의 다 와가. 터널만 지나면 돼.

S#71. 스튜디오 뒤쪽.

혜 란   곧 녹화 시작이야, 늦지 않게 와.
        (사무적으로 말한 뒤 탁! 끊는다. 핸드폰 미주한테 넘기면)
장 국장 두 번째 게스트가 강태욱 변호산 거 알면 방청객들 자지러질 거다.
        (보며) 잘할 수 있지?
혜 란   (짐짓.. 내키지 않는 미소, 그때)
FD   스탠바이 해주세요.
장 국장 화이팅! 난 위에 가 있을 테니까. (툭툭.. 격려하듯 쳐준 뒤, 가면)
혜 란   (후우.. 나직이 심호흡, 손에 대본을 쥔 채 기다린다, 그 위로)
혜란E   나는 행복을 꿈꿨어.

S#72. 도로.

        안개 속을 달리는 태욱의 차, 저 앞으로 어렴풋이 터널이 보인다.

혜란E   내가 이룰 수 있다고 믿었던 꿈..
        내가 잡을 수 있다고 믿었던 그런 행복.

        태욱, 터널을 향해 운전하는 얼굴 위로,

태욱E   내가 꿈꿨던 건 뭘까?

          플래시백〉 경찰서 조사실 복도.(* 3부 77씬 이전 상황)
          뚜벅뚜벅 그 앞으로 걸어오는 태욱의 발걸음..
          천천히 걸어오는 태욱의 비장한 얼굴 위로,

태욱E   너였을까? 아니면.. 너에게 완벽한 나였을까?

          조사실 문 앞에 잠시 멈춰 서서 닫힌 문을 본다.
          끝까지 갈등하는 눈빛.. 그 위로,

강기준E   이 브로치가 왜 사고 현장에서 발견된 겁니까? (3부 77씬)
태 욱   (갈등하는 눈빛)
강기준   고혜란 씨, 대답하세요, 이 브로치가 왜.. (하는데)
태 욱   (벌컥! 문을 밀고 들어섬과 동시에)

S#72-1. 조사실 안. (* 3부 77씬의 다른 버전)

태 욱   대답하지 않겠습니다!
혜 란   (멈칫.. 돌아본다)
강기준   (? 돌아본다) 누구십니까?
태욱E   만약 그때 내가...
태 욱   (강기준을 돌아본다) 고혜란의 남편.. 강태욱입니다.
태욱E   모든 걸 내려놨더라면..
태 욱   고혜란은 이번 사건과 아무런 관련이 없습니다.
          그날 밤 마지막으로 케빈 리를 만난 건 바로 접니다.
혜 란   ! (놀라면서 태욱을 바라본다)
강기준   (멈칫.. 본다)

INSERT〉 유리창 너머 경찰들 역시 어어!!! 놀라는 표정 스치면서,

혜 란	여보... (태욱을 보면)
태 욱	(그런 혜란을 돌아본다, 그 위로)
태욱E	그랬더라면 나는.. 너에게 완벽한 나로 남았을까?
혜 란	(본다)
태 욱	(시선에서)

현재〉
태욱의 눈빛이 잦아들기 시작한다.
그 어느 때보다 표정, 담담하고 평안한 채.. 엑셀을 쭉 밟는다.
점점 속력을 내면서 터널 안으로 빨려 들어가듯 달려가는 태욱의 차.
자욱한 안개 너머의 터널 속으로 쭈욱 사라진다.
그 뒤로 몇 대의 차들이 빨려 들어가듯 터널 안으로 따라 들어가다가
잠시 후, 끼익.....!!!!! 소리와 함께
콰콰광 쾅......!!!!! 추돌사고 소리.
동시에 빠앙....!!! 경적 소리.
그러나 무슨 일이 일어난 건지, 자욱한 안개에 가려
전혀 보이지 않고.
터널 안. 희미하게 보이는 붉은색 후미등에서
E. 와!!! 쏟아지는 함성과 박수

S#73. 스튜디오 .

팟!!! 켜지는 조명과 일제히 움직이는 카메라 끝에
무대에 오르는 혜란이 보인다.
〈고혜란의 인터뷰〉 토크쇼 무대다.

혜 란	안녕하세요, 고혜란입니다.

방청객	와!! (박수와 탄성 쏟아지고)
혜 란	오늘 안개 때문에 오기 힘드셨을 텐데..
	이렇게 함께 자리해주셔서 감사합니다. (하는데)
누군가	이뻐요! (소리에)
방청객들	(와하하하하!! 웃음소리 터지고)
장 국장	(INSERT〉 부조에서 내려다보며 같이 웃는 얼굴)
혜 란	감사합니다, (웃는데)
여기저기서	(쏟아지는 질문들) 몸매 관리 어떻게 하세요? /
	피부과 어디 다니세요? /
	타고난 거예요? 노력하는 거예요? (등등등)
혜 란	(웃으며) 저도 관리하려고 죽자고 노력하구요
	조명 꺼지면 저도 나이 든 티가 납니다.
방청객	어우우!!! (감탄과 부러운 야유 퍼지는데 그때)
누군가	지금 행복하세요?
혜 란	(순간 멈칫..! 묘한 기분으로 질문자를 바라본다..)
누군가	(왜 저러지..? 내 질문이 뭐 잘못됐나...?)
혜란E	언제나 거의 다 잡았다고 생각했는데,
	막상 손을 펴보면 거기엔 아무 것도 없었어.

S#74. 무대 뒤편.

뒤에서 모니터 보고 있던 미주, 혜란의 핸드폰이 울리자 받는다.

미 주	(재빨리 수신거절 버튼 누르는데, 또 울린다, 받으며)
	저기 죄송한데요, 지금 녹화 중이라... (하는데 멈칫..) 네에?
	(놀라면서 얼른 무대 쪽 돌아본다)

S#75. 다시 무대 위.

혜란에게 일제히 쏟아지는 방청객들의 시선.

장 국장   (INSERT〉 부조에서) 고혜란 너 왜 그래?
방청객들   (웅성웅성.. 왜 저러지..? 뭐야? 하는 가운데)
혜란E   어쩌면 우리는,
            잡히지도 않는 걸 잡기 위해 미친 듯이 살아가고 있는 건 아닐까?
장 국장   (INSERT〉 부조) 야! 고혜란!! 고혜란!!!!
혜 란   (애써 미소 유지하려고 애쓰는데 자기도 모를 눈물이 울컥! 한다.
            그때)
태욱E   혜란아... (나직이, 다정히 부르는 목소리)

순간 방청객의 웅성거림, 장 국장의 외침들.. 아득히 멀어지면서
카메라1 쪽을 돌아보는 혜란의 얼굴.
물 속에 들어간 것 같은 묘한 정적이 혜란의 얼굴 위로 흐르면서
그녀의 눈빛으로 만감이 교차하고 있다. 그 위로

태욱E   그래서, 행복하니...?

카메라 화면 안으로 가득 찬, 혜란의 얼굴 위로
순간 툭..! 눈물이 떨어진다. 회한 가득한 그 눈빛에서.
쿵! 암전.

미스티

대본집 2

1판 1쇄 인쇄 2018년 4월 5일
1판 1쇄 발행 2018년 4월 13일

크리에이터 글Line, 강은경
극본 제인

발행인 양원석
본부장 김순미
편집장 최두은
디자인 RHK 디자인팀 남미현, 조윤주, 김미선
해외저작권 황지현
제작 문태일
영업마케팅 최창규, 김용환, 정주호, 양정길, 이은혜, 신우섭, 유가형,
　　　　　　이규진, 김보영, 김양석, 임도진, 우정아

펴낸 곳 ㈜알에이치코리아
주소 서울시 금천구 가산디지털2로 53, 20층(가산동, 한라시그마밸리)
편집문의 02-6443-8844　**구입문의** 02-6443-8838
홈페이지 http://rhk.co.kr
등록 2004년 1월 15일 제2-3726호

ISBN 978-89-255-6355-8 (04810)
　　　978-89-255-6358-9 (세트)